桃花小農女

上

風文創 771

韓芳歌 著

風文創 771

目錄

序

韓芳歌

《桃花小農女》這部作品之所以會誕牛，是因為一種酒。

那是我第一次喝到用桃花釀的酒，酒名是「桃風」。當時我買下這支酒只是被那抹粉色吸引，喝了後才發現，世間原來真的有這種口感柔和、甘醇不辣的美酒。

喝了酒，又聽了釀酒人和我說了關於桃花釀的故事。

故事的大意是：從前有位姑娘，名叫桃花，是個勤勞、善良又賢慧的美麗女子。因她的美貌傳揚了出去，雖然已經定下親事，可是卻惹來惡霸的覬覦。

她的父母都是性情懦弱老實的，生怕女兒真的被惡人搶走，便把女兒送往桃山躲避。結果惡霸來搶人時，桃花的未婚夫一家和桃花的家人都為了保守秘密而被惡霸燒死。

桃花下山時，家裡的房子付之一炬，家人全部死去，桃花悲痛欲絕。為了報仇，她重回桃山，在桃花林裡以桃木刻劍，練習武功，下山殺盡了惡霸，孤身一人回到桃山上，最後流盡血淚，死在桃林中。而桃木上的桃膠，傳說就是桃花女的眼淚。

那時我聽到這個故事時，心裡想的是，這還真是有中國特色的傳說。

美麗的姑娘，就一定會遇到惡霸，遇到惡霸一定會有英雄救美；假使沒有人救美，美麗姑娘最後也會為自己報仇雪恨。

我雖然沒有被這個故事迷住，可是卻實實在在地被桃風酒的滋味迷住了。

假期結束，我回到家中，在買回的桃風酒喝得差不多後，決定要寫一篇小說：一篇關於桃花酒，關於美人，最好還有各種美食的愛情故事。

於是，就有了《桃花小農女》的產生，而故事裡小包子們的原形，其實是根據姪女、外甥女還有姪子小時候的樣子來寫的。

說起來我從小就是孩子王，因為在家中輩分較大的關係，我可是帶領著姪子、姪女快樂成長的好姑姑。

而關於愛情——其實這本書的內容裡，關於愛情最大的描寫，大概就是「想抓住你的心，要先抓住你的胃吧」。身為一個資深吃貨，我最最欣賞的，就是能夠做出美食來的男人啊！

這樣一想，身為男人，最離不開的，應該也是抓住他的胃的女人了吧！

寫這本書也是想告訴大家：人的一生，重要的不僅是愛情，親情、友情都是缺一不可的。

希望大家透過這本書能夠感到溫暖與感動，愛情、親情、友情，應該讓人一想到就是暖暖的幸福。

祝讀者們都能在現實裡遇到屬於自己的沈湛。

韓芳歌

第一章

暮春時節，春雨紛紛。落了幾天春雨的天氣好不容易放晴，繞河村的林家卻是一陣的雞飛狗跳。

天不亮就去了鎮子上賣菜的張阿嬤挑著菜筐剛進村子，就看到幾個得閒的婦人快步往村子裡走，一臉興高采烈。現在正是農閒時節，有熱鬧誰都想去看看。

「青田媳婦！」張阿嬤喊了其中一個相熟的的婦人。「怎麼回事？妳們這是要去哪裡？」

「阿嬤賣菜回來了？」青田媳婦連忙快步過來，幫著張阿嬤接了其中一個菜筐，一邊回道：「雙槐村的羅家來鬧事了，說林旺伯家虧待了她們家的閨女，正吵得凶呢！」

「林旺家？」張阿嬤皺起了眉頭。「是去年嫁進門就守了寡的羅氏？」

「可不是。」青田媳婦撇了撇嘴。「這一年也沒見羅家上門，還以為他們家不管自家閨女的死活呢！恐怕那時是不知道消息。這羅家小娘子被林阿嬤收拾得不輕，聽說人快不行了，眼睛都睜不開了。」

張阿嬤的眉頭鎖得更緊。她與林家是鄰居，那家的小兒媳過的是什麼日子，她可比這些人都清楚。

隨著眾人快步走近林家，吵鬧聲也愈發清楚。

「你們羅家真是可笑，不知道嫁出去的女兒，潑出去的水麼？這羅氏進了我們林家，就是我們林家的人，難不成妳要帶走就帶走？當年可是說得清清楚楚，你們閨女可是要在我們林家守一輩子的！」

鄧氏的聲音一如既往的尖銳犀利，刺得人耳膜生疼。

「當年是讓紫蘇在你們林家守寡，可是當初妳是怎麼說的？說了要把我們紫蘇當成親閨女看待，現在呢？我們紫蘇被你們一家子苛待得就剩下一口氣了！我們養了十五年的閨女，就被你們老林家這樣折騰？你們老林家苛待兒媳婦還有理了！」

比鄧氏更上一層樓的大嗓門，讓人聽得耳朵更是疼得厲害，張阿嬤已經看到了，那是羅紫蘇的大伯母金氏。

「紫蘇，好閨女，妳快睜開眼睛看看娘！」羅紫蘇的娘孫氏，哭得無比淒厲，襯著羅紫蘇躺在木板車上生死不知、臉色青灰的模樣，讓人看著都心酸。

「你們老羅家跑我們林家門口嚎什麼喪？真是晦氣！」鄧氏恨得牙癢癢，不過心裡也有些虛。這死丫頭昨天就全身發燙叫不醒，今天更是一臉死灰，不會真不行了吧？

「啊呸！」金氏雙手叉著腰狠唾了鄧氏一口。「你們才嚎喪！我告訴妳，我們家把花一樣的姪女嫁進你們林家，現在這才一年，你們就把我們姪女折騰成了這副鬼樣子，你們林家今天不給個說法，我們老羅家和你們沒完！」

「這、這日子沒法過了！你們欺負人欺負到家門口來，還有沒有王法了！」

鄧氏本是這繞河村有名的潑婦，只是今天因為心虛，加上大兒媳回了娘家不在，整個家裡就她一個人，不敢和對方叫罵得太過分。

「妳現在說什麼都沒用。我姪女要是有個什麼，我告訴妳，我們老羅家讓你們老林家全家來抵命！」金氏的戰鬥力在雙槐村也是出了名的，氣勢洶洶指著鄧氏開罵。

一旁的孫氏邊晃著羅紫蘇邊嗚嗚哭泣，而羅家二房的劉氏只是打量著車上羅紫蘇的臉色，有些遲疑。

羅紫蘇是被一陣劇烈的搖晃與耳邊尖銳的叫聲，以及嗚咽的哭泣聲弄醒的。

腦袋裡一片混亂，羅紫蘇只覺得全身上下無一處不痛，她努力睜開眼睛，和眼前一張放大的臉對視著，只是那張臉涕泗縱橫，看著有些扭曲。

「紫蘇！我苦命的閨女啊，妳可算睜眼了！」孫氏抓著女兒瘦得不成樣子的肩膀哭得泣不成聲，誰知她剛說出這一句，對方的臉就歪到一邊，人事不知了。「紫蘇？紫蘇！」

「二嫂！二嫂！」孫氏的聲音前所未有的尖銳。「妳快來看看啊！」

劉氏吸了口氣，上前探了探羅紫蘇的鼻端，臉色一變。「沒氣了！」

金氏臉色立即變了，停下咒罵趕忙看過去。

鄧氏更是臉色一片慘白，接著跳著腳叫罵起來。「這個喪門星啊！剋死了我的兒子不說，現在還死在我們家，到底是安的什麼心啊她！是不是不絕了我林家，這個小賤人就不罷休啊！」

三人一聽都臉色變了，罵她們羅家的閨女是喪門星，她們羅家的閨女以後都不用嫁人了！

「放妳娘的屁！」金氏暴跳如雷，指著鄧氏就罵起來，汙言穢語還不解氣，乾脆撿起一旁牆邊的掃帚就開打。

鄧氏哪裡想到，順嘴把常掛在嘴邊的咒罵說出來就會挨揍？她本就不是善茬，上前就與金氏廝打在一起。

「別打了！還打什麼？快看看羅丫頭還能不能救回來！」張阿嬤一邊喊，一邊轉頭叫在旁邊看熱鬧的自家姪兒張升去村尾請大夫，看他快步跑了，她深深地嘆了口氣。

張阿嬤原本不想管這兩家的事情，省得惹得一身腥，可是這羅紫蘇她幾乎天天能看到，是個懦弱又善良，才十六歲、什麼都不太懂的小丫頭，就這樣沒了，她是真的不忍心。

本還想著讓羅紫蘇的親娘出頭，可那孫氏好像除了哭什麼都不會，遇到一個這樣不可靠的娘，張阿嬤都為這小姑娘嘆氣。這是什麼命啊？

「大嫂，別吵了，快來看看紫蘇啊！」孫氏幾乎哭成了淚人兒，從來這裡看到羅紫蘇雙目緊閉、臉色慘青，又瘦骨如柴的模樣，她的淚就沒停過。

「人都沒氣了還看個啥，我定要和這林家沒完！」金氏眼睛都紅了。這丫頭可值十兩銀子呢！居然就這麼沒了？她一定要剝下鄧氏一層皮來！

「大夫來了！」張升腿腳極快，拉著林大夫跑得氣喘吁吁。

「都躲一邊去，這樣圍著，人沒死也差不到快那裡去了！」林大夫擦了擦汗，直接趕孫氏往一邊去。

孫氏抽噎著站起來走到劉氏身邊，劉氏不帶什麼感情地轉頭掃了她一眼，眼神意味深長。其實羅紫蘇那丫頭，死了才好，下輩子投個好胎可比現在被帶回娘家更能享福。三房，一堆沒用的！

林大夫先是給羅紫蘇探看了脈，又自醫箱裡拿出一根根銀針，扎在羅紫蘇的小腹、胸腔、手臂，最後一根扎在羅紫蘇的腦門上。羅紫蘇緊閉著眼又嗆咳一聲，胸腔終於開始有了起伏。

「好了。」林大夫把針一一拔下。「病人餓得太久，再拖久一點就真救不回來了。她身上暗傷太多，應是常常挨打，需要好好調養，不然以後恐怕難生養；再來就是腦後有外傷，扶起來給她上藥。」

林大夫指揮著眾人，孫氏連忙把羅紫蘇扶起來，這才看到羅紫蘇後腦處有個傷口，看樣子像是被打出來的，受傷時間挺長了，暗紅色的血凝在頭髮裡。

劉氏幫著去院角處打了水，先大致把傷口洗了洗，林大夫上了傷藥，又用白色的布條把傷口包紮好，這才開了藥方。

「誰和我去抓藥？」

「當然是鄧氏！」金氏惡狠狠地看著鄧氏。這丫頭的傷藥費和出診費想也知道少不了，鄧氏作的孽，沒道理她們羅家出銀子！

鄧氏想反抗，不願給那個掃把星掏錢治病。可是在金氏殺人般的目光裡，她可恥地軟了。沒辦法，現在形勢壓人，等她林家人都回來，一定和老羅家沒完！

鄧氏被金氏押著去和林大夫取藥，這邊孫氏也收拾著和劉氏一起把羅紫蘇半扶半抱，帶上了牛車。等金氏和鄧氏帶著藥回來，羅家人二話不說，把羅紫蘇帶回了羅家。鄧氏阻了幾次沒能成，也就算了，主要還是她忌諱羅紫蘇死在林家，那可太晦氣了。

羅紫丹再次醒過來時，只覺得人生不能更狗血了。

在現代與渣男丈夫離婚卻出了車禍，結果穿越到了這裡成了羅紫蘇。

她不只得到了羅紫蘇過去的記憶，還有未來近十年的記憶！這羅紫蘇居然是重生的，只因她不想再過一次讓人痛苦的日子，於是來自現代的羅紫丹就這樣被迫接收了這倒楣的人生。

羅紫丹，哦，應該說是羅紫蘇，又深深地嘆了一口氣。除了嘆氣，她真的不知道說什麼好了。

這羅紫蘇簡直不能更命苦了！

羅紫蘇的父親在家中排行老三，雖然是小兒子，卻不受父母重視，因而一家子過得極度憋屈，而她則是憋屈中的憋屈。當初林家與羅家訂了娃娃親，說好是她雙胞胎姊姊羅丁香嫁過去，結果林家老二病重，羅丁香死活不肯沖喜，於是生性懦弱的羅紫蘇就成了替嫁的。

她剛踏進林家門還未拜堂，林二安就死了。本來按習俗，她可以回家裡再重新出嫁，可是林家不肯，與羅家鬧了一場後，嫁妝歸還了羅家，而她就因三兩銀子的聘禮，被丟在林家自生自滅。

林二安這一死，林家人可恨上了羅紫蘇。做牛做馬還挨罵、被打，是家常便飯，缺衣少食不用說了，不著調的大伯還時不時來騷擾，結果羅紫蘇被大嫂用燒火棍一棒打在後腦，倒在柴房裡兩天沒人管。

這一次，羅家之所以找上林家，也並不是念著羅紫蘇命苦、心疼她什麼的，而是她那位極品奶奶相中了一戶人家給的聘禮。可家中的女兒訂親的訂親，沒訂親的又小，加上對方想要個好拿捏的兒媳婦，於是，她極度貪財的奶奶想起了她。

打算把當初收了的林家聘禮退還回去，把羅紫蘇帶回羅家。

三兩銀子和十兩銀子哪個多還用說麼？

羅奶奶一聲令下，三個兒媳就厚著臉皮去了林家，誰料到正碰上羅紫蘇受了傷，命在旦夕，於是羅家連三兩銀子都不用出，直接把人帶回來了。

在羅紫蘇的記憶中，林家之後也來鬧過，可是因為理虧，最後還是不了了之。

羅紫蘇又嘆了一口氣。

之前羅家用羅紫蘇賺了三兩銀子的聘禮，後來又用她賺了沈家十兩銀子的聘禮，想也知道，這娘家人對羅紫蘇能有什麼感情？偏羅紫蘇自己想不開，為了這些莫名其妙的親情而黯然神傷。

最最可笑的是，羅紫蘇因為之前被林家虐待得太狠，心中對沈家早有諸多排斥，嫁過去沒多久，就和走村竄巷的小貨郎私奔了。因為身體在林家損得太嚴重，與小貨郎風餐露宿又徹底傷了身子，足足十年也沒能生下孩子來，最後被小貨郎厭棄，重病纏身，橫死街頭。

想想原身這悲慘催淚的一生，簡直不能再虐了！

羅紫蘇冷哼著笑了。前身太想不開了，就算沈家是個虎狼窩，可是並非活不下去，卻讓前身那懦弱怕事的性子過得敗了。

她接收了羅紫蘇的人生，這輩子，自是不能讓自己落到那步田地。只是，穿越之前，她就因為不能生育而和渣男前夫感情破裂，被婆婆鄙視；這一輩子，她還不能生？

她的人生究竟為了啥這麼慘！

正在傷感間，羅紫蘇只覺得眼前一花，腦子一暈，眨眨眼，眼前已經不再是剛剛那泥牆木梁的小房間了。

周圍大概有二、三畝地的模樣，汩汩的溪水自土地中央的水潭裡流出，穿過了地面，向著遠方而去。放眼望去，四周都隱在霧裡，看不清楚是什麼樣子，而她，就站在這二、三畝地的正中心，眼前就是那泓清澈的水潭。

羅紫蘇有些不解地眨眼。這是哪裡？

突然想到在現代時看到的空間小說，她忍不住眼睛一亮。

不會吧！她買彩票從來沒中過；玩鬥地主輸得負數刷都刷不回來；打麻將更是讓朋友次次都拉著她一起，生怕她不玩沒人發獎金。現在，她居然得了個空間？

想到之前看到的，空間裡的水似乎能治百病，羅紫蘇二話不說彎下腰，用雙手捧起水潭裡的水，喝了一大口。

清爽甘甜的滋味在口腔裡蔓延，冰涼的口感讓她一震——好好喝！冰爽甜美，真是不錯。羅紫蘇又連著喝了好幾口，這才抬起頭往四處看。

在她身後不遠處有個小屋，羅紫蘇走進裡面，屋子裡用木板隔出了四個空間。

最靠左側的是臥室，裡面靠牆處有張木板床，上面鋪著青色的細棉床褥，另一側的牆面是個衣櫃；挨著臥室的是書房，書架上散落幾本書，一張木桌子上面放置著筆墨；書房旁邊是儲物間，裡面有幾個儲物櫃子，但都是空的。而最後就是廚房，裡頭鍋碗瓢盆十分齊整，做菜的調味料也是種類繁多。

羅紫蘇正在查看時，似乎聽到有人在喊自己，心念一動，她已經回到了原本的小屋中，躺在木板床上。

「紫蘇，妳醒來啦！」一個一身淡粉色粗布衣衫的少女走了進來，清秀的五官，彎彎的眉眼，皮膚細膩，正是羅紫蘇的姊姊羅丁香。

「姊姊。」羅紫蘇有氣無力地回話。

這並不是她裝的，而是她出了空間後就像是力氣被抽走一樣，身體軟綿綿的，使不上力。不過想起她在林家餓了好幾天，又受傷失血，也就能解釋得通了。要不是剛剛在空間裡喝了幾口水，身體狀況恐怕會更糟糕。

「妳這臉上都是什麼，髒死了！」羅丁香皺著眉頭往後退，一臉嫌棄。

羅紫蘇怔了怔，摸摸臉，伸手一看，手掌上一層灰一樣的東西。

「麻煩姊姊幫我打點水，擦洗一下。」

羅紫蘇有些無奈。這是傳說中的排毒麼？等羅丁香快步走出房間，她聞了一下手掌——還好，沒有什麼有怪味、惡臭味什麼的，還算能忍耐。

一會兒送熱水進來的是孫氏，一看到一年未見的女兒虛弱地躺在床上，孫氏又紅了眼眶。

「娘，您別哭了。」羅紫蘇幾乎是嘆息著說道。

這孫氏倒也不是不心疼羅紫蘇，只可惜再多的心疼和她在羅家微不足道的地位相比，一點用處也沒有。

羅丁香不肯沖喜讓羅紫蘇去沖喜，孫氏哭；把羅紫蘇嫁去沈家，孫氏還是哭；她猜當羅紫蘇與小貨郎私奔後，孫氏應該又哭了。

光是哭完全不能解決問題啊！

「妳這孩子，太苦了，看看妳瘦成什麼樣子！之前咱家裡，妳是長得最漂亮的，一身皮膚最白；可是現在，身上都是傷。」

孫氏一邊哭一邊說，扶著羅紫蘇起身，幫著她脫了衣服擦洗。

羅紫蘇本來不太想讓對方幫忙，雖然記憶裡曾與孫氏很親近，可是她感情上卻還是覺得對方是陌生人。只是這身體使不上力，沒人幫忙站都站不穩。

「沒事，以後養養就好了。」羅紫蘇聽了孫氏的話覺得無所謂。

「可是妳現在身上帶著傷，怎麼能擦洗，萬一著涼怎麼辦？」孫氏嘟囔。

「那、那娘怎麼把水送進來了？」羅紫蘇納悶。

「丁香說，妳要是不擦洗乾淨，她就不和妳一個房間，讓妳去柴房睡。」孫氏好生委屈。

羅紫蘇聽完，無言地在內心冷笑。

身體太過虛弱，羅紫蘇擦洗完身體，換了身乾淨的衣服剛躺回床上，就又出了一身汗，不過還好因身體清爽感覺好多了。

「紫蘇妳等等先別睡，妳的藥熬好了，我去給妳端過來。」孫氏囑咐了一句，把用過的水和木桶都拎了出去。

羅紫蘇等孫氏端來了藥碗還有一碗粗米粥，先是讓羅紫蘇喝了粗糙的米粥，又喝了苦澀的中藥，羅紫蘇只覺得自己的嗓子先是被粗米刮得微疼，又被中藥苦得整個人都快崩潰。

而孫氏看著平常最怕苦的女兒喝了中藥還面不改色後，又……哭了……

羅紫蘇放下碗，擦了擦嘴，轉身躺到了床上，伸手拉過粗棉的被子蓋上，一臉麻木。

「娘，我累了，睡會兒。」

看孫氏傷心地走出去把門掩上，羅紫蘇這才吁了一口氣。

有個愛哭的娘，真的很有壓力好不好！

這身體對孫氏很親近，記憶裡對孫氏很有感情，這對羅紫蘇來說很不習慣。上輩子在現代她是孤兒，對父母沒有絲毫記憶；結婚後，婆婆看她不順眼，處處刁難，讓她對母親這個詞真的是沒什麼概念，也沒什麼好感。

現在要她對孫氏表現出親近挺難的，尤其以她一個「外來者」的旁觀角度，看著孫氏對羅紫蘇的事情上的種種表現，更是難接受。

迷迷糊糊中，羅紫蘇睡著了。不知道什麼時候，她隱約感覺身邊似乎有人躺下，又有人離開，卻怎麼也睜不開眼睛。模糊迷茫中，羅紫蘇只覺得有人在看她，又似乎有人在說話。

「丁香，紫蘇怎麼樣了？」

「還睡著呢，昨晚怎麼叫也叫不醒！我娘非讓我來陪著她睡，真是討厭，也不怕把病氣過給我。唉，說起來啊，大伯娘，真是多虧了您，不然在林家受苦的，就變成我了。」

「妳這孩子，大伯娘自是向著咱自家人了，才不像妳娘，明明是個抱回來的野種，也當寶一樣，還事事想護著。當初虧得妳堅決，不然啊，真就吃上大苦頭了！」

「我娘就是糊塗！大伯娘，我前幾天看到忍冬姊給您繡的帕子樣式好漂亮，能把花樣子給我瞧瞧嗎？」

「咱娘兒倆還客氣什麼，快過來，到我屋裡我拿給妳。」窸窸窣窣的聲音伴著腳步聲愈走愈遠，努力了半天的羅紫蘇終於猛的睜開眼睛，坐了起來，只覺得眼前一片光。

天亮了。

剛剛的對話是現實還是夢？羅紫蘇腦子裡滿是狐疑，不過很快就放置腦後。是不是親生，對於她來說都是一樣的。

久違地睡了一個好覺，羅紫蘇感覺精神好多了，只是連著幾天都餓肚子，只在昨晚喝了一碗粗米粥的她餓得全身發軟。看屋子裡沒人，羅紫蘇試著進入空間，在心裡默念了一聲進去，果然，她又回到了空間裡。

第二次進來她熟練多了，逕自進廚房裡取了個碗，盛了水潭的水喝了，這才開始察看。

空間裡的土地，是黑黑的沃土，羅紫蘇開心地笑起來。小時候幫著孤兒院種地的事雖然久遠，可她還大致記得，這樣她怎麼也餓不死。

她試著走到看不穿的濃霧邊緣，伸出手卻好像有無形的屏障擋住她，怎麼也伸不進濃霧中。

「紫蘇，妳起了嗎？」孫氏的聲音讓羅紫蘇一驚，心念一轉，她已出了空間。

孫氏推門進房，看到羅紫蘇正站在床前，鬆了口氣。

「妳這孩子怎麼不吭聲？醒了就好，要不妳奶奶該不高興了。快梳了頭洗把臉，和娘出去幫著收拾收拾院子，娘飯做好了，等妳爹他們下地回來就能吃了。」

「知道了。」

羅紫蘇不置可否地點頭。這一大家子的人，可真正做活的卻只有那麼幾個，也難怪院子都要讓她這個病號收拾。

和孫氏出了房，羅紫蘇忍不住先環顧了四周。

羅姓在雙槐村是大姓氏，雙槐村的里正就是姓羅的，因此羅家在村裡算是有話語權。羅紫蘇家與里正家是沒出五服的堂兄弟，實打實的親戚，因而在村裡日子過得紅火也是有名的。

羅家院子很大，中間並排五間泥磚青瓦的大屋，兩廂又各起了五間泥牆泥瓦的大屋，雖然兩廂並不是泥磚建的，但也是村裡的頭一份了。大院的左牆處是一口井，另一邊還搭著放柴火的棚子。

羅紫蘇去牆角處拿了掃帚，開始掃院子。

「哎呀，妳慢點掃！」一個不耐煩的聲音響起來，羅紫蘇抬頭看過去，是二伯家的小女兒羅百合，正一臉不高興地瞪著她。

「真是，妳在妳婆家就這麼幹活的？難怪被婆家人收拾！」

「百合妳亂說什麼！」羅半夏從房裡出來，聽到妹妹的話連忙阻止。

「我哪有亂說！」羅百合更不高興了。「本來就是，昨天她一回家，村裡就好多人嚼舌根，都說我們羅家女兒不好呢！妳訂了親倒是不用愁，害了我，我找誰說理去？」

「百合妳說得太過了！」羅半夏臉頰泛紅，又氣、又急、又羞，心裡知曉妹妹心裡不痛快，可說的話未免太傷人了。「都是一家人，妳這樣說多傷人！」

「我哪裡說錯？」羅百合不耐。「爺爺、奶奶也是偏心，大堂姊都嫁人了，還把房間空著，兩個人住一個房間真是擠死了，到了夏天還不得長痱子！」

「百合，亂說什麼呢，長輩也是妳能編排的？」劉氏自屋後的廚房轉出來，臉上很是不滿，她身側的兒媳婦木氏連忙低頭，心裡卻對這個小姑子很是無奈。

這還沒找著婆家，就天天訂親、嫁人什麼的掛在嘴邊，真是讓人發愁。

「娘，本來就是，兩人住一個屋子本就很擠，要不娘給我們姊妹換個大床，要不讓大姊快點嫁出去。」

「夠了！」劉氏恨得瞪著羅百合。「都是妳舅舅他們把妳慣成了這個樣子，還不回房去老實待著。大姑娘家的沒個羞恥，今大早上飯不許吃！這幾天也別出門去，好好做做針線！」

看劉氏疾言厲色，羅百合嚇了一跳，更覺得委屈，忍不住狠狠瞪了一邊看戲的羅紫蘇一眼，扭頭哭著回房了。

羅紫蘇真覺得自己是躺著也中槍。

「娘！」羅半夏聽了羅百合的話滿腹傷心，一雙眼淚汪汪，很是委屈。

「妳也是沒用的！當大姊都管不住妹妹，讓妹妹這樣說，還委屈什麼？怎麼就立不起來！」劉氏恨鐵不成剛地點了點羅半夏的額頭。

羅半夏也不想啊，可是從小就嘴笨，說不過牙尖嘴利的羅百合。

劉氏拎著大女兒回房再教育去了。大女兒眼看著轉年就要出嫁，這樣的性子可不行，要是被人像泥一樣的揉搓，像三房那樣過日子，她簡直不用活了。

「紫蘇妹妹身體可是好些了？」木氏看婆婆把大、小姑子帶走後，鬆了口氣。這對小姑子個性南轅北轍，簡直就是兩個完全無任何相似的極端，她一個也受不住。

「已經沒什麼了。」只是餓得頭暈眼花。羅紫蘇笑著答道。

「那就好，妹妹要是有什麼需要的儘管過來找我，都是自家人別客氣。」沒有婆婆與小姑子在一旁，木氏展現爽利的個性。

「好的，謝謝嫂子。」羅紫蘇點了點頭。

看木氏也回了房，羅紫蘇鬆了口氣繼續掃地。不管怎麼說，這家裡有性格正常的人真是太好了！

掃完了地又灑了一點水在地上壓塵，羅紫蘇這才打了水洗臉漱口，又折下牆角邊的一枝柳樹條刷了牙，眼睛時不時地掃過院子裡的房子。

五間大屋中間是堂屋，左側住著羅爺爺與大伯家兩口子，右側兩間則是二伯與紫蘇爹娘兩家。羅紫蘇的爺爺羅存根，是個頗有些城府的老頭，年輕時在鎮上的藥鋪當過學徒，也算是有幾分見識，娶了羅奶奶。羅奶奶很是爭氣地連生了三個兒子，讓三代單傳的羅太爺爺喜得見牙不見眼，從此奠定了她在羅家說一不二的話語權。

只是羅奶奶偏心大兒子羅宗貴一家，因而左廂的五間大屋是大房的兩兒一女住，並著一間雜物房與糧倉。後來大孫子羅春明娶了親，就把雜物房清理出來，做了羅春明的新房。大孫女雖然成了親，可是她的房間也沒動，隨時準備著她兩口子回來用。

而右側的廂房則是二房與三房並用的，羅家老二羅宗顯有兩個兒子、兩個女兒。原本是兒子、女兒各一間屋子，可是年前大兒子娶了親，這房間不夠，還好小兒子送去舅舅家念書，不然估計又要掀起一場風波。

而羅紫蘇的爹爹羅宗平生了三個女兒一個兒子，小女兒羅甘草比羅丁香、羅紫蘇小五歲，在三歲時就送去了姥姥家住，很少回來。

也難怪二房的人覺得不公平。大房住得寬敞又舒服，二房、三房擠做一堆，放在誰身上誰也覺得心裡不舒服。偏羅奶奶是個極有主意的，才不管兒孫輩的想法，自己怎麼開心怎麼來。

「紫蘇妹妹可好些了？」大堂嫂張氏抱著個小孩自房裡出來，看到羅紫蘇，怯怯地笑了笑。

「好了些。這是祖哥兒？真可愛。」羅紫蘇微微一笑。

張氏是羅春明的媳婦兒，進門三年了，個性軟弱，好在生了個兒子，金氏才沒有再壓榨這個軟趴的兒媳婦。

「妹妹收拾好了吧？一會兒快吃飯了，我們去廚房幫忙吧。」

張氏好心地提醒了一下，不然一會兒奶奶出來看到羅紫蘇，恐怕又要挑三揀四了。

「好。」羅紫蘇當然領情，跟在張氏身後，往正房後面的廚房去了。

廚房裡人不少，羅紫蘇一看，金氏、自家娘親還有羅丁香都在。羅丁香見她來了，狠狠瞟她一眼。

「紫蘇快過來幫忙。」正在盛湯的孫氏看到羅紫蘇，連忙喊她。

羅紫蘇知道羅丁香因為自己光掃院子沒來廚房幫忙惹了厭，也不上前找不自在，快步走到孫氏身邊，幫著她把盛好的湯端上桌。

「妳是傻了吧？廚房這麼熱又悶的，妳抱著孩子過來幹什麼！」金氏見了張氏，厲聲道。

「娘，昨天相公睡得晚了些，嫌祖哥兒鬧。」張氏期期艾艾的。

「真是煩！」金氏走到一旁洗了手，把寶貝孫子接了過來。「妳來弄，我去喊妳奶奶去。」

金氏抱著祖哥兒一步三扭地走了。

「哼，真是會找輕省活兒。」羅丁香在嘴裡嘟囔，離她近些的羅紫蘇聽了個清楚。

這羅丁香還真是……有啥說啥啊！

幾人快手快腳地擺湯擺菜。蒸了雜麵窩頭，又撈了鹹菜切好，把前一晚還剩些的炒蘿蔔絲熱好了，新炒了個白菜。孫氏也帶著木氏與羅半夏過來幫忙收拾，都弄好時，羅奶奶抿著唇帶著抱著祖哥兒的金氏走了進來。

「飯好了？去喊妳爹了沒有？」羅奶奶問。

「讓春齊去喊了，就快回來了。」孫氏小聲回答。

羅春齊是羅紫蘇他們這房除了她爹以外的唯一男丁。

「都去等會兒吧，一會兒妳爹回來有話說。」

羅奶奶很有幾分氣勢地說完這句話，就轉頭去了堂屋，眾人面面相覷，連忙跟上。

羅春齊回來得很快，才十四的年紀，個子不高卻很結實，一雙眼睛極靈活。看到羅紫蘇眼睛一亮，跑了過來。「大姊，妳頭上的傷好了嗎？有沒有哪裡難受？」

「啊？呵呵，已經好多了。」

一提到腦袋上的傷，羅紫蘇有些心虛。喝了空間的水後，腦後的傷雖沒有誇張的恢復得不留痕跡，不過比起昨天的血跡斑斑，只留淺淺一道表面的創傷，真的好得太快了！今天她梳頭時才注意到，腦後的傷已經基本好了，只剩創口還沒有恢復，為了掩人耳目，她特意綁上了布條。

「大家都坐吧！」羅存根與他三個兒子在院子裡已經洗完了手臉，進了堂屋，一聲令下，各人各自找了位置坐了下來。

羅存根坐下後先喝了一碗水，擦了擦嘴。「今天有幾件事情。」

「昨兒去地裡時，遇到了蔣三伯，說是順子的孝期眼看著就快到了，等除了服，就開始操辦丁香的婚事。」

羅丁香一聽，臉頰一紅低下頭來。

「是，我知道了，爹。」孫氏連忙站起身答應了。

羅存根點了點頭，又掃了眼二房一眾人。「百合呢？」

「爹，百合昨兒擔憂紫蘇，一晚沒睡，有些頭疼，我就讓她留在房裡了。」劉氏微微一笑，站起來應了。

「百合這丫頭的性子太活潑，妳得多上點心。」羅存根思索著說。

「是。」劉氏應了，坐下不吭聲了。

一旁的羅宗顯有些擔憂地看了看院子裡，顯然很擔心這個一直不著調的小女兒。

「還有，就是紫蘇這丫頭。之前在林家過得不好，家裡一直不知道，既然知道了，自然不能放任不管。妳那婆家就當做沒有過，養好身子，過些時日再給妳找戶人家嫁過去，好好過日子，能幫襯家裡，就多幫襯著些。」

「是。」羅紫蘇木然地應了。在她看來，羅存根說那麼多，除了最後一句是他真正想表達的，其他的完全就是廢話。

該說的話說完了，羅存根抬頭又看了眼四周，揮揮手，讓眾人一起去廚房吃飯。

羅家人的日子在村子裡過得也算是可以了，雖然是一天兩頓，但是基本上都有菜有湯，窩頭也是雜糧麵或是兩摻的，很少有全粗麵或是全玉米麵的。羅紫蘇終於吃了個飽飯，不過，廚師出身的她，對於飯菜的味道，就不予置評了。

吃了飯，男人各回各房。女人們把飯桌、廚房收拾好，羅奶奶又給每個人分配了一番工作。因羅存根發了話，羅奶奶沒敢讓羅紫蘇幹活。讓孫氏去了河邊洗衣服，金氏則是帶頭去做針線活。

現在正是播完種的時候，眾人都比較閒一些，男人們除了早上去看看田地並沒什麼事。羅存根背著手出去了；羅宗貴也溜沒了影兒；羅宗顯則先去看了自家的小閨女，看完才被劉氏打發著去鎮上小舅子的鋪子，做做短工貼補家用。

「紫蘇啊，跟我來。」羅宗平喊了紫蘇，示意她跟著他回房去說話。

到了羅宗平的房裡，羅宗平讓羅紫蘇坐了，自己也找了個木椅子，坐下後有些侷促地摸了摸衣襟又抓了抓頭髮，一副坐立不安的樣子。

「爹，您有事和我說？」

看羅宗平一副「我有話說妳快問啊，妳不問我怎麼說」的表情，羅紫蘇嘆了口氣。看，她的父親也是悶葫蘆一個！也難怪羅紫蘇的記憶中，她們三房過得最慘了，幹得比狗多，吃得比狗少！

呃，這比喻不太對。

「紫蘇，妳別怨怪爹娘，爹娘不知道……不知道林家對妳不好……」

話說到這裡，羅宗平沈默了。他不知道嗎？他是老實，可卻不傻，林家怎麼可能對紫蘇好？想到昨天紫蘇被抬回來時的樣子，他眼眶一紅。當年他撿回來的小丫頭，養了十五年，差點就那樣死了，想想他就心疼。

「沒事，我不怪你們。」紫蘇不知道怎麼接，只憋出了這一句。

「再來，就是妳的婚事。」羅宗平更覺得說不出口，可是再難也要說。

「那戶人家……嗯，是桃花村的沈家，妳嫁給沈家的二小子，唔……」

羅宗平真不想說下去了，可是不說也不行，總不能讓羅紫蘇什麼都不知道地嫁過去，那才叫要命！

「那沈家在桃花村過得倒是不錯，就是這沈二郎，五年前剛成親時就被徵兵去了戰場，去了三年才回來，剛回來沒多久又被抓了傜役，他媳婦兒生孩子難產就去了。等他回來，想是累著了，結果不留神摔斷了腿。」

「那孩子呢？」羅紫蘇忍不住問了最關心的。

「哦，說是有兩個孩子，一個四歲，一個一歲，都是閨女。」

羅宗平不忍心地看著自家女兒還有些稚氣的臉。好好的十六歲的女兒，居然要嫁給個二十五歲的鰥夫，他很心疼，可是爹娘的話他只能聽從，委屈女兒了。

「爹，我知道了。還有事嗎？」

這些事羅紫蘇由原身的記憶裡大概地知曉了一些，不過因著原身對沈家很是排斥，大部分記憶都是模模糊糊的。

羅宗平沈默了片刻，突然站起身來，從床頭上鎖著的櫃子裡取了一只小巧的金手鐲。

「這個，爹覺得，應該給妳。」

「這個妳拿著，以後，給妳自己的孩子戴著吧。」羅宗平深深地嘆了口氣。

「這是妳小時候戴的，原本還有一個金鎖，可是被妳爺奶拿去鎔了個新的給耀祖了。」

羅宗平低頭，在羅紫蘇看不到的地方，眼眶泛紅。那是他當年撿到羅紫蘇時那孩子身上唯二值錢的東西，哦，本還有一身衣服，可是早就不知去向了，連他都忘了是給大房的丫頭還是二房的丫頭穿了。

當時羅奶奶讓羅宗平把金鎖交出來，向來聽話的他偷偷留下了一只手鐲，不為別的，就為了讓羅紫蘇以後有個念想。

羅紫蘇接過了手鐲，心中一動。在原身的記憶裡，似乎並沒發生這一段啊！

手裡的鐲子很精緻，上面刻著的花紋特殊，內側還刻著幾個像是小篆的字，她看不懂，也不知道是什麼字。

「快收好了，別讓人看到。」羅宗平囑咐著。「妳回房裡好好養著吧，聽話。」

羅紫蘇聽了點了點頭，把鐲子收好，轉頭回房去了。雖然喝了空間的水讓她的精神比之前好，可是折騰了這一早上，她的身體尚未復原，還是覺得疲累。

一轉眼，就到了羅紫蘇出嫁的日子。

剛剛養得有些力氣、氣色也紅潤了點的羅紫蘇，身穿著孫氏做的嫁衣，頭上蓋著蓋頭，被一輛披著紅綢的牛車接走，嫁到了沈家。

沈家接親的並不是沈二郎沈湛，因為他腿腳不行，是沈三郎沈祿幫著接了親。拜過了堂，羅紫蘇被人群簇擁著送到喜房。

「新娘子莫慌，先在這裡待著吧。」一位中年婦人笑著說了一聲，應該是喜婆。

羅紫蘇點了點頭，對方轉頭張羅著。

「你們還不走？一時半刻也掀不了蓋頭，得等新郎敬完了酒才能回來掀呢！」

眾人哄笑著出了新房，又有人喊著，讓沈湛去敬敬酒。

羅紫蘇在新房裡坐著，聽著房裡的腳步聲終於都出了房門，這才伸手掀起蓋頭一角四處打量。

屋子四面是泥草混在一起築的牆身，隱約有些縫隙，不過還好，不是特別大，不至於灌風進屋。因為四面牆體都黑乎乎的，屋子裡顯得陰暗。

房間裡東西不多，只在靠門處的牆壁放置了一張木桌，看得出是新打的，上面點著蠟燭。

羅紫蘇坐的是炕，炕上面放置著兩個木頭箱子，漆是新上的，隱約看得出原本破舊的樣子；而另一邊，就是一片光禿禿的牆壁。

羅紫蘇忍不住抬頭看著屋頂。林家和羅家家境都算不錯，如今眼前這一片茅草讓她兩眼發直。

羅宗平怎麼說的？沈家家境不錯？

開什麼玩笑啊！住在這樣的屋子裡，是怎麼樣的家境不錯啊？難道光攢錢了？

第二章

在村子裡，家裡辦喜事是大事，席面一般都是從下午吃到晚上。

這沈湛雖然腿腳不好，不過好在他兄弟多，一個哥哥、一個弟弟，一樣把酒席置辦得熱熱鬧鬧的，客人照顧周到。

羅紫蘇坐在炕沿，已經說不上是什麼心情。正低頭間，聽到有細碎的腳步聲往這邊來，在門口處停下不動。

「喂，妳進去不進去啊？」一個小姑娘的聲音問。

「別問了，大妞兒是個膽小鬼。」另一個小男孩蠻橫地哼哼笑。

「嘻嘻，大妞兒妳快進去，這下妳也有娘了！不過是後娘，會吃人的，像後山的狼一樣。」那小姑娘古靈精怪地嘻笑起來。

「對啊，大妞兒妳真厲害，有個狼後娘！」

那個叫大妞兒的小姑娘，卻始終不肯吭聲，也沒進屋裡，三個小不點就在門口排排站著看熱鬧。

被看熱鬧的狼後娘無奈了，乾脆一揚蓋頭角，就看到三個小傢伙正看著她發呆。

一看到她的臉，三個小傢伙大驚。稍大一些的兩個轉頭就跑走了，動作飛快，讓羅紫蘇來不及看對方長得什麼樣子。而留在原地的，是個穿著一身洗得發白的藍底碎花裙衫的小姑娘，顯然有些呆怔，見羅紫蘇看過來才轉頭要跑，可是左腳絆到了右腳，摔倒在地上。

羅紫蘇連忙起身去扶，卻哪裡來得及，只能上前一把將摔傻了的小姑娘托抱著扶起來。

羅紫蘇發現這小姑娘好像一點重量都沒有，輕得驚人，發黃的髮稍不太聽話，有一撮往上翹著。小姑娘轉過頭時，蠟黃的臉色讓羅紫蘇對自己爹和爺爺徹底地不信任了。

一個家底不錯的人家，會養出這樣滿臉菜色的孩子嗎？如果不是她在家裡養了這些天，她就和這小姑娘一個臉色。

「嗚嗚嗚……」小姑娘滿臉害怕地哭起來。

「別哭。」羅紫蘇有些笨拙地伸手想拍拍對方的肩膀，讓小傢伙不要哭了。

沒孩子的女人，基本上，對於可愛的孩子，是有兩種反應：一種，是徹底的無視，我沒有我也不稀罕；還有一種就是一見就喜歡得不得了，恨不得抱起來疼愛。

很不幸的，羅紫蘇是第二種；而記憶中的原身，卻是第一種。所以這種感情上我想接近，可身體的記憶卻又排斥，讓她困擾了一下。

動作間的幾下停頓，大妞兒乘機哭著跑走了，雖然腳步還是磕磕絆絆，可到底沒再摔。

羅紫蘇深吁了一口氣總算是放心了，轉頭回到炕沿剛坐下來，就看到門口處站著一人影。

一身紅衣，黑布鞋，手上支著用木頭做的枴杖，正木著一張臉看著她。

因門外光線比屋內好些，背著光她只能隱約看到對方的輪廓，只有一雙冷靜的雙瞳，閃著冷光盯著她一動也不動。
這一身狂冷炫霸酷帥拽的氣勢是怎麼回事？
「我來掀蓋頭。」
微滯凝的氣場一下子被打破，沈湛川枴杖支撐著身體，一步一步地挪了進來。
進了房間，蠟燭的光亮映襯下，羅紫蘇看清了對方的長相。
不得不說，沈湛長得很合她的心意。
沈二郎第一眼讓人注意到的，就是他高壯的身材。五官陽剛，氣息有些冷峻，可以很清楚地看出對方眼睛裡那一絲冷漠的氣息。
不過，這些都不是最重要的，重要的是，她的蓋頭呢？
羅紫蘇剛剛光顧著搶救小姑娘了，她蓋頭被她隨手一丟……
她有些尷尬地從沈湛腳邊把蓋頭撿起來，再快速地回到炕沿邊，把手上的蓋頭用力地抖了抖，確定上面沒有奇怪的東西後，連忙蓋到頭上，端莊地坐好。
沈湛見狀有些無言。
羅紫蘇等了一下，心裡想：對方腳傷果然很嚴重吧，屋子小得可憐，從門到這炕，說實話，七、八步都是多的，還這麼慢？
終於，眼前一亮，沈湛把蓋頭掀了起來，又盯著羅紫蘇看了看。
「大妞兒膽子小。」

「沒事。」羅紫蘇笑了笑搖搖頭。

兩人正對看無言，又有人哄笑著進來，是幾個和沈湛差不多年紀的漢子，只是還沒等他們說清楚話，就被各自的媳婦兒衝過來捏著耳朵拎走了。

「二郎媳婦妳別介意，他們這是和二郎混鬧慣了。這是給妳撥出來的飯菜，忙了一天快填填肚子。」

其中一個圓臉大眼的媳婦看起來較年長，笑著先把手上端的飯菜放到桌上，一邊和羅紫蘇解釋著，一邊伸手把自家男人給擰走了。「你們這群人，二郎娶個媳婦兒不容易，你們鬧什麼！」

圓臉媳婦一邊呵斥著這群不省心的漢子，一邊示意著各家媳婦兒看好了人，別讓他們跑回來胡鬧。羅紫蘇看著他們哄鬧著，只來得及給那個圓臉的嫂子一個微笑，人就走乾淨了。

「快吃吧。」沈湛坐到了房間一側的木椅子上，示意羅紫蘇坐在另一邊好吃飯。

「啊，你、你吃了嗎？」羅紫蘇想了想，還是沒叫出二郎這個名字來。

「吃過了。」沈湛回答。

羅紫蘇也不客氣。這一晚上她可是餓得不行，現在可能是身體的原因，她一點也禁不住餓的。

本來按習俗，新房裡桌子上是要有點心什麼的放置著，可是羅紫蘇卻沒看到。難不成是沈家太窮了？飯菜倒是挺豐盛，有米飯、紅燒肉以及青菜，撥開菜，下面還藏著個荷包蛋。

吃著飯菜，羅紫蘇的眼神偷偷打量著沈湛。即使坐著，對方也像座山似的，在那裡光看著就給人一種震懾力，更不要說對方還面無表情了。

看了眼對方剛剛使不出力的左腿，羅紫蘇心底暗暗猜測，是對方去打仗了，所以磨練出這種冷然的氣質，還是說為生活奮鬥，卻始終不好過的殘酷現實讓對方有了陰暗心理？

羅紫蘇一邊腦補各種情節一邊吃飯。沒辦法，不是她想把腦洞開這麼大，是她不這樣做就無法忽視對方灼灼盯著她的視線。

而一旁的沈湛呢？

一臉冷漠盯著羅紫蘇的他，內心活動和羅紫蘇猜想的完全不同——

媳婦兒怎麼就這麼漂亮呢？皮膚好細嫩，眼睛好大，眼珠黑得發亮，睫毛長長的，鼻子挺挺的，嘴唇水嫩嫩的。沈湛的內心簡直要被又柔軟、又火熱的心情給占滿了。看著媳婦兒小口小口慢慢吃著飯，怎麼看怎麼招人稀罕啊！

吃了小半碗，羅紫蘇就吃不下去了。好飽，足足一年的饑餓讓她的胃小得可憐。可是這裡的人都不剩飯，家家都是種田的，浪費糧食簡直就是犯罪。

沈湛看著羅紫蘇由一開始的津津有味，到現在的艱難吞嚥，再看看媳婦兒單薄的小身板，別提多心疼了。這胃口太小了，連他一半的飯量都不到。

不過看著媳婦兒為難可不是好相公！

沈湛乾脆地拿過了羅紫蘇的飯碗、筷子，開吃。

羅紫蘇目瞪口呆地看著沈湛三兩口把碗裡的食物全部消滅。

「我餓了。」沈湛淡定地說了一句。

吃了飯，沈湛拄著枴杖想起來把碗筷送回廚房，羅紫蘇連忙阻止。

「你說廚房在哪裡，我拿去。」

「廚房在院子的東北角。」沈湛的臉登時就黑了一片，表情凶惡得不行。他太沒用了，居然連送個碗還讓媳婦兒來，媳婦兒會不會嫌棄他？沈湛越想越糾結，臉更是黑得能嚇哭小朋友。

不過羅紫蘇倒是不怕，她在現代時可是主廚，什麼刁蠻、任性、不講理的客人沒見過？小菜一碟。

羅紫蘇走出房門，才看到院子裡已經沒什麼人了，周圍黑乎乎的，剛剛還熱鬧的院子，現在已經黑成了一片，好似剛剛的熱鬧沒出現過一樣。

她辨認了一下方向，走到東北角的廚房，廚房灶上一鍋水還熱著，一旁還留有燭火，倒能看著清楚。她先把碗筷刷了放到一邊，這才四處看看找找。按著農家的習慣，果然在院子裡一角找到了木盆，這才端到廚房裡打了熱水，回到新房。

「你要不要洗洗臉？」羅紫蘇問沈湛。

「好。」沈湛比剛剛還黑沈的臉色似乎更陰沈了，一雙眼睛盯著羅紫蘇的樣子，好像要吃人似的。

這未來，喔，不對，是現在的相公脾氣真是夠壞的，難怪前身要跑。羅紫蘇無奈地在心裡嘆了口氣。

而沈湛的心情和羅紫蘇想的完全相反——媳婦兒居然給我打水了，好幸福！

這對新婚夫妻的腦波完全對不上。

沈湛洗了手臉，羅紫蘇倒了水刷了盆，又自己洗了手臉，最後才想起洗腳的事情。問了沈湛，拿了洗腳的木盆，羅紫蘇在廚房裡泡了腳，洗完了才打了熱水去新房裡給沈湛。

沈湛艱難地把鞋脫了，把腳泡到熱水裡時，心也似乎被泡到了熱水裡，暖暖的，把他整個人都沁在裡面，美得咕嘟嘟地冒出泡泡來。

有這樣溫柔漂亮的娘子，生平第一次，沈湛擔心自己不會甜言蜜語，留不住這麼好的媳婦兒。

羅紫蘇看著對方緊盯著自己的目光嘆氣。她都努力做到最好了，沈二郎再這樣不滿意，她也沒辦法了！

剛走到院中倒水，就聽到院門處像小貓一般的聲音傳來，讓羅紫蘇有些懷疑地抬頭看過去，黑乎乎的一團人影正往這邊挪。

「是二郎家的？」

一個女聲帶著幾分不耐煩問了一句，映著夜空的星光，羅紫蘇終於看到靠近的人影是哪個。

沈湛的娘親，她現任婆婆，李氏，容長臉，一身細棉靚藍的衣服，頭上的簪子在星光的反射下閃著一點光。

「跟個木頭似的呆站著幹什麼？」李氏瞪了羅紫蘇一眼，又不耐煩地低頭對著抓著她裙角的小不點喝斥一聲。「輕點拉我，這裙子我可是第一天穿！」

羅紫蘇這才注意到，剛剛她以為是貓叫的聲音，是李氏懷中孩子的哭聲，而拉著李氏裙角邊的，正是那個剛剛在新房看到的小不點兒大妞兒。

「給！這孩子太不聽話了，一直哭起來沒個完，吵得我睡不好。妳雖然今天才進門，可也是當她們的娘了，先試著抱抱孩子哄著她睡吧！這幾天累的，我可是不能再熬了！」

李氏自顧自地說完，直接把懷裡還在哭的孩子塞到羅紫蘇的懷裡。羅紫蘇反射性地抱住，李氏又把大妞兒的手掰開，把孩子隨手一推，轉頭扭著腰身走了。

羅紫蘇有些茫然地看了眼飛快消失的身影，又低頭看著懷裡輕得沒什麼重量的小寶寶，輕拍著晃了幾下，哭得有些沒力氣的孩子聲音小了些。

大妞兒有些無措地站在那裡，看著大伯娘嘴裡狠毒的後娘抱著她妹妹，心裡又怕又擔心。

奶奶不肯收留她們，她們是不是要被後娘打死了？現在後娘抱著妹妹，會不會一生氣就把妹妹摔了？想到這裡大妞兒一陣驚慌，連忙去房裡找爹爹。

「爹爹！」跑進房的大妞兒看到自家爹爹就好似看到靠山，衝上去抱住爹爹的腿。「妹妹、妹妹！」

「妹妹？」小妞兒怎麼了？沈湛一怔，心裡不由得擔心起來。

李氏什麼樣子他太知道了，如果不是為了成親，他是不可能把孩子托給李氏照看的。現在這麼晚了，大妞兒卻跑回來，是出了什麼事？

「沒什麼，是……是娘把孩子送回來了，說她們鬧得她睡不好。」抱著孩子走進房裡的羅紫蘇接著說道。

聽到小女兒貓兒一樣的哭聲，沈湛心裡十分不舒服。小妞兒生下來時就是難產，加上那時他還在服徭役，沒有好生照顧。大夫說過，小妞兒胎裡就體弱，已經有了早夭之兆，他卻傷了腿，無法像之前那樣上山打獵，賺些銀錢來給孩子補養身體。

羅紫蘇沒多說，抱著孩子哄了一會兒，懷裡的小妞兒終於含著淚花睡著了。

「不早了。」沈湛面無表情地說。

紫蘇對著張木頭臉真的好想掉頭就走，不過，有孩子在這裡她還覺得自在些。記憶中，對方因為受了傷，和前身是清清白白啥事也沒有。

羅紫蘇把炕褥鋪好，又拉過薄薄的兩床被子，沈湛和大妞兒一床，她和小妞兒一床，半摟著小妞兒睡在炕邊，自穿越重生後第一次這般安心地睡了。

第二天天剛濛濛亮，羅紫蘇就被哭聲驚醒，雖然哭聲小，可是她本就睡得不實，一下子就睜開眼。

沈湛一臉嚴肅地幫著小女兒換尿布，然而手法極笨拙，本來小聲哭啼的小妞兒哭得越來越大聲。

「把孩子給我吧。」羅紫蘇坐起來，伸手把小不點抱過來。如她所預料的，小妞兒也太瘦了，皮包骨的模樣，要多可憐就有多可憐。

還好她從前在孤兒院時沒少幫著帶小孩子，換尿布比沈湛強了千倍不止。

把髒衣服都給小妞兒換下來，又問過沈湛，找出乾淨的給小妞兒換上，看到小妞兒身上的皮膚有些發紅，羅紫蘇皺皺眉。

小妞兒穿的都是粗布的舊衣，一看就是別的孩子穿舊的，這倒沒什麼，畢竟村裡都是這樣的。可是這衣服看樣子也不知道穿了幾手，洗得發硬，換下來時一摸都硌手，難怪小妞兒的皮膚磨得發紅。

換好衣服，小妞兒瞇著黑亮的眼睛看著羅紫蘇，揮著手求抱抱。羅紫蘇很是稀罕地抱到懷裡拍了拍，又餵了小妞兒幾口水，小妞兒又睡了。

「每天早上去哪裡做飯？」羅紫蘇問沈湛。

「出了院門往左轉，主屋北面是灶房。」沈湛簡單俐落地回答。

羅紫蘇看大妞兒睡得很香，一時半刻醒不來，她和沈湛說了一聲就走出屋子。

昨天天黑，她都沒能好好看看，這屋子外的小巧院落顯然是自另一邊的院子裡分出來的。靠東面的圍牆大概一人來高，身後是三間土坯房，其中靠東面的是她昨天睡的屋子，另兩間不知道是做什麼用的？西側的房子窗前有棵不太精神的枯樹，而靠院牆南側，是用土坯建的低矮灶房。

羅紫蘇先去了灶房，起了火，燒上一大鍋水，這才快步出院門，往左側的院落去。迎面就是一個嶄新漆黑的院門，院門半開，裡面正有人聲。

羅紫蘇走進去，就看到沈大郎的媳婦周氏正在院子裡抓著孩子洗臉，看到羅紫蘇走進來，臉上似笑非笑。

「這就是弟妹吧？天兒可是不早了，我幫大寶兒洗好臉就過去做飯呢，弟妹幫我打個下手？」

「不用了，大嫂妳忙著，我去做飯。」羅紫蘇自原身的記憶裡清楚地知道，對方一直對原身有說不出的敵意，而剛剛的話，更是充滿濃濃的惡意。

在這裡有個習俗，就是新婚的媳婦兒第一天早上要做上一桌飯菜，讓婆家人看看新媳婦能幹不能幹，試試新媳婦的手藝。

只是，羅紫蘇進廚房後，就覺得傻眼。

前一天是有喜宴的，因而廚房裡的剩肉不少，只是，能用的新鮮食材卻沒多少，就一棵白菜、一把大蔥、兩個雞蛋，還有幾個餅子，其他就沒了。

農家平常吃飯倒是簡單，可是一般新媳婦進門，還是會準備新鮮菜蔬、肉類什麼的，給新媳婦發揮空間，不然有手藝沒東西做也做不成的。

每家新婚第一天準備的菜蔬，就代表著婆家對新媳婦的態度。顯然，她婆家對她很是不滿。

羅紫蘇嘆口氣，看了眼這乏善可陳的菜，又翻找了一下，對短少的調味料更是無語。

沈家人口雖然不多，可也不算少了，她最少也要備出四到六個菜才行。

羅紫蘇先洗了手，選出一塊五花肉切成小塊，又挑了一塊剁成肉糜，洗了白菜切好，大蔥切段備用。

起了火，羅紫蘇先燒一鍋開水，把肉糜搓成丸子，滾圓的丸子熟透後飄在水面上，撈出來後，再把小塊的肉丟到水裡燙出血水，這才把肉塊撈起。

倒掉髒了的水刷好鍋，往鍋裡倒一點油，沒有冰糖，羅紫蘇就把找到的一點白糖倒進去，熬出糖色後加入蔥薑，放入肉塊開始爆炒，一直到把肉裡的油都炒出來。因為沒有醬油，羅紫蘇把少許大醬放入鍋中，倒入水沒過肉塊後蓋上鍋蓋。

接著淘米放到小盆裡倒入少量水，找出筷子支到鍋裡，放上小盆蒸米飯。另一邊又起一個鍋灶，在砂鍋內放入一點點油，等油鍋熱了，放入白菜，蓋上鍋蓋，等菜葉燜出水後把肉丸子丟裡頭，放上蔥薑，切上幾段紅辣椒，只放一點點的水，做成砂鍋燜丸子。

等到紅燒肉的味道出來時，丸子早就熟了，羅紫蘇端起鍋放到一旁。之前的剩肉還有一小塊，她切成薄片，加入麵粉、蛋清、鹽還有香油，用手揉壓入味。大蔥切成斜絲，等鍋熱了放入油，用蔥白爆香，接著把肉片滑入鍋內，翻炒幾下待肉片變色，加入蔥絲，灑了幾滴醋去肉腥，也能讓肉質更加滑爽。

她俐落地把蔥爆肉盛出鍋，把餅切成最小的小丁塊，找出一小把芝麻炒香，又把之前留下的一點肉糜放入蔥薑末、鹽還有白糖調味，把餅塊、芝麻都放進去攪拌。挖出一點麵粉和麵，擀成麵皮，把調拌好的餡料放進去包成四個小餅，放入鍋中蒸熟，拿出後用刀一切兩半，再把切好的餅擺在盤子裡，肉糜餅就做好了。

羅紫蘇計算著，紅燒肉、砂鍋燜丸子、蔥爆肉、肉糜餅，她又快炒了個醋溜白菜和大蔥炒雞蛋，終於湊足六個菜，蒸的米飯也出了鍋，把碗筷都擺放好後，羅紫蘇擦擦汗。

「好香啊！」灶房門口處小朋友吞口水的聲音很明顯，羅紫蘇轉過頭，就看到兩個小孩兒正趴在門框處望著她。

一個是小男孩，正是剛剛被周氏按著洗臉的大寶兒，她大伯子家的兒子，另一個估計就是他的妹妹二妞兒。

兩個小孩兒看羅紫蘇看過來，很想轉頭就跑，可是又捨不得灶房裡傳來的陣陣香氣，於是十分糾結，眼巴巴望著羅紫蘇。

羅紫蘇對小包子什麼的沒有抵抗力，看小孩子眼睛裡快冒綠光了只是笑，伸手揀了兩塊五花肉在碗裡，給兩個人一人一塊。

「哎喲，弟妹真是能幹啊，這麼快就把飯做妥了！」周氏走進灶房時看了一眼菜色，聞著灶房裡的香氣也有些餓，微有些陰沈的臉色在看到自家的兩個寶貝疙瘩吃上肉後緩了緩。

「娘，二嬸做的肉好吃！」大寶兒吃得噴香，狼吞虎咽地把肉嚥下肚，眼睛都亮了。

「我還想要吃，二嬸再給我一塊吧！」

「是啊，二嬸做的比娘和奶奶做的都好吃，也比姑姑做的好吃！」二姊兒也點點頭，小辮子跟著抖。

「閉嘴！吃東西還塞不住嘴，長輩還沒上桌呢，真是眼皮子淺的東西。」

周氏原本緩和一些的臉色又垮下來，一副極不滿的樣子，不過她捨不得罵兒子，就對著二姊兒陰沈沈的。

二姊兒被娘罵得癟嘴就要哭，羅紫蘇連忙又挑出兩塊肉，給兩個孩子分了。

「乖，別哭啊，一會兒請爺爺奶奶過來一起吃才行。」

羅紫蘇看桌上飯菜準備得妥當，想起孩子還在沈湛那邊，連忙和周氏打聲招呼，走出灶房。

院子裡一個十二、三歲的小姑娘正笑嘻嘻地與另一個年輕婦人聊著什麼，聽到腳步聲看過來。

「這就是二嫂吧？這動作可是夠慢的，爹都下地回來了！」那年輕婦人對著羅紫蘇陰陽怪氣地開口。

羅紫蘇認出這兩人一個是小姑子沈小妹，另一個是沈祿的媳婦姜氏。

姜氏對她冷眼自是有原因的，姜氏的姨母姓鄧，正是她的前婆婆。前身的記憶裡，過不了兩天，就會因姜氏與她母親通了氣，鄧氏帶著人跑去羅家討說法。

而沈小妹就更絕了，因前身比她長得漂亮，她沒少給上輩子的羅紫蘇使絆子。

「我先去看看大妞兒。」羅紫蘇對熱臉貼冷屁股完全不感興趣，維持禮貌地點點頭，扭頭就走了。

「二嫂真是有意思啊，看到三嫂和她招呼都懶得理會似的呢？」沈小妹天真地道。

姜氏的臉更是陰沈沈的，沈小妹微微一笑。

羅紫蘇往自家院裡走時忽然感覺有些不對。

院子裡，大妞兒撅著小屁股正趴在地上，往屋角處的枯樹邊看，小腦袋歪歪的，頭髮亂七八糟，一看就知道是胡亂纏綁的。大妞兒聽到羅紫蘇推門的動靜回過頭，臉上都是驚嚇。

「大妞兒，妳做什麼呢？」

羅紫蘇上前要抱，大妞兒像個受驚的小兔子，「嗖」的一下奔回了房間。

「爹、爹！後娘來了！」

大妞兒的話讓沈湛的臉更黑了。「不許喊什麼後娘！」

沈湛在大妞兒的心裡一直是個有威嚴的爹，不太熟悉。但因是自己的爹爹，又會情不自禁地親近一些，不過沈湛一怒或者她覺得沈湛生氣時，她就怕了。

大妞兒往後退一步不敢上前，這時躺在炕上的小妞兒哭起來。羅紫蘇怕大妞兒摔倒，緊跟了幾步進來，正看到沈湛黑著臉。

這人，對個四歲的小娃娃冷什麼臉！

羅紫蘇有些不滿意，不過因起因是她，倒是不好說太多，只好先對著沈湛點點頭，把小妞兒抱起來哄了哄。「乖，娘去給妳打水洗臉。」

小妞兒像是聽得懂羅紫蘇的話，停下哭聲張著雙淚眼看著她，黑黑的眼眸水洗般發亮，小巧的嘴唇動了動，嘴裡模模糊糊的不知道嘟噥了句什麼。

羅紫蘇把孩子先放回炕上，去廚房打了熱水，用缸裡的水兌溫，進到房裡一邊給小妞兒洗臉一邊催促。「你先幫我找套乾淨衣服，一會兒給大妞兒換上。」

沈湛自己早就洗漱完了，聽了羅紫蘇的話，轉身在櫃子裡翻了套衣服出來。

羅紫蘇動作極快，一會兒就幫著小妞兒把小臉和手腳都擦得乾乾淨淨，又把小妞兒的頭髮小心用半濕的帕子擦了擦，再用乾爽的帕子擦乾，這才換了水，轉頭伸手去拉大妞兒。

本來大妞兒很排斥羅紫蘇的接觸，可是看妹妹被後娘擦臉洗手的樣子，心裡又很羨慕。她生下來時是難產，又是個女兒，親娘很不喜歡她，加上沈湛那時不在身邊，李氏對自己的這個二媳婦看不順眼，出了月子就可勁兒地折騰，王氏天天早起晚睡，哪裡還有心思關注自己的閨女，因此大妞兒更是不受重視。

大妞兒的臉都是李氏想起來就隨便洗一把，想不起來哪裡管她。看妹妹被這狼後娘又洗又擦，大妞兒心裡說不上是什麼感覺，因而羅紫蘇過來拽她，第一次，她沒有嚇得後退也沒排斥，而是低著頭任著羅紫蘇拽過來不說話。

不拒絕就好。羅紫蘇鬆了口氣。現在時間緊迫，她可沒時間好好哄這孩子。輕柔地給大妞兒洗了臉和手，發現水都黑了，再看大妞兒的脖子和其他部位，羅紫蘇忍了忍。算了，一會兒吃完飯再回來給這孩子還有小妞兒徹底地洗個澡吧！

她用梳子把大妞兒一頭亂草般的頭髮梳順，綁了一個小辮子；因為沒什麼好看的頭帶，只能又拿起之前的黑繩先對付著纏上。

收拾好了兩個孩子，羅紫蘇鬆口氣，對著坐在炕邊讓人覺得像塊石頭的沈湛說。

「行了，我們一起去吃飯吧。」

抱起小妞兒，羅紫蘇看了眼大妞兒。「你看著大妞兒吧。」

她抱著小妞兒出了門，聽到身後枴杖落地的聲音才鬆了口氣。出了門進了另一扇，院子裡小姑子沈小妹臉色很是難看地站在那裡，也不知道在幹麼？

「怎麼才來！爹娘都等著呢！」

呦呵，這是誰惹她了？羅紫蘇心裡挺詫異的，要說這小姑子就是白蓮花——外表柔弱，可是壞心眼一個不少，但是從來不會流於表面；像這樣負面情緒外露，在前身的記憶裡還沒有過。

心下有些明白，羅紫蘇臉上卻不露什麼，只是歉意地對著沈小妹笑笑。

今天要找她碴的人可不只是沈小妹一個，她要對付的另有其人呢！

抱著小妞兒進了堂屋，沈小妹冷著臉跟在羅紫蘇的身後，沈湛領著大妞兒走在最後面。

堂屋支了桌子，六盤菜並著飯都擺在桌面上，沈忠與李氏上坐，一桌子人，就等著她們呢。

「老二，不是娘說你，雖然今天是你成親第一天，可是又不是新婚，一個二婚怎麼還連炕都起不來了？」李氏冷冷地看了沈湛一眼，目光落在羅紫蘇身上時更是不滿。

「老二家的，妳更是過頭了，給妳留下什麼就做什麼，這一桌子菜的，用了多少油？居然還用糖？那剩下的肉我可是打算吃上一個月的，可是現在卻一塊也不剩了。為人妻子，居家過日子不算計著來，有金山銀山也要敗光。」

李氏的話早在羅紫蘇意料之中，不過當初對前身不是這樣說的，而是做的菜太少，做活兒不索利，然後不到一天，她的「美名」全村皆知。

接著，沈家就分了家，村裡人都紛紛傳言是她這個媳婦讓李氏太不省心，弄得全村的人都排斥她，要不前身也不會下定決心私奔而走。

「腿疼。」

沈湛簡單明瞭地說出兩個字，心裡對於李氏的話怒不可遏，可是對方是他的娘，他只能黑著臉，走到桌前用力一拽木椅，只聽「啪」的一聲，本就有些陳舊的木椅碎裂一地，死得淒慘無比。

滿室皆靜。

李氏的臉可笑地扭曲了一下，她想繼續說話，卻發現自己發不出聲音，沈忠有些不滿地抬頭看向沈湛。

沈湛依舊一臉木然。這椅子坐了這麼久，木料也不結實了，他一時用力過猛也沒辦法。眾人顯然沒有理解他的意思，沈小妹本來一臉不開心也都收了回去，一家人噤若寒蟬。沈湛自戰場上回來後，身上煞氣重了許多，一家人多少都有些怵他。

「都坐下吃飯，天色也不早了。」沈忠發話。

聽了沈忠的話，羅紫蘇連忙把自己的木椅拽給沈湛坐，又讓大妞兒坐到旁邊，自己隨手拉過一個木凳子抱著小妞兒坐下。

「既然進了沈家的門，以後就安分守己地過日子。之前咱家就想分家，因為老二自己拉扯兩個孩子不容易，這才一直拖著。既然現在老二成親了，那吃了飯，老三你就去把里正請來，咱們分家。」

羅紫蘇無語。

這得是多急切啊，成親還沒回門呢就要分家？之前前身的記憶可是成親了一個月，沈忠看沈湛腿養好卻瘸了，李氏覺得她們不能養閒人，這才急急分的家；這一世倒好，李氏沒急，沈忠急了。

沈忠說完想說的話，直接拿起筷子就吃飯，沈祿想說話，卻被李氏瞪了一眼憋回去。開什麼玩笑，她想分家可是想了好多年！當初沈湛自戰場上回來時她就想分了，要不是沒兩個月就有徭役，得讓沈湛去頂名額，這家早兩年前就分乾淨了。

眾人拿著筷子開始掃蕩，羅紫蘇被眾人的吃相嚇了一跳。每個人都如同餓死鬼投胎似的，盤子很快就要見底，大寶兒和二姊兒有戰鬥力強悍的周氏照顧，可大妞兒就明顯地落後了，才扒進嘴裡兩口飯一塊肉，大家碗裡的飯就進肚一半了。

這怎麼行！

羅紫蘇拿起筷子開戰，三兩下給大妞兒夾了好幾塊肉還有白菜丸子。李氏不滿地瞪她，羅紫蘇全然當做沒看到。

不過，因為羅紫蘇只顧著大妞兒，自己忘記夾菜了，很快地盤子裡就剩下些許肉汁菜湯，各家媳婦很有默契地分別給自己和自家相公倒進碗裡，拌了剩下的飯。

羅紫蘇看著自己的碗只剩發呆了。糙米本來就吃不慣，再沒有下飯的菜可怎麼辦？

沈湛本來只夾了兩塊肉意思一下就算了，家裡人吃飯時什麼樣他早就知道，平時也不願多夾菜討人嫌。可是現在看到羅紫蘇的模樣，再看到大妞兒碗裡的菜，手裡的筷子一動，兩塊肉都夾到了羅紫蘇的碗裡。

羅紫蘇有些怔。她從上輩子到這輩子，以及羅紫蘇前身那輩子，還都沒有過被人夾菜的經歷。

上輩子還是羅紫丹的時候，她是個孤兒，吃飯就是一場沒有硝煙的戰爭，晚一點兒就餓肚子了。長大後，也許是因為小時候搶不到什麼餓過頭，她對美食有種異於常人的執著。在高中畢業後她就開始學習廚藝，流連於各個飯館打工，集各家所長，直到後來遇到一個落拓小飯店的小老闆，也就是她的前夫。

她努力拚搏，一心向上，把前夫家的小飯店發展成市裡數一數二的飯店，付出很多心力，因勞累過度流產了幾次，結果再也不能生育。不滿她家世的婆婆更是對她看不上眼，前夫後來外遇，她婆婆恐怕也出了不少力。

而羅紫蘇的前身也是如此，家中孩子多，爹娘對她不算差，可是離著疼惜、愛憐，差上很多。嫁到林家被虐待，改嫁沈家受盡白眼，沈湛在前世對前身漠視居多，而與小貨郎私奔後更是過著受盡苦楚的日子。

所以，沈湛給她夾菜是怎麼回事啊？說好的漠視呢？

羅紫蘇心裡糾結，手上動作不停。如果沈忠他們放下筷子，做小輩的自然也就要停下不能吃了，因此羅紫蘇動作很快，就著兩塊肉迅速地扒著飯。

沈忠吃完飯放下碗，看眾人也一同放下，心裡滿意地點點頭。

大寶兒他們幾個小孩子吃得慢，倒是繼續吃。

「嗚嗚嗚……」

懷裡的小妞兒自坐到飯桌邊就不太老實，頻頻想用小手去抓飯。一歲的小孩子按理來說，腰骨應該硬實一些了，可懷裡的小妞兒卻連坐都不是太穩，軟趴趴的，在羅紫蘇懷中扭動，雖然力氣小，可小孩子太軟她也有些抱不住。

看碗裡的飯都被大家吃光，小妞兒委屈地嗚咽起來，小肚子癟癟的，餓肚子好難受。

「怎麼，妳早上沒餵她吃東西？」李氏一臉不耐地問。

她忘記了！

羅紫蘇心裡一下子愧疚起來。照顧小孩子畢竟是很久之前的事了，她之前只給小妞兒餵了點糖水，本想著一起吃點飯，可是剛剛坐下她才注意到，小妞兒居然牙才冒了一點點小尖尖，什麼也吃不了。

而且糙米也不適合小孩子吃，不知道小妞兒平常都是吃什麼？

「快去熬粥餵她！」李氏聽著小妞兒的哼唧聲就煩。

「是，那我先去了。」羅紫蘇說著抱著小妞兒往灶房走，不過心裡卻擔心起來。

這眼看著就要分家，在她記憶裡，前身分家可是沒得什麼東西，就那麼幾畝地，苗都剛長出來，等糧食長出來還要幾個月呢，這小妞兒到時怎麼辦？這孩子很明顯是營養不良，都一歲了還軟綿綿的，不補一補以後恐怕真不行。

羅紫蘇進了灶房先抬頭四顧一圈，找了一會兒，除了糙米，居然還有一小捧小米，她也不管後果，把小米拿出來淘了淘到鍋裡熬。

等到周氏她們收拾碗筷時，小米粥已經熬好了，羅紫蘇把上面的米糜盛出來，撈了些軟爛的小米粒，吹涼了一匙匙地餵。

「妳這個敗家娘們！」李氏聽了姜氏的小話還不太相信，結果進到灶房就看到羅紫蘇在用小米粥餵孩子，登時火冒三丈，指著羅紫蘇就開罵。

「妳可真是膽子大啊，居然給這小崽子喝小米粥！那是我特別攢出來要給妳弟妹生孩子用的！」姜氏已經有了近三個月的身孕，上輩子李氏也是以此為由，明明分了家，可是只有她們二房搬了出去。

「娘！」羅紫蘇醞釀了一下，眼眶紅起來。「您別生氣了，我也是找了半天沒看到糙米在哪裡，小妞兒又哭得可憐，這才熬了點小米粥，我就用了一點點兒！」

前身自然是知道家裡米麵都放哪裡，可是羅紫蘇是不會承認的。

羅紫蘇聲音極大，估計緊挨著灶房這邊的鄰居絕對能聽得清清楚楚。

「妳！」李氏的臉落下來。因為怕這幾個兒媳婦偷嘴吃，她糙米、糙麵都是放在靠裡的那口大缸裡，而這小米是掛在灶房上面的籃子裡，因家人都知道，那籃子裡的東西都是李氏的稀罕物，是以誰也不敢動的。可羅紫蘇新嫁，肯定不知道的。

李氏還想再罵，可是羅紫蘇聲音太大，沈忠是極愛面子的人，若是知道她教訓兒媳婦弄得人盡皆知，估計就是她自己倒楣了。

李氏想到這裡決定忍了。不就是一把小米麼？大不了她分家時讓當家的把錢扣回來。

一轉身，李氏走了。姜氏一門心思地等著看熱鬧，誰知戰爭剛開個頭就結束，心裡失落之餘又憤怒起來。

「弟妹也想喝小米粥？」羅紫蘇諷刺地看著姜氏笑，眼中的了然讓姜氏臉色發青。

「不喝！」姜氏一轉頭走了。

羅紫蘇也不管她，安心地餵孩子。

沈忠愛面子，李氏很怕他，前身的記憶還是有用呢。

餵了小妞兒又抱著拍了拍，吃飽的小妞兒開心地咬著手指，眼睛依賴地看著羅紫蘇，黑漆漆的眼睛好似會說話，一彎唇角就露出臉上小小的酒窩。

太稀罕了怎麼辦！

羅紫蘇一邊抱著小妞兒往堂屋走，一邊狠嘴親了好幾口，感覺到有人看過來，她低頭一看，小小的大妞兒一隻手扳著堂屋的門框，一隻腳踩在外邊，歪著身體望著她。

「大妞兒怎麼在這裡？」

這時氣雖然是暮春，可是多少還是有些寒氣，大妞兒身上的小襖很薄，畢竟是別人穿過的舊衣服，哪裡還能保暖？

大妞兒小臉紅通通的，只是看了她一眼，就轉身邁進堂屋跑走了。

羅紫蘇走進堂屋裡，桌子已經收拾乾淨，沈忠和李氏一個坐在正位，一個在側位；沈祿去請里正；沈大郎沈福坐在一側若有所思；沈福的一雙兒女互一人一邊，在周氏身邊膩著；姜氏在周氏的下首坐著，悶不吭聲。

羅紫蘇看了一眼，在姜氏的對面坐下來，抱著小妞兒自顧自地逗她。靠著沈湛腿旁的大妞兒眼睛緊緊盯著羅紫蘇，眼睛一閃一閃的也不知道在想什麼。

里正來得很快，帶著文書，想來是沈忠之前就通了氣的？

「好，現在里正也來了，我就和大家說一下這家怎麼分。」

沈忠讓沈小妹給里正上了一杯茶就坐到了一邊，這才沈著地開口。

「家裡房子，當初早在二郎去當兵時就分開了，那時是為了老二家的自己一人在家，住在這裡人雜是非多，現在我看就那般分了吧！房子翻新時，我就已經把那邊的地契、房契單獨立了出來。」

沈忠說著，拿出一個小木盒，從裡面取出了兩張紙，正是沈湛那邊院子的房契和地契。

「老大和老三呢，就暫時在這邊先住著。老大家的大寶兒開始念書了，老大家的自己看護不過來，老三家的也馬上要添丁了，這兩家的房子，就從這新院子裡出。」

李氏一邊說一邊看著沈湛，全家人誰她都不是太怕，除了沈忠，就是怕這個二兒子。雖然從來話都不多，可是一旦對方冷下臉來，她就心裡打鼓，這讓她怎麼對這孩子親近得起來？

「還有就是地。」

沈忠等了片刻，見二兒子不吭聲，他就繼續說起來。「家裡的地一共有十五畝水田，六畝旱地，兩畝沙地。」

沈福和周氏驚訝地互看了一眼，姜氏和沈祿也是目露驚色。這家裡有多少地，他們年年幹著活自然是知道的，明明是二十五畝水田、十六畝旱地，還有十畝沙地，怎麼一下子少了這麼多？

「當初二郎帶著養家銀子回來，因著給二郎媳婦治病，欠了你舅一大筆銀子，還你舅舅時就把那二百兩銀子當做本金開了雜貨鋪子。這不，你舅舅雜貨店裡還算紅火，掙了些銀子，就說看咱家家業太薄給置辦了些地。這些地收成歸咱家，不過，地契卻是在你舅那裡的。」

羅紫蘇真想冷笑。沈家什麼人，別人不說自己還不知道麼？說到底不就是想光明正大的把沈湛賣命掙來的銀子收歸己用嗎？

沈湛像是個悶口葫蘆，在聽到自己的賣命錢變成了別人的地的時候，一樣面無表情。

「這些地，你們水田一人五畝，旱地一人兩畝，還有兩畝沙地就不給你們了，留著給你們小妹置辦嫁妝。」

李氏欣喜地點了點頭，心道自家女兒可是不一樣的。雖然才十三歲，可卻是滿村都知道漂亮懂事又能幹，繡活不必說了，還有家裡的其他活計，都是俐俐落落的。

村東的許秀才可是剛滿十七，對沈小妹來說雖然年紀大了一些，但是許秀才的爹今年剛去了，守完孝期正是當時。

第三章

雖然這分家的事情除了羅紫蘇，其他人都在沈湛成親前就知道了，可是怎麼分卻是沒人知曉的。

沈福知道自己是吃不了虧的，因為李氏最疼的就是自家長子。

周氏臉色有些難看，這兩畝沙地的陪嫁，是不是有些多了？可她卻半句話也不敢多說。

倒是一旁的里正，有些坐不住地動了動屁股。沒辦法，按輩分他是和沈忠同一輩的，他的兒子沈原當初和沈湛一起被徵了兵，戰場上可是多虧了沈湛才能活著回來。現在，沈家分家他沒啥意見，可是這沈湛的賣命銀子一分不剩，他是真的很有意見！

只是，這是沈家的家事，即使他是里正，卻沒什麼能插嘴的餘地。

「里正，你看？這樣分怎麼樣？」沈忠分完了家，結果屋子裡一片靜悄悄，一個說話的都沒有，他等了半天也沒人開口，只好轉頭問里正。

「沈老哥。」里正思索了一下。「這家裡的糧食又是怎麼個分法呢？二郎家裡還有小的，這糧食一斤沒有，銀子也沒有，他們一家子要餓死不成？」

「這是我的不是，我居然忘了這個。」沈忠連忙說。「家裡的存糧還有三百多斤糙米，二百多斤粗麵，還有二百多斤玉米麵，紅薯有一百多斤，這些都分出三分之一給二郎。大郎和三郎還沒搬出去，就先放一起，什麼時候搬走了什麼時候再說。」

合著這就是奔著把沈二郎分出去才分家的？

里正徹底地明白了，心下登時對沈忠不滿起來。這房子翻新是怎麼翻的？不是沈湛當兵回來的賣命錢嗎？沈湛當年被抽了壯丁，還不是沈忠推出來的？當初明明應該沈福去的，結果他和李氏硬是把沈湛的名字添上，這事就已經夠不地道了！

「好了，這是分家文書，你看看。」

再不滿意，里正也無法再說什麼，能幫著沈湛爭上幾斤糧食，他也就算是盡了力，其他的他實在是無法插手。

沈忠看了點了點頭，又看了眼沈湛的腿，思索了一番寫上了名字。

一式五份，沈忠和三人兒子一人一份，里正那裡一份，這都是要去衙門登記的。

分了家，沈湛也不多言，直接站起來就往自家走。

「二哥，一會兒我把糧食、地契給你送過去。」

沈祿的臉色極難看。分家這麼分，二哥有多吃虧他比誰都清楚。爹娘也太過分了，從前曾經也對二哥好得要命，可是不知從何時起，二哥越來越不受重視，越來越受冷眼，真是讓他不知該怎麼說。

要不是小時候，他清楚地記得爹娘對二哥有多好，他真懷疑自家的二哥是不是撿來的？難道，就因為一個算命的一句話，就讓他們立即把對二哥的感情都收回去？

這邊羅紫蘇也沒多言，看沈湛走了，身後還跟著大妞兒這個小尾巴，她也抱著小妞兒跟上了。

看樣子，今天開始，就要各自開伙了？不過這樣也好，她做事也就更簡單方便了。出了堂屋，空氣中突然傳來一陣清幽的香氣，羅紫蘇轉過頭去，看到了後院灶房北面，隱約有一片幽幽粉紅。

那好像是桃花？

桃花村之所以叫做桃花村，自然是因桃花村幾乎家家都有桃樹。一到春季時節，滿村幽幽花香，看得到桃紅片片；夏秋時節，賣桃也是桃花村村民主要貼補家用的手段。

抱著小妞兒回到院子裡，她就看到沈湛拿著柴刀、麻繩，架著枴杖自灶房出來。

「你這是……要去山上砍柴？」羅紫蘇有些發怔。

沈湛點了點頭。今天分家了，晚上自然是在自己家裡這邊開伙。灶房裡什麼菜也沒有不說，就連柴火也沒剩多少，這個家裡就他一個大男人，難不成還讓他在家看孩子，讓羅紫蘇去砍柴麼？

身為一個男人，他有責任要讓妻子兒女過上平安安逸的日子。

「不行，你腿這樣子怎麼上山？」羅紫蘇簡直不敢相信，這男人是不是沒腦子？

「我只是腿摔傷了。」一手又沒斷。

羅紫蘇意會了沈湛後面那句，卻覺得這男人真是……怎麼說呢，逞強？傻瓜？沒腦子？

都不是，羅紫蘇也說不上，似乎從今天他給她夾菜後，一切都不對了。明明對方話也不說，什麼表情也沒有，可是她卻感覺得到對方的善意，從冷漠外表之下流露出的善意。

懷裡的小妞兒伸手抱住羅紫蘇，小小的身軀扭了扭，沈湛繞過羅紫蘇，用枴杖一點一頓地往前，想往外走，他身後小尾巴大妞兒亦步亦趨地跟著。

「相公！」羅紫蘇腦子一熱，這兩個字就喊了出來，沈湛一僵，停下步子有些不敢看羅紫蘇，只是悶聲道。「妳在家看孩子。」

「二哥你幹麼！」剛艱難地邁出門口，沈湛就被沈祿攔住了。

「我就知道，你一定會逞強！你這腿大夫可是說了，一定要好好靜養才有機會好，不然……你想後半輩子都這麼過啊？柴火咱那屋有的是，還是你服徭役前劈出來的呢！足足三大屋子，現在還剩一半呢，你等著我給你扛過來一些，明天開始我幫你去山上劈柴給你送來！」

沈祿對沈湛還是比較了解。這二哥話少，可是心思重，既然被家裡分出來，就一定一分便宜也不占家裡的。

沈湛搖頭不說話還要走，沈祿沒辦法，只好硬把沈湛手裡的柴刀、麻繩搶過來，大聲對羅紫蘇喊了一嗓子。「二嫂，快來把我二哥扶屋裡去，我現在就上山砍柴去，一會兒回來。」

「二哥，你忘記小時候都是你背著我、看著我了？我個當弟弟的，照顧你是應該的。這次徭役明明是我該去，是你頂了我的名額，你不讓我砍柴，我今天晚上就搬過來和你一起睡，一直照顧到你能走！」

沈湛不再搶柴刀，看了沈祿半晌，扭頭拄著枴杖回屋了。

羅紫蘇鬆了一口氣。她倒是可以上前扶沈湛，可是她看出沈湛是個執拗的性子，她未必倔得過他。

沈祿也鬆了一口氣。從小他雖是跟著沈湛長大的，但如今他也有些怵著沈湛。看沈湛回了屋，他和羅紫蘇打了個招呼轉頭去了山上。

羅紫蘇抱著小妞兒回了房裡，沈湛一臉陰沈地坐在炕邊，也不知道在想什麼？兩人無言相看了半晌，羅紫蘇決定還是做自己計劃的事情，其他再說。

「我去燒水給大妞兒、小妞兒洗洗澡。」

完全沒指望沈湛回答，她去灶房看了看火，灶上的大鍋還有不少水，她又添了一些，加上柴火，讓爐火更旺一些，這才開始查看灶房裡都有些什麼東西。

這裡顯然也曾經開過伙，調味料倒比大屋那邊齊全。一些米、麵什麼的沒看到，灶房梁下掛著一個籃子，裡面倒是有小半袋子的精麵。看到久違的白麵，羅紫蘇挺驚訝的，不過馬上反應到這應該是懷裡這小傢伙的口糧。

農村這麼大的孩子一般都沒斷奶，可是小妞兒顯然就是個例外。這麼大的孩子，除了喝點粥，也就只能吃點米糊、麵糊了。

鍋裡的水滾了，羅紫蘇出了灶房找到一個半大的木盆，再到灶房裡先倒了些涼水，又兌上熱水，試好了溫度，就去房裡拎孩子了。

她把小妞兒給了沈湛，放到炕上看著，她這邊去抱大妞兒。

想像中的反抗沒出現，大妞兒被羅紫蘇摟在懷裡時只是用眼睛看著她，反而是她被嚇了一跳。懷裡的小孩子身上微涼，只有被衣服遮住的地方多少有些溫度，羅紫蘇抱到懷裡站起來掂了掂，臉上變色。

「大妞兒，冷嗎？」

大妞兒沒吭聲，突然趴到羅紫蘇的肩膀上，小孩子柔嫩的臉頰涼涼的，冰在羅紫蘇的脖子上，讓她戰慄了一下。

「冷。」

小孩子軟軟的聲音很小，低低的，似乎有些害怕、有些試探，羅紫蘇彷彿整個心都被揉了一下。雖然大妞兒有些排斥她，可是她卻怎麼都無法對這孩子不親近。也許人生的緣分就是這樣奇妙，讓一直沒孩子的她穿越了時空，重生到了羅紫蘇的身上，讓她遇到了這兩個可憐的小孩子，求而不得的珍寶，就這樣被她抱在懷裡，羅紫蘇的心前所未有的柔軟。

她把早上讓沈湛找出來卻沒換上的乾淨小襖拿到灶房裡，關上門，羅紫蘇開始了洗刷的大工程。全程大妞兒一點兒也沒有小孩子下水的活潑，也不像其他小孩子一般排斥被搓澡，羅紫蘇動作很輕，不過大妞兒還是在她搓到手臂時瑟縮了一下。

羅紫蘇剛開始沒注意，不過第二次再搓到肩膀內側時，大妞兒又縮了縮。灶房裡很暗，羅紫蘇本來是透過灶房小小的窗子來照亮的，大妞兒異常的反應讓她心中一動。

點了燈，照到了大妞兒身上時，羅紫蘇臉都黑了。

大妞兒的小身板上，肩膀內側、後背，還有大腿內側，居然都有指印！

並且身上還有一些橫七豎八的條印，估計是用樹枝之類打出來的，羅紫蘇知道大妞兒這小小年紀就心存防備，一定和她失去親娘有關，可沒想到這麼小的孩子，居然還有人這樣打她！

羅紫蘇氣得快發抖了，可是看了眼一臉無辜的大妞兒，她強壓下怒火，把燈放到桌邊，接著給大妞兒洗澡，不過動作更加輕柔。

洗了澡，又洗了頭髮，換了兩次水，才把髒乎乎的小姑娘變成了水靈靈的小萌妞兒。

因大妞兒太瘦小，一雙眼睛異常的大，有些蠟黃的小臉蛋嫩乎乎的。羅紫蘇用乾淨的布巾給大妞兒擦乾了身上的水，換上乾淨的衣服。

薄薄的小襖，拿在手裡卻還是有些重量，羅紫蘇知道，這是小襖裡的棉花結了塊才會這樣，小孩子穿著也不舒服。可是沒辦法，現在沒別的，只能先給大妞兒換了。

換好了衣服，羅紫蘇抱著披著頭髮的大妞兒回了屋，讓大妞兒先在炕上玩，順便晾頭髮。炕上已經燒得熱乎乎的，不怕孩子涼著。

沈湛看著羅紫蘇，眼睛亮得出奇，他不明白羅紫蘇為什麼可以這樣自然地對待自己的女兒，卻對這樣的羅紫蘇更加心動。

羅紫蘇不明白這沈湛是什麼毛病，給他閨女洗澡他還瞪她？算了，她是為了孩子好，才不理這個神經病。

小妞兒正在炕上到處爬，看到姊姊立即露出笑，快快地爬過來張開小手求抱抱。「小妞兒乖，等會兒，馬上就過來抱妳。」

羅紫蘇快步出屋，就看到沈祿已經扛著四捆柴走了進來。

「二嫂，這柴夠用兩天的，後天我再砍了送來。」沈祿也不多說，把柴放到灶房旁邊的小棚子裡就轉頭回家去了。

倒了水，又刷了木盆，羅紫蘇接著洗刷下一個小豬崽。

把小妞兒放到水裡，小妞兒開心的呵呵笑起來。羅紫蘇沒先幹別的，先在小寶寶身上找起來。還好，小妞兒身上並沒有太明顯的印子，羅紫蘇鬆了一口氣。

給小妞兒洗了澡，收拾乾淨，她這才給孩子換上衣服，用小薄被子包著回了屋子。沒辦法，小妞兒把今早換上的乾淨小襖尿了，沒得換了，只能換上薄些的衣服，外面不包被子還不得凍壞了。

再抱著孩子出來時，羅紫蘇看到灶房外擺了好幾袋糧食，她聽到屋裡有人說話，不一時，沈祿一臉難看地走了出來。

「二嫂，糧食我幫妳扛到灶房吧。」

羅紫蘇答應了，指揮著沈祿收拾好米麵、糧食還有紅薯，沈祿這才回家去。羅紫蘇吁了口氣，轉頭抱著小妞兒回屋裡。

「一個月後我若是腿廢了，就給妳寫封休書。」

沈湛微低著頭也不知在想什麼，聽到聲音他猛的抬頭，盯著羅紫蘇的瞬間讓她心頭一悸，不過轉眼間他就恢復了之前的面無表情，一句話丟出來就好似和他無關似的。

也是，是她被休嘛！

羅紫蘇的眉毛皺在一起，看了看沈湛。「要休我也行，不過我要孩子。」

「什麼？」一直木頭狀的沈湛有些沒聽明白。

「我說，你寫休書給我也行，我要孩子，反正你到時也養不了孩子，我就帶走了。」

羅紫蘇淡淡的，沈湛卻在愣怔後露出無法置信的狂喜。

怎麼，把自己休了還帶走了孩子他很開心嗎？羅紫蘇想。

居然用這種方式來讓自己留下她，她真的好善良。沈湛想。

這兩個人完全不知道彼此想的大相徑庭，羅紫蘇也不理沈湛，把懷裡昏昏欲睡的小妞兒放到了炕上，鋪上孩子的褥子，蓋上被子，小不點就乖乖地睡了，另一邊大妞兒也有些累得直揉眼睛。

「你看著點孩子睡覺，我去看看灶房。」

羅紫蘇解釋了一聲，看沈湛點頭了這才轉頭出了屋，到了灶房，她進了空間。

空間裡黑色的土地上有些青翠。

在娘家養傷的那幾天，她沒事就研究自己的空間，偷偷弄了一些家裡的菜種撒到空間裡的地上。不過，空間並不像從前她看小說裡寫的那樣，植物長勢並不是很快，七、八天也就冒出了綠芽，和一般農地栽種差不了太多。

喝了幾口空間的水，羅紫蘇到廚房去找了個小木盆，盛了泉水出了空間。把水倒了一些在水缸裡，還有一些羅紫蘇放到一旁備用。

才剛剛拿出些玉米麵，羅紫蘇就聽到了有人在外面喊。

「家裡有人沒？」

聲音清脆好聽，帶著一股說不出的甜美，羅紫蘇微微發怔，自灶房出來就看到敞開的院門處，一道身影站在那裡。

淡粉色的衫裙，頭髮梳著姑娘家的樣式，上面戴著朵珠花，一張臉泛著紅潤，倒是挺漂亮。

「這位是二嫂吧？」年約二八的少女微笑。「我是村裡柳夫子的女兒，聽說你們家裡分家了，我爹惦念著沈二哥，讓我送些吃的過來。」

這消息傳得可是夠快的！

羅紫蘇心下想著，走到門口。「妹妹怎麼稱呼？快進來吧。」

「嫂嫂喊我小雲吧，我就不進去了，還要趕回去做午飯給我爹送到地裡去。」柳雲說著，把手裡的竹籃子遞過來，羅紫蘇連忙擺手。

「不用的，我們雖然剛分家，但也分了不少的糧食，哪裡還用送什麼吃的。」

「嫂嫂收著吧。」柳雲不容置疑地把籃子塞到了羅紫蘇手裡，眼含深意。「我爹爹一直把沈二哥當成自己的親兒子那般對待，沈二哥對我爹爹也是一直十分敬重，嫂嫂不用外道。我先走了，籃子就給嫂嫂吧，我家裡還有好幾個呢。」

說完人快步走了，完全不給羅紫蘇反應的機會。

羅紫蘇有些茫然的把籃子收到灶房，看了看，籃子裡放著十個雞蛋，一把青菜，還有一塊肉。

「屋裡有人嗎？」

門外又傳來人的問話，羅紫蘇連忙出去，是位大約四、五十歲的年長婦人。

「是二郎媳婦吧！」那婦人微笑，羅紫蘇看到對方時覺得眼熟，搜遍記憶想起來，這是鄰居蘇二嬸子。

「是的。」羅紫蘇裝作不認識，有些疑惑地看著對方。「大娘，您是？」

「我是旁邊住著的蘇二家的，妳就喊我二嬸子就成。」那婦人一張圓臉，開口帶笑。

「這個給妳，給二郎好好補身子。那孩子是個命苦的，妳多看顧著他，我先回去了，家裡還有一堆活呢。」

把手裡的竹籃子塞給羅紫蘇，蘇二嬸子掉頭走了，羅紫蘇喊了幾聲，結果蘇二嬸子越走越快，一會兒就回了自己家。
羅紫蘇不淡定了，這是怎麼個情況啊！她連忙轉頭進屋，把兩個竹籃給沈湛看。
「這個是柳雲妹妹送來的，這個是蘇二嬸子送來的，她們都放下就走了。」完全不給她機會拒絕啊！
沈湛看了眼，柳家的東西明顯比蘇二嬸子要多一些，蘇二嬸子的竹籃裡是兩棵白菜，還有兩、三個蘿蔔。
「都收了吧，以後有機會再還。」
這兩家都是在村上和他比較好的：蘇二嬸子的兒子春哥和他自幼一起長大的，春哥現在在鎮上當學徒；而柳夫子則是一直拿他當女婿看待的，當年若不是一些原因，他可能就娶柳雲了。
雖然他不想收，可是既然送來了，拒絕對方顯然並不是什麼好辦法。
「晚飯妳做幾個菜，家裡來人暖房。」沈湛簡單明瞭地說。
「好。」這個規矩羅紫蘇倒是知道。
這裡的人新婚的第二天，新郎交好的朋友會帶著妻兒上門來做客。一來是認認人，二來是暖暖房、暖暖灶，而等到新婚滿一個月後，新郎的親戚會上門來做客，就是俗稱的認親。因為只有在新婚一個月，新郎家派人去親戚家請親，表示新郎的家人承認了新娘子的身分，親戚們才會過來認親。這都是這裡的習俗，羅紫蘇恍惚地想起，前身那時是在新婚滿一個月時，沈家分了家，完全沒有請親認親這回事。

這輩子更是簡單了，新婚第二天就分了家。

羅紫蘇在灶房想著這些亂七八糟的事，一邊手腳麻利地開始做飯了。雖然這裡的人都是一天兩餐，羅紫蘇在心理上卻還是不習慣，加上早上又沒吃飽，她打算中午弄點東西填肚子。

一家子除了小孩子，就是她這樣常被餓到胃腸虛弱的，中午就吃麵好了。

羅紫蘇取出些粗麵，放上水和了，又往裡放了些鹼，這樣麵會鬆軟一些，家裡只有一點兒精麵，還得顧著小妞兒呢。醒了一會兒等麵糰軟一些，擀麵切成條，羅紫蘇又洗了些青菜，切了肉絲備上。

熱鍋放上一點點油，把肉絲丟進去翻炒，加入鹽、醬油和水煮開，才把麵條下進去，熟了之後出鍋。羅紫蘇動作流暢自然，盛出兩小碗後先回屋去，把大妞兒、小妞兒叫起來。

「好了，吃午飯了。」

在屋裡搜尋了一圈，角落裡有個小炕桌，羅紫蘇放到炕上，擦乾淨，這才把灶房裡的麵盛出來，一大碗給沈湛，一碗給自己。不過自己的先放在一邊晾著，她是不吃太熱的食物的，又把提前盛著晾著的小碗麵給大妞兒、小妞兒端了過來。

羅紫蘇讓沈湛和大妞兒先吃，才抱起小妞兒開始餵麵條。她特別把麵條煮得軟爛一些，大妞兒、小妞兒都能吃一些。

小妞兒瞪著眼睛看著桌子上的麵條，一口一口吃得香，小手還緊緊抓著羅紫蘇的衣襟，像是怕羅紫蘇把她扔了似的。

「小妞兒，麵條好吃嗎？」羅紫蘇一邊餵一邊哄著小妞兒，小妞兒只是看著她笑，一邊笑一邊吃麵條。

一歲的小朋友，羅紫蘇沒敢餵得太多，小半碗吃下去就不給了，又餵了幾口麵湯，用帕子把小傢伙的小嘴兒擦乾淨，羅紫蘇抱起小妞兒，在懷裡輕撫拍著小傢伙的後背。

小妞兒打了個嗝，歪了歪頭一把拽住了羅紫蘇的頭髮。

「哎喲！」羅紫蘇忍不住痛呼了一聲，連忙把小丫頭的手抓在手裡輕拍。「壞丫頭，快放手，疼死我了。」

小妞兒歪頭看一眼羅紫蘇，小手鬆開了。

「不可以拉娘的頭髮呵。」羅紫蘇輕點小妞兒的小鼻子，忍不住在小妞兒的小臉上親一口，這才一手托抱著小妞兒，一手拿碗過來吃麵。

沈湛早就吃完了，擦了嘴正盯著羅紫蘇出神，看羅紫蘇一手抱著小妞兒一手吃麵顯然不舒服，就伸手對著小妞兒喊。

「小妞兒，過來，爹抱。」小妞兒看了看沈湛伸過來的手，小爪子直接一拍。

沈湛的臉黑了黑，又伸手，這回聰明了，也不問意見，直接把小妞兒抱到懷裡。

小妞兒雖然拒絕了親爹，不過被抱住倒也沒啥太大反應，平時也是被強迫習慣了，完全不懂得什麼叫做反抗，只是揪著沈湛的衣襟就往嘴裡放。

沈湛一邊搶救自己的衣襟，一邊看著羅紫蘇吃麵。

羅紫蘇吃麵很慢，不像沈小妹或是李氏那般的農家姑娘直接呼嚕吃下一大口，她用筷子夾上幾根麵，輕吹幾口氣，再一口一口吃下去。沈湛又看了眼羅紫蘇的碗，這一碗吃下去，不得大半個時辰？

羅紫蘇沒空理會沈湛的心理活動，事實上，她嘴上吃著東西，心裡在盤算著晚上要做什麼菜？還有，家裡要來客，雖然這房子院子簡陋，可還是要好好收拾才行。

「晚上會來幾個人？」羅紫蘇詢問。

「兩家，四個大人，兩個孩子。」沈湛簡單地回答。

羅紫蘇點了點頭。這樣菜大概能夠，就是，這都是素菜可怎麼辦？家裡現在真沒肉！

「屋裡有人嗎？」

一聲呼喚，讓羅紫蘇都有些習慣了，她把碗放下出去，門口是成親那天見過的圓臉媳婦。

「二郎媳婦，我是住在村東的林大壯家的，妳叫我林嫂子吧，成親那天都見過了。給，這是點兒心意，聽說你們分出來了，這日子過得舒心著呢。」

最後一句林嫂子的聲音突然加大，羅紫蘇怔了怔，順著林嫂子斜睨著的眼神看過去，就看到周氏剛拿著針線籮筐出來，聽到林嫂子的聲音連忙縮了回去。

「哼！」林嫂子冷哼一聲，把手裡的籃子一遞。「妹子，拿著！妳年輕可是不懂，嫂子可是過來人，這分出來過多自在呢，想做什麼做什麼，不用看婆婆臉色，日子不知多滋潤，讓那些目光短淺的眼氣去吧，咱日子過得舒服痛快比啥都強！」

羅紫蘇一聽不由笑出來。這林嫂子看樣子也是個直爽的，一般當媳婦的，心裡再怎麼想分家過日子，哪裡有直接從嘴裡說出來的。

林嫂子看羅紫蘇笑了，一張臉皮膚細膩，白裡透紅，一雙眼睛黝黑發亮，五官清麗漂亮，忍不住道：「妹子長得真好，這沈二郎可算是有大福氣的。天不早了，妹子，晚點我過來幫忙，別妳一個人受累。本說了只有原子和俺們兩家，可是聽小江和二河的媳婦說，他們家也要過來，這人可不少。我一會兒把碗筷、桌椅讓我家大壯再幫妳送過來，妳先準備著，估計一會兒青娘和菊花就過來了。」

林嫂子說話極乾脆，羅紫蘇道謝了幾句，林嫂子只是笑著擺擺手，說先回家去準備準備，讓羅紫蘇莫客氣。

看林嫂子走了，羅紫蘇低頭一看，筐裡是一大塊肉，還有大概十幾個雞蛋。她把東西放到灶房，把兩個小的丟到炕上讓沈湛看著，她去了灶房開始幹活。

把有限的幾樣調味料找出來，羅紫蘇一樣樣地擺放好，又把玉米麵和粗麵都拿出來，用溫水和了，放了些鹼揉成了麵糰，分成兩團：大團的放在一邊，小團的又往裡加了一些糖，最後分別放到兩個木盆裡蓋上棉布醒著。

這邊洗刷了兩根蘿蔔，一根切成絲，拿到太陽下曬；還好，現在的太陽挺大，把蘿蔔分散著放好。另一根蘿蔔切成細絲，再切一些蔥花，蘿蔔絲裡放入一些鹽與胡椒粉、少量糖，醃出水分，弄些粗麵和到裡面。見蘿蔔醃出的水不夠，羅紫蘇從缸裡盛出一些水，把麵和成糊狀，往裡加了少量鹼放到一旁。

肉則切成片狀，用粗麵和上蛋清揉壓好，放入少量的鹽和花椒調味。

這邊點上火，羅紫蘇把鍋刷洗乾淨，倒入菜油，把手洗乾淨後開始炸丸子；炸完了丸子又炸肉片，肉片吸收了蛋清和粗麵裡的澱粉，一丟到鍋裡，就迅速地膨脹起來一大片。

炸了一大盤的丸子和肉片，瀝油後放到廚房的臺子上。

她想了想，需要油炸的還有紅薯，今天有小孩子，她想弄個拔絲紅薯。找出兩個紅薯，削皮切塊過油，才剛盛出到盤子裡，就聽到了林嫂子的聲音。

「妹子快出來，幫我一把手。」

羅紫蘇擦了手把火壓了壓，油鍋端到另一邊沒火的灶眼，這才出去。

林嫂子拿了一籃子的碗筷，外頭還擺著兩張大木桌子、十多個木凳。羅紫蘇連忙上前，幫著把東西全搬到院子裡。

「我們沒來晚吧？」一個聲音從門口傳過來，一個一身粗藍衫裙二十多歲的細眉女子，和另一個淺灰粗布衫裙的皮膚略黑的婦人，一起走了進來。

「正好，我也剛到呢，晚什麼晚。」

林嫂子十分開朗，指著人給羅紫蘇介紹，「妹子，這個是青娘，是小江他家的媳婦兒。這個是菊花，就是二河家的，孩子小，她們就沒領過來。」

細眉的女子是青娘，而另一個皮膚略黑的是菊花，兩人都有些不好意思地對著羅紫蘇笑。

羅紫蘇笑著打了招呼。

「嫂子們別客氣，我剛來這邊什麼都不懂，還要麻煩妳們多幫忙了。叫我紫蘇就行啦！」

女人還是比較容易熟悉的，一邊有意幫忙，一邊有意親近，兩邊一起沒一會兒就聊起來。

「行，那就這樣。青娘手藝好，去和紫蘇在廚房裡忙飯食，我和菊花去把吃飯用的屋子收拾了，擺上桌椅。我記得這三間房左邊的那間最大，就在那邊吃吧。」

林嫂子指派了一番，其他三人連忙響應，分開行動。

有人幫忙就是快，青娘手腳麻利地幫著羅紫蘇處理菜蔬，羅紫蘇一邊和青娘聊著，詢問著眾人的口味一邊做飯，不一時，灶房裡就彌漫著一股誘人的飯香。

想到小妞兒和大妞兒不經餓，羅紫蘇提前把那一小盆的加了糖的玉米麵蒸成餅子，熬了麵糊糊，和青娘說了一聲，先去餵孩子。

大妞兒和小妞兒早就睡了一覺又醒了，聞到了香味都待不住了。大妞兒還好，有沈湛的木頭臉，雖然蠢蠢欲動卻不敢怎麼樣；可是小妞兒卻什麼都不懂，只是小身子不斷地往炕邊爬。

沈湛坐在炕邊，擋著小妞兒不讓她爬到地上去，小妞兒左爬右爬試了幾次都不行，只好死心地往回爬。誰知剛爬到炕裡的窗邊，看到羅紫蘇正往屋裡走，手上端著東西，小妞兒興奮地轉頭又狂奔向炕邊。

沈湛剛剛放鬆，哪想到小妞兒會像打了雞血似得爬得飛快，差一點就掉下炕去，攔得青筋都快冒出來了。

「啊啊！」小妞兒不管沈湛，對著羅紫蘇露出大大的笑，張著小手笑得開心。

把手上的碗盤放好，羅紫蘇抱起小妞兒，帶著大妞兒先給她們洗了手才拿吃的。給了大妞兒玉米餅，開始餵小妞兒麵糊糊。

「林嫂子她們過來幫忙了。」感覺到了沈湛的視線，羅紫蘇連忙說話，對方的視線很直接又很專注，她說不出是哪裡不對，莫名的有些緊張。

「知道。」沈湛靜了靜，這才開口。

羅紫蘇沒接著往下說。你說知道你讓我怎麼接話？

沈湛心裡好開心。這媳婦兒，大事小事都和他說呢！其實不說也沒關係的，這些家裡的小事媳婦兒做主就行了。

沈湛的目光更加灼熱了，而羅紫蘇餵孩子的動作加快了。

餵好了飯，羅紫蘇回到灶房裡接著開始做飯，林嫂子她們收拾完屋子、放好桌椅，也到了灶房幫忙。

原子和大壯是特別早一些過來的，到了之後進屋裡和沈湛聊天。羅紫蘇怕孩子吵到他們，便把孩子抱出來放到吃飯那屋的木床上，讓大壯帶來的兩個七、八歲的女兒幫著看會兒。

大妞兒跑到灶房邊，站在那裡看著羅紫蘇忙碌。

羅紫蘇動作快，在小江和二河剛進院子沒多久，就把飯菜全部整治好了。

桌子擺好，男人和女人、孩子分兩桌坐好，原子拿了兩壺酒過來，男人們喝起來，女人和孩子們開吃。

羅紫蘇做了鍋包肉、陳醋白菜絲、蘿蔔燉肉、白菜素丸子、涼拌青菜、拔絲紅薯。雖然只有六個菜，不過分量都足足的，還熬了粗米粥，貼了玉米餅子。

玉米餅子是抹了油貼的，一面脆香，一面香甜，配著菜，讓眾人吃得鼻尖冒汗。

「紫蘇妹子妳這手藝可真是，估計是桃花村裡也要頭一份了！」林嫂子邊吃邊讚嘆。

「就是，之前咱們這些家裡是青娘的廚藝最好，現在可是被妹子比下去了！原子家的槐娘不在，等她回來我們可得饞饞她！」

原子的娘子槐娘因有事回了娘家，沒趕回來。

「說起來，也不知槐娘家裡怎麼樣了？聽說她娘家兄弟出了事，她娘急病了。」

菊花聲音輕巧的，林嫂子皺了皺眉頭，看了眼另一桌的原子瞪了菊花一眼。

「行了，別說了。」

菊花撇了撇嘴，倒不再糾纏這事，轉頭又和青娘說起了村西的那個獵戶，前兒撿了一個娘子回來，長得那叫一個俊。

看樣子這菊花嫂子倒是愛八卦。羅紫蘇笑著與林嫂子聊了會兒，又給林嫂子家裡的俏枝兒和杏桃兒夾些拔絲紅薯；大妞兒胃口小，早吃飽了在一旁坐著玩。

眾人因羅紫蘇出色的手藝吃得很是盡興，說說笑笑，又幫著收拾了碗筷，桌椅林大壯直接帶著回家去，省得明日羅紫蘇再送。

眾人離開後羅紫蘇才覺得累，全身就像是被重物壓過似地，又痠又軟。

鍋裡一直溫著水，羅紫蘇強忍著疲累，堅持給大妞兒、小妞兒還有自己洗了手臉，又幫沈湛打了水，洗了臉腳，這才鋪好炕褥準備休息。

「咳。」看到羅紫蘇依舊想把大妞兒和小妞兒放到兩人中間，沈湛不太滿意地咳了一聲。

「怎麼了？」羅紫蘇看到沈湛明顯不滿。

「裡面。」沈湛直接指過去，看羅紫蘇似乎沒反應過來，他乾脆自己動手，把小褥子連著孩子都抱到裡面。

大妞兒、小妞兒早就疲累得睡著了，難得來了兩個姊姊，兩個小丫頭玩瘋了。

「為什麼？」羅紫蘇一臉莫名其妙。

倒不是她裝清高，非要在兩人中間夾個孩子，而是沈湛腿傷也做不了什麼啊！要是他腿真的落下病根，別的她不怕，就是孩子怎麼生？

難道要她主動？

天馬行空起來的羅紫蘇沒看到沈湛微皺眉頭隱忍的表情。

「暖炕。」

與沈湛乾淨俐落的回答相搭配的，是沈湛更迅速的動作。

一把將半靠在炕邊的羅紫蘇直接摟過來抱到褥上，沈湛動作俐落、目的明確，羅紫蘇還沒反應過來，就直接和對方來了個最親密的接觸。

沈湛暗爽在心。這動作昨晚他就想做來著！

「咳，暖炕，必須這麼暖嗎？」羅紫蘇真心不知道啊！

身體僵硬的羅紫蘇睜著眼，燭火熄了，她瞪著面前比自己熱過好幾度的胸膛，心裡的緊張比得過上輩子的初夜。

她只是懷疑一下下，一點也沒有現在就試試對方能「用」的意思，真的！

只是，僵硬地等了半天，直到對方平穩的呼吸傳來了很久，周圍已然一片寂靜。

清早起來做了飯，上午給兩個孩子洗澡，下午又做飯、又收拾，羅紫蘇其實已經很疲累了。於是，在無限的緊張中，羅紫蘇睡著了。

沈湛在羅紫蘇沈睡後睜開了眼，看著羅紫蘇沈沈的睡顏，想到她今天一天的疲累，微笑著撫過那張清麗漂亮的臉頰。

媳婦兒，辛苦啦！我不會讓妳一直這樣累的。

羅紫蘇的這一覺，睡得極沈，一睜眼，就看到窗外明媚的陽光。

接著，目光向下，大妞兒閉著眼睛，小身體趴在炕上，用被子蓋著，光溜溜的小手臂正護著還睡得很香的小妞兒。

看到兩個小傢伙天真的表情，心裡說不上什麼感覺。曾經，她以為，自己也許是孤單太久了，盼望太久，才會對這兩個孩子有種親近感，但似乎也不全是。

那種感覺很微妙。

伸手捏了捏小傢伙柔軟的小臉蛋，入手嫩滑的觸感讓羅紫蘇不自覺地笑起來。

真好，她有女兒了呢！而且還是這樣可愛的兩個女兒。

羅紫蘇轉頭看了一眼，屋子裡因窗外陽光撒落，沒再讓人覺得陰暗。不過，沈湛呢？

羅紫蘇起來後先找了件衣服換上，又從櫃子裡找到了大妞兒和小妞兒的衣服，放到炕邊。

起身走出屋子，她就看到院子門後的棚子裡，兩捆柴火正放在那裡。

羅紫蘇進了灶房，沈湛聽到聲音轉過頭，在他的旁邊，水缸已經半滿了，他一手撐著枴杖，另一隻手正要提放在地上的水桶。

「我來。」羅紫蘇連忙想上前，卻被沈湛阻擋了一下。

沈湛並沒說話解釋，只是低頭，一隻手輕鬆提起了木桶，把水灌入水缸。水缸滿了，沈湛一手扶著枴杖，一手提著木桶，沈默地走出了灶房。

羅紫蘇茫然。這男人這一身低氣壓是怎麼個情況啊！

羅紫蘇動作很快地燒了熱水，自己洗漱後又兌好了水送到屋內。

沈湛正沈著臉感覺著腿部的傷。他傷口癒合也已經有好些日子了，然而，每次用力卻還是會腿疼。昨晚他難得睡得很沈，半夜沒被腿痛所擾，誰知今天早上試著提水卻又牽動了傷處。

難道說，他真的就是個廢人了？

羅紫蘇回到灶房，淘米熬粥，開始做早飯。

這一家子的身體看樣子除了沈湛外都不怎麼樣，就連沈湛，雖然身材強壯，可是臉色也不是很好。

羅紫蘇掃了眼臥房的方向，轉身進了空間，從空間裡裝上滿滿一木盆的泉水拿出來，用這水來和麵、熬粥。

這邊熬上粥，她和麵放鹼醒著，把昨天放到外面曬的蘿蔔絲弄了一些，放上糖、醋、胡椒和少量的大醬，用來泡上等著入味。

洗了兩個塊頭大些的地瓜切成厚片，放到盤子裡用籠屜蒸了，下面就是粗米粥，省時省力。

接著又打了四個雞蛋，把蛋花打散，放入溫水，因為是小孩子吃，她只放少許鹽，放進放地瓜的籠屜裡一起蒸。又調了醋和醬還有少量糖做醬汁，一會兒單用。

蒸蛋好了之後，羅紫蘇剛想要做玉米餅子，就聽到小妞兒的哭聲。

把手洗了洗、擦了擦，羅紫蘇立即兌了盆溫熱的水端到屋子裡。

小妞兒哭得很是委屈，聽到羅紫蘇的聲音抬起頭來，那一眼水汪汪的淚，讓羅紫蘇的心都軟了。

「乖，過來，娘抱抱。」

羅紫蘇極自然地說，抱起軟綿綿的小妞兒親了口軟嫩嫩的臉蛋，開始給小寶貝洗臉、洗手、洗腳，把身上的小衣服換了。

而沈湛，在羅紫蘇說這句話時心頭一震。他的心，似乎被什麼東西緊緊攥了一下又細細搓揉了，那種說不出的溫暖美好。沈湛看著被窗外陽光映得看不清五官的羅紫蘇，有種別於梳妝打扮的美麗。

他知道自己的娘子很美。

只是，他不知道，居然會這樣美。

美得想讓他有種好好珍藏，細細呵護，軟軟摟住，含在嘴裡吞咽下肚，再也不要分開的誘人滋味。

羅紫蘇給小妞兒收拾好，想要把她放到炕上時，小妞兒軟綿綿的看著她，伸出小手緊抓著她的袖子不肯放開。

「乖寶寶，快放開。」羅紫蘇扳開小妞兒的手，小妞兒癟癟嘴，一副要哭的模樣。

羅紫蘇連忙把水倒了，又換了一盆溫水進來。

從剛剛沈湛就用一種要吃人的眼神看著她，也不知道在不滿意些什麼？不過她不管那些，只是對著大妞兒招了招手。「過來，大妞兒，洗洗臉，咱一會兒就吃飯了。」

大妞兒一直盯著羅紫蘇給小妞兒洗臉，看著羅紫蘇喊她，有些企盼又有些矛盾地快步跑到炕邊坐下來。

羅紫蘇用乾淨的帕子開始幫大妞兒洗臉、洗手，又找出了大妞兒最後一件小衣服給她換上，最後幫著大妞兒梳了兩根小辮子。小妞兒頭髮太短，完全沒她發揮的空間。

把髒水倒了，羅紫蘇快步走去灶房，粥已經熬好了。把鍋刷乾淨，熱了鍋後倒上菜油，油量很少，只有薄薄的一層，她把麵糰揉成一個個小麵餅，一個個放入鍋裡，等餅身變色，小心往裡放了極少的水，蓋上蓋子。

等水燒乾，餅也熟了，羅紫蘇把貼餅一個一個的用鍋鏟起出來放到盤裡。唔，這種方法不錯，餅身鬆軟，下面又煎得金黃，稍帶著一點點香脆。

把東西一樣一樣地端到吃飯的屋子，擺好了，羅紫蘇喊了沈湛一聲，這才發現大妞兒並沒在屋裡，反而一直在灶房門口處看她做飯。

「大妞兒，過來，吃飯。」

抱起小妞兒進了飯廳，羅紫蘇一邊喊大妞兒，一邊把給大妞兒盛出來的蒸蛋放到一旁。下面放了凳子，大妞兒有些艱難地爬上去，坐起身時羅紫蘇發現大妞兒太矮了，很勉強才搆得到桌子。

「這個是醬汁，給。」

羅紫蘇把醬汁倒進沈湛的那碗蒸蛋裡，一小盆蒸蛋，她分了三碗。一碗給大妞兒，一碗給了沈湛，還有一小碗是小妞兒的。

大妞兒用勺子開始吃起來，這邊羅紫蘇餵著小妞兒，沈湛卻一把接過了孩子。

「我來餵。」

沈湛試過了，之前他抱小妞兒時覺得很吃力，因為腿用不上力氣，所以孩子一動他就會腿疼，可是今天早上卻不會。

羅紫蘇想了想倒沒拒絕，低頭吃起來。

一家四口前後吃完了飯，羅紫蘇給兩個孩子擦了嘴。

「這附近哪裡洗衣服？」當然，她知道要去哪裡洗，不過還是要做樣子問一下沈湛。

「村東那邊，有河。」

沈湛說完之後皺起眉頭。這在河邊洗衣服，路遠不說還不方便。

羅紫蘇已經對那張時不時犯抽的臉免疫了，她無視對方，扭頭看了看大妞兒和小妞兒。

「我去洗衣服，兩個孩子你看著？」

說實話，雖然這位是親爹，她真有些不太放心。畢竟沈湛腿腳不好，大妞兒又是能跑能跳的，小妞兒也很有活力，不知道是不是她的錯覺，她覺得今天的大妞兒和小妞兒明顯比昨天活潑啊。

「行。」

沈湛十分淡定，而大妞兒已經懂話了，她扭著手指轉頭看看沈湛又看看羅紫蘇，臉上的不願意十分明顯。

「我想，去玩。」大妞兒咕噥得極小聲，不過還是聽得明白說的是什麼。

沈湛不吭聲了，臉色有些淡，羅紫蘇想了想。

「大妞兒，要不，妳和我去河邊？不過妳要聽話，不能靠近水邊，不然我可不帶妳去。」

羅紫蘇的話讓大妞兒臉上一亮，小丫頭快快地點頭，小辮子一跳一跳的十分可愛。

沈湛原本並不太同意，不過想了想，還是沒說出反對的話。

自己媳婦自己心疼，洗衣服就夠累了，還要看著大妞兒。不過，孩子還小呢，是應該出去玩會兒的。

羅紫蘇看看沒什麼反對的聲音，小妞兒的無齒笑容當然更不可能是反對的意思，因此收拾了灶房、刷了碗筷後，就抬著裝了髒衣服的木盆，裡面放了洗衣服用的棒槌。她用一隻手固定在腰間，另一隻手牽著大妞兒就往河邊去了。

第四章

河邊一直以來都是女人們的八卦地點之一。今天河邊的人不是很多，大概有七、八個婦人正在邊洗衣服邊聊著家常，一個大概三十多歲的婦人眼尖，抬頭看到遠遠走過來的窈窕身影，眼睛一亮。

「喲，這是誰家的小媳婦，長得可是夠俊的。誒，翠兒，妳快看，那是誰家的？」

「還能有哪個，最近這兩天咱村裡就多了兩個媳婦兒，一個是獵戶家的那個春巧，還有一個就是她了。」馮翠兒抿著唇看著那窈窕的身影走過來，臉上帶著幾分笑意。

「啊，妳是說沈二郎家的？」那婦人夫家姓周，人家都叫她周嫂子。

「是不是，妳問問她三弟妹不就知道了。」

在另一邊洗著衣服的瘦臉嫂人，是周嫂子的小姑蔣四嫂子，因周嫂子的婆婆捨不得，就把女兒嫁給了同村的蔣四。姑嫂兩人一直不太對付，小姑子看不慣周嫂子對外人都比對自己親熱，周嫂子卻覺得這小姑子自她嫁進門就不貼心，被婆婆慣得不像樣子。

蔣四嫂子說的三弟妹，是悶頭在那邊洗衣服的姜氏。

姜氏聽到了她們的議論聲，沒好氣地抬頭狠瞪了羅紫蘇一眼。

「別理那個掃把星，哼，剛進門就挑得家裡分家！」

「什麼！」周嫂子一聽眼睛立即亮了，直接把洗了一半的衣服拿著挪到了姜氏的身邊，把姜氏身旁的人擠到一邊，整個八卦之魂都在燃燒。「不是說你們家早就打算分家，只等著老二家的進門嗎？難道不是？」

「哼。」姜氏哼了一聲，想要說話，可看到羅紫蘇已經領著大妞兒走到近處，閉上了嘴低頭繼續洗衣服。

「弟妹妳也在呢。」羅紫蘇早就看到姜氏在那邊不知道說了句什麼，惹得一群女人一臉興奮，想來不是什麼好話。

「大妞兒，妳就在這邊玩，不許往河邊走，也不能跑到別處去，要去哪裡先和我說，知道嗎？」羅紫蘇對著大妞兒難得的一臉嚴肅，大妞兒有些驚到了，怯怯地點了頭。

「好孩子。」羅紫蘇撫了撫大妞兒的頭。「妳乖乖的，一會兒洗完了衣服，給妳做好吃的。」

一聽到這個大妞兒眼睛立即亮了。昨天那個地瓜上帶著糖的菜好好吃！不過因為她太小，只給了她幾塊就沒再吃，她還饞著呢。

「吃那個地瓜？」

「好，就給妳做，那個叫拔絲地瓜喲！」

羅紫蘇讓大妞兒在河邊的大樹下玩，伸手拽了幾朵樹下的小野花給了大妞兒，就捧著木盆蹲到了河邊。

「過來這兒，這兒地方大！」

馮翠兒對著羅紫蘇揮手，她的堂姊就是青娘，因此對羅紫蘇也是有些好感的。她男人與沈湛也算是從小玩到大，只是她男人命短，留下了一雙兒女就走了，還好公公婆婆皆在，因為心疼她兒子，對她倒也不錯。

「妳是沈二郎家的吧？」馮翠兒笑著看著羅紫蘇。「叫我馬嫂子就行。」

「馬嫂子，妳叫我紫蘇吧。」羅紫蘇可不太習慣被人喊成什麼沈二家的、沈二嫂子的。

「好。」馮翠兒一聽眼睛立即亮了。村裡的人看在她婆婆的分上倒是沒為難她，不過交好的就不多了，只有交好的才會互稱閨名呢。「那妳叫我翠兒就成了。」

「妳多大了？」

「我十六。」

「我比妳大三歲，今年十九。」

羅紫蘇聽得咋舌。對方十九，可在前身的記憶裡，對方有兩個孩子。兒子大一些，都三歲了！

「翠兒姊姊，妳家有孩子嗎？」羅紫蘇開始社交的第一步，遇到當娘的，聊孩子準沒錯！

兩個人一邊洗衣服一邊聊起來，羅紫蘇時不時地看一眼在樹下低頭玩草的大妞兒，心裡卻有些心疼。這個時代的孩子，能玩的東西太少了，看大妞兒怯怯的，似乎和村子裡的孩子也不熟。周圍也有三三兩兩的小孩子，可是都不靠近大妞兒。

「翠兒姊姊，妳家孩子妳沒帶出來？」

羅紫蘇動作快，這要歸於前身給予這個身體的記憶，這一年的折磨，讓前身幹活十分快。

「沒有。小郎身體不太好，我婆婆捨不得；春兒太小，抱著不方便。」

馮翠兒也洗完了衣服，兩人互相道別。羅紫蘇剛起身，一旁的一個粗壯婦人看到後完全按捺不住了，站起來就說道。「喲，這是弟妹吧，今天按理來說應該是三天回門吧？」

正在竊竊私語的眾人一下子停下了說話的動作，都抬頭看過來。這婦人，人喊她花嫂子，這句話可是赤裸裸的挑釁啊！

在這裡，新婦成親是要三天回門的，可是再嫁卻是不回門的，一般是成親滿一個月，婆家的人請親之後，才會回娘家住上幾天。當然，這住幾天還得看娘家人對新人滿不滿意。

羅紫蘇的腦海中頓時開始搜尋起關於這個花嫂子的回憶，不得不說，有些事情就是注定的。這個花嫂子上輩子也極不喜歡羅紫蘇，總是找她的碴，原因是花嫂子原本想把自家娘家的啞巴寡婦妹子介紹給沈湛。

雖然沈湛身有殘疾，但卻是有名的能幹老實，人長得也不錯，而且，她那妹子有兩個兒子，還真不好找下家。她本想把妹子嫁到這桃花村，她還能看顧一二，誰料，沈湛卻娶了羅紫蘇。

「這位是哪位嫂子，我眼拙，看不出咱們這麼熟呢？我回門不回門的，嫂子連這心都操啊？有這空閒還是多多想想怎麼換些水銀吧！」

關於水銀，是因花嫂子的男人好賭，在村裡是出了名的，賭品差，經常用水銀灌骰子騙人，因為這個她們家經常被人打上門來，村裡人都知道。

「妳個不要臉的說什麼呢！妳敢再說一句試試！」花嫂子的臉一下子脹得通紅，周圍的人的目光讓她無法忍受，她感覺得到眾人都暗暗竊笑起來，讓她沒辦法忍耐。

羅紫蘇也不理會，上輩子前身可是一被人說就躲，結果人家變本加厲。有時候，有些人，不給點顏色看看，對方完全就不知道是怎麼回事！

羅紫蘇一邊托盆卡在腰間，一邊拉起大妞兒，似笑非笑地扭身看了一眼花嫂子。

「這位嫂子，妳我本不相識，妳怎麼出口傷人呢？啊，我想我這麼說話，妳可能不太懂我的意思。我是說，妳這樣破口大罵，讓人看了不好，自家都是有閨女的人，萬一孩子有樣學樣的，可怎麼好？」

羅紫蘇說完又和馮翠兒道了別，悠然地領著大妞兒走了。

花嫂子的臉一會兒黑、一會兒紅、一會兒紫，都不知道擺出什麼臉來了。她家是有個十一、二歲的小閨女，本也是相看人家的時候，可因她平時嘴碎人潑辣，男人又好賭，一家子都喜歡坑蒙拐騙的，完全沒有人來相看！

花嫂子冷冷地笑起來。

馮翠兒在一旁看著知道不好，不過她平時都是只求個安穩，畢竟，她是個寡婦，在這村裡太出頭可不好，也因此她沒辦法幫羅紫蘇說什麼，卻在捧著木盆回家時心裡暗暗打算。

「大妞兒，妳幾歲啦？」羅紫蘇牽著大妞兒，早發現大妞兒一直都沈默不說話，這種現象似乎是從她嫁到沈家就一直都這樣。

這孩子，如果不是因為有事，絕對不會主動開口。這可不行，小孩子啊，還是活潑點才好。

「四歲。」大妞兒聲音低低的，轉頭看了眼在河邊三三兩兩扎堆兒的小孩子。

「大妞兒這名字是誰取的啊？」羅紫蘇繼續問，大妞兒開始時還不太願意說話，可是很快就被羅紫蘇的話題帶離了注意力，不再去看身後的小孩子了。

回到家中，推門進了院子，羅紫蘇先帶著大妞兒去洗手，接著看了眼爐灶，往鍋裡放了些水燒上，洗了兩塊地瓜蒸了，這才去後院晾衣服。後院有座用竹子搭了晾衣用的架子，居然還有一小塊菜地，只是空間不太大。

聽到小妞兒的哭聲傳來，羅紫蘇加快動作晾了衣服回屋，洗了手回屋去看小妞兒。

小妞兒剛睡了一覺，現在心情似乎不太美麗，哭著哭著停下來，看了看沈湛沒動又接著哭，直到羅紫蘇走進來。

羅紫蘇托抱起來小妞兒看看她，小丫頭馬上停了哭聲，露出無齒笑容。

「小丫頭，哭什麼？」抱著軟軟小小的身體，羅紫蘇頗有些捨不得放下來。

「啊！」小妞兒啊了一聲，伸手拉著羅紫蘇的手就不肯再放了。羅紫蘇想想灶房煙熏火燎的，還是沒把小妞兒抱去，放回炕上讓她自己練習爬。

不過，她也發現，小妞兒一歲了，居然連站起來的想法都沒有，這孩子是因為骨頭太軟不好站就放棄了？

心裡天馬行空地猜著，羅紫蘇該問的話還是問出來。「家裡有針線嗎？」

「相公。」

「什麼？」羅紫蘇茫然了。

「相公。」沈湛繼續簡單的兩字。

「我問你家裡有針線嗎？」沈湛對這句話回了個淡漠中帶著憤怒的眼神。

「相公，家裡有針線嗎？」羅紫蘇無奈地妥協。這男人，就說讓她喊他相公就得了嘛，這麼高冷讓她怎麼猜？

「她的東西都在西面的屋子裡。」聽到想要的稱呼，沈湛滿意極了。

果然，透過羅紫蘇的聲音喊出的稱呼，就是帶著不同的意味，讓他聽得心裡脹脹的發酸。不過，想到那個人，他的臉還是一如既往的有些陰沈起來。

羅紫蘇一開始沒懂沈湛的意思。

她？他？誰啊？

直接回到灶房把蒸好的地瓜拿出晾了，她才後知後覺地想到，沈湛指的是他原本的妻子。

地瓜晾得半涼，羅紫蘇洗了手，把地瓜剝了皮，用勺子壓成泥，拿出一小部分粗麵，放些糖及少量熟油和鹼，羅紫蘇用摻了地瓜泥的麵糰做蒸糕。原本她是想用糯米麵做皮、地瓜泥做餡，做出個地瓜餅來；可是，這裡什麼都沒有，羅紫蘇只好改良一下了。

大妞兒一直跟在羅紫蘇身後，心心念念的她一直記得羅紫蘇說過，要給她做好吃的。趁著灶上做蒸糕，羅紫蘇另起了個灶眼，把粗麵拿出來做了疙瘩湯，又蒸蛋。才剛做好，鍋裡已經傳來了誘人的地瓜香氣。

「大妞兒過來。」

「唔。」大妞兒磨磨蹭蹭地走上前，垂涎地看著羅紫蘇手邊大大的蒸糕。

羅紫蘇切下一小塊蒸糕放到小盤子裡，蹲下來看著大妞兒笑。

「看！好吃的，拔絲地瓜大妞兒吃多了會上火，還是做蒸糕好。想吃嗎？」

「想。」大妞兒點頭，乖巧的模樣很是可愛。果然，在好吃的面前，再不馴的孩子都會乖起來。

「那大妞兒喊我一聲娘，就給妳，好不好？」大妞兒一聽，小臉立即沈下來，她嘟了嘟嘴，雖然不捨得看著就很好吃的蒸糕，可還是憤憤地扭過頭。

果然還是不行。

羅紫蘇無奈地笑了笑，把小盤子遞到了大妞兒的手裡。「給。吃吧，我在逗大妞兒呢，小氣！」

說著羅紫蘇伸出手撫著大妞兒的額頭嘆了口氣。是她太著急了，只是，她也擔心，時間越長，她怕大妞兒會越排斥她。

「慢點吃，吃了如果還餓再過來和我要。」

羅紫蘇說著，把疙瘩湯裝好，又把蒸蛋也端上，送到東面的屋子裡。

「相公，吃飯了。」

什麼事情，大概都是第一聲難出口，她喊了沈湛第一聲後，發現也不是那麼難。抱起小妞兒，她隨著沈湛一起去了東屋吃飯。沈湛坐在桌邊，看了眼桌上飯菜。青翠的綠葉飄浮在疙瘩湯上，鮮嫩的蒸蛋滑軟噴香，地瓜蒸糕柔軟微甜。

「明天我中午不吃，只做妳們吃的。」

羅紫蘇終於聽到從見到沈湛至今唯一的一句長句。可是，他不吃午飯？

羅紫蘇是知道的，這農家一般都是兩頓飯，在羅家也是如此。只是，她覺得還是一天三餐才行——孩子正是長身體的時候，而他，還有自己，身體都太弱了，每天吃的東西本來就乏善可陳，再減一餐，這身體哪裡還能好得了？

她已經努力地用空間的水來給家裡人調養身體了，不過，她也不敢放太多，怕太快有起色會讓人懷疑。

不過，顯然沈湛覺得自己決定就可以了，因此丟出了話也不等羅紫蘇回答，就伸手抱過小妞兒開始餵飯，讓羅紫蘇先吃。

羅紫蘇看了眼沈湛也沒反駁，他說他的，她做她的，又不衝突。

吃了午飯，羅紫蘇收拾了碗筷，給大妞兒擦了嘴，幫孩子們都脫了鞋子弄上炕去，讓沈湛看著午睡，她去了西屋查看。

她到這個家後還是第一次走進這個屋子。這裡很明顯是個臥房，屋子左側是兩個衣櫃，木料半新；右側是一溜的炕，炕上靠北牆的位置是三層的小木櫃子。

屋子裡已經落了厚厚的一層灰，炕上面還放著好幾個藍底碎花的炕褥。褥子挺厚實的，看著就比她睡的那屋的褥子舒服。而且，還有幾件女式的衣服疊放在一旁，其中一件掩在那裡，上面放著針線笸，似乎是因臨時有事，把做了一半的針線放到那邊一般。

羅紫蘇有些發怔地看著。該不會，自從王氏死後，沈湛就再也沒動過這屋子吧？

怎麼可能？

心裡說不上是什麼感覺，羅紫蘇愣怔了半晌才想起自己是來做什麼的，可是，現在卻似乎沒有什麼心情去拿針線了。

這種感覺，就和她沒經主人允許私自去動別人的東西一樣。

羅紫蘇怔怔地自西屋裡出來，又回到了中間的屋子，沈湛一臉深思的靠坐在炕邊看著窗外，也不知在想什麼。

大妞兒和小妞兒抱著睡得正香，小臉蛋紅撲撲的，帶著小孩子的稚氣可愛。

「沒找到？」沈湛聽到了羅紫蘇的腳步聲，看羅紫蘇空空的雙手問出聲。

羅紫蘇搖搖頭，不知道要怎麼說，沈湛卻像是想到了什麼，明白地點了點頭。

「沒找到就算了，給妳。」

羅紫蘇看沈湛伸手，木然地接過來，是一串銅錢。

「明天就是集日，有很多小販和貨郎過來賣東西，就在村口那邊。妳去看看，有需要的就買回來。」

沈湛居然兜裡有銅錢！

羅紫蘇的腦子裡浮現出來的，就是這幾個字，剛剛的失落與奇怪的心情已經被她丟到了一邊。

真的不是她掉到錢眼去，而是她穿越過來這些日子，完全就沒見過錢啊！銅錢，似乎已經成了她記憶裡的稀罕物了。

沈湛有些茫然地看著羅紫蘇一雙眼睛閃著興奮的光芒看著他，一時有些不適應。

自從成了親，這媳婦雖然很好，可是對他的態度真的說不上熱絡；而現在，對方緊盯著他，好像他是什麼好吃的東西的眼神……

啊，媳婦兒，我知道了，妳一定是太喜歡我了對不對！

羅紫蘇勉強讓自己「熱情」的目光自沈湛的袖口啊、腰帶啊，這些可能放錢的地方挪開，看著手裡的銅錢挺滿意。

太好了！她明天就去集市看看，家裡需要的東西太多了，她必須要好好想一想才行。

第二天，羅紫蘇很早就起來做好飯菜，一家四口吃完了，羅紫蘇收拾碗筷去問沈湛。

「相公，後院的菜地能種些菜吧？」

沈湛點頭，於是羅紫蘇要買的東西又多了一樣——菜籽。

羅紫蘇昨晚在灶房找到了個背簍，刷洗乾淨晾了一晚，今天正好拿來用。拎著背簍，羅紫蘇轉頭要關門，就看到大妞兒用一雙渴盼的眼睛看著她。羅紫蘇明白，大妞兒這是想要和她出去；可是，集市上人一定多，她又要買很多東西，村頭離這裡可也不算太近呢。

「喲，那是大妞兒的狼後娘！」

一聲童稚的聲音傳過來，羅紫蘇扭頭一看，原來是周氏領著大寶兒挎著籃子正要走呢。

「大妞兒，我娘說了要領我去買麥芽糖！我娘多好，妳的狼後娘怎麼沒吃妳？」

大寶兒對著大妞兒吐舌頭做鬼臉。

「大嫂。」羅紫蘇對著周氏點了點頭。

「嗯，弟妹也要去趕集？」周氏說著上下打量著羅紫蘇。「要不，一起走吧？我約了花嫂子一起呢。」

「不用了，我想到灶上火還沒壓呢。」羅紫蘇搖搖頭。

她本來就不想和周氏一起走，更不要說再加個花嫂子了。

周氏輕笑一聲，拉著大寶兒走了，大寶兒邊走邊轉頭衝著大妞兒做鬼臉。

羅紫蘇低頭一看，大妞兒眼睛裡已經含了一泡淚，只是，卻不再抬眼看羅紫蘇，只是扭頭跑回了屋。

羅紫蘇重重地嘆了口氣。

她原本是想著這次她先去探探路、置辦一些東西，下次再帶著大妞兒去的，趕集是隔著半個月一次的。可是，現在看大妞兒的小可憐樣，她哪裡捨得不帶她？

她回身跟在大妞兒的身後進了屋子。

沈湛以為羅紫蘇已經走了，原本是半躺在炕邊，一下子坐起身來。

「我帶著大妞兒一起去吧？」羅紫蘇問。

「太累。」沈湛的眉心能夾死好幾隻蒼蠅。

「沒事，不累。」羅紫蘇反駁了一句，也不管沈湛了，伸手對著大妞兒招了招。

「大妞兒，過來，帶妳出去玩。」大妞兒的眼睛都亮了，開心地跑過去緊緊抓住了羅紫蘇的手，生怕沈湛再說不行或者別的，連忙轉身對著她爹揮手表示再見。

好吧，自家媳婦兒都不嫌累，沈湛也就不說什麼了。本想著這第一次趕集，媳婦兒一定會買些東西多逛逛，帶著大妞兒不但累還不方便。不過，難得看大妞兒這麼高興，算了，就去吧！

小妞兒看姊姊明明已經走到炕邊卻又跟著羅紫蘇走出去，登時不樂意了，揮著小手「啊啊啊」了半天。原本姊姊一聽到或是看到，一定會跑過來找她玩的。可是，誰知道大妞兒卻沒理她，不只沒理她，還越走越遠，最後和羅紫蘇走出門，完全地沒了影子。

「哇啊啊啊啊！」小妞兒傷心地大哭起來——嗚嗚嗚，求抱走，不要留下我啊！

「……」沈湛。

羅紫蘇一隻手牽著大妞兒，一隻手拎著背簍，慢慢往村口走。

時不時會有幾個婦人或是結伴，或是自己往村口走，還有幾個則是時不時地看著羅紫蘇，悄聲在說著什麼。

羅紫蘇看表情也知道絕對不是什麼好話，不過她並不太在意。之前前身，還有她前世時，就是太在意別人的目光。說穿了，她又不是鈔票，怎麼會讓所有的人都喜歡？

這一世，她只要過得恣意就行了。

況且，她擁有尚不知道有什麼用處的空間；有個外表高冷、沈默寡言但顏值爆表的相公，以及兩個可愛的女兒。

她還有什麼不滿意的？

快到了集市，遠遠的，林嫂子看到了羅紫蘇對著她不住地招手。

「妹子，快過來。」林嫂子熱情得很。

「嫂子，妳也來逛了？」

林嫂子身邊，正站著一個七、八歲的小姑娘，是林嫂子的大女兒俏枝兒。

「大妞兒，快喊大伯娘。」羅紫蘇晃了晃大妞兒的小手。

「大伯娘。」大妞兒有些不好意思地喊了一聲。

「誒，乖孩子。」林嫂子顯然沒想到羅紫蘇會帶著大妞兒來逛集市，笑了笑低頭說自家閨女。

「還不快喊二嬸子，都多大啦，不記得妳二嬸子了？」

「二嬸子。」俏枝兒有些靦覥。「娘，我記得呢，二嬸子做的地瓜好吃！」

「那可不，妳二嬸子做飯可好吃呢。」林嫂子說著，上前伸手幫忙牽著大妞兒的手。

「妹子，我有事想問妳呢。」已經到了集市的邊兒上，林嫂子聲音微微壓低，把羅紫蘇拉到人少的靠河邊的位置。

「妳知不知道，現在村裡可是傳得很厲害呢！不知道誰說的，說妳是個攪家精，一進門就鬧得老沈家分了家。從前一嫁時就是個喪門星，妳前腳花轎入門，後腳男人就死了，專剋男人呢；還說妳是白虎精轉世，說沈二郎也挺不了幾天了。」

這都是什麼和什麼啊！羅紫蘇莫名其妙。

「這是誰說的啊？真有想像力。」羅紫蘇挺佩服，居然編得有模有樣的。想到之前去河邊洗衣服，擠在姜氏身邊的那個圓臉婦人，還有找碴的花嫂子，她也多少心裡有數了。

「嫂子，別去管那些人，讓她們說吧。」羅紫蘇輕笑。「只要我相公沒事就得了，管她們怎麼說呢！」

「那可不行啊！妹子。她們這樣到處亂說，村裡人會排斥妳的，到時大家都不喜歡妳，妳想辦個什麼事，可是千難萬難的。」

「嫂子，沒關係的。」羅紫蘇輕笑。「我又不是銀子，怎麼讓大家都喜歡啊？再說了，過自己的日子、以後日子過什麼樣子，大家都看著呢！我過得好了，看誰還敢碎嘴？現在，只要不欺負到我頭上，任她們說去好了。」

林嫂子一聽忍不住笑起來。這妹子這嘴呵！

兩人又開心地不再糾結這些事情，開始在集市上逛起來。

認真說起來，羅紫蘇想買的東西要是全買了，先不說錢夠不夠，這背簍是肯定裝不下的。

不過想想家中境況，現在明顯是入不敷出，沒有進項會坐吃山空。

集市一邊賣的是雜貨，一邊賣的是吃食，還有些農具、雜貨物什，集市擺得很長，羅紫蘇邊逛邊和林嫂子聊著天。

「妹子，我去看看布料，妳要不要一起？」林嫂子問。

「好，走吧，我也想給小妞兒買點布縫件衣服。」

小妞兒太小了，穿的卻是粗布舊衣，小嬰兒稚嫩的皮膚都被磨得發紅了。她想著別的無所謂，可孩子的小衣服最好還是能用柔軟些的布料，也不知道要多少錢、會不會很貴？

「妹子妳想買什麼樣的？」林嫂子問。

羅紫蘇說了之後，林嫂子聽了就拍了拍胸脯。「放心吧，妹子，交給嫂子就對了！」

羅紫蘇還沒弄明白林嫂子的意思，林嫂子已經走過去開始問布販價錢。這裡是村子裡的集市，細棉布料很少有人買，因此也只有一匹而已。林嫂子去和那布販講價，很快地，就買下了布料，還讓對方繞上了兩根針還有兩捆白色的棉線。

羅紫蘇幾乎是用崇拜眼光看著林嫂子——四十五個銅錢一匹的細棉布，硬是被林嫂子講到了二十二個銅錢，還要到了贈品，簡直太厲害了！

羅紫蘇連忙道謝，把針別到了布上，連線一起放到背簍裡揹起來，決定今天誓死跟隨林嫂子，這樣估計能大大地省一筆！

陪著林嫂子買了兩身粗布，她們又去買上一大包菜籽，接著，羅紫蘇又買了幾斤精米、精麵。

羅紫蘇為此肉都疼了，別的都沒那麼貴，可是，精米、精麵卻是十多文一斤啊，這也太貴了！因此，她只買了幾斤，決定就給兩個小的吃。雖然粗麵什麼的她吃不慣，可現在也只能忍了。

「娘，我要吃麥芽糖！」一個聲音帶著幾分祈求地喊著，羅紫蘇看到一個小孩子一邊鬧著，一邊指著一個小貨郎。那被孩子鬧著的婦人皺著眉頭，抓起孩子的手就要拉走，小孩子鬧騰的聲音和婦人的訓斥聲響在了一起。

羅紫蘇不由得低頭看向大妞兒，就看到小姑娘滿眼豔羨地看著圍著小貨郎的小孩子，裡面，赫然還有大寶兒。大寶兒那熊孩子顯然也看到了大妞兒，只見他無比得意地舉高用芽棒捲起來的麥芽糖，用舌頭舔了舔，對著大妞兒做了一個鬼臉。

「大妞兒，想吃嗎？」羅紫蘇柔聲問。

「我、我吃了地瓜蒸糕了。」大妞兒的聲音極小，有些膽怯地低頭不去看羅紫蘇。

羅紫蘇嘆了口氣，扭頭看林嫂子。「嫂子幫我顧一下背簍，等我下。」

拉著大妞兒，她走到那小貨郎那裡，問了價錢，買了兩支麥芽糖，又挑了各種顏色的繡線。賣布的布販只有黑、白兩種棉線，這種顏色鮮亮的繡線只有小貨郎才有。

麥芽糖羅紫蘇給了大妞兒一支，走到林嫂子身邊又把另一支給了俏枝兒。

「哎呀，妹子，不用給她，她都多大了，還吃什麼糖，給大妞兒留著吧！」林嫂子連忙推拒。

「嫂子不用客氣，俏枝兒還是孩子呢；再說大妞兒有一個了，不能讓她吃太多，這可是特意給俏枝兒買的。」

羅紫蘇直接塞到了俏枝兒的手裡，林嫂子連忙讓俏枝兒道謝，心裡倒是對羅紫蘇更親熱起來。

羅紫蘇想到那麥芽糖賣一文錢一根，又見大妞兒很喜歡，乾脆自己買了一些材料打算回去給大妞兒做。家裡有小孩子，她打算自己做些中式點心，於是又買了不少糯米和紅豆、綠豆、黃豆、小米一類的雜糧。家裡糧食種類太單一，多吃豆類對養身體也是有好處的。

一行人走走停停，集市上的東西很多，可是羅紫蘇卻不再買了，只是帶著大妞兒看著。大妞兒只吃了一點麥芽糖就不肯再吃，說要帶回去給小妞兒。

羅紫蘇心頭一軟，不過確實不想大妞兒吃太多甜的。現在小孩子沒有柔軟的牙刷，她只能讓大妞兒少吃甜的勤喝水，怕大妞兒壞了牙。

等回到家時，已經午時了，羅紫蘇進了院子領著大妞兒先去了灶房，大妞兒很乖巧地開始自己洗手。

「好了，大妞兒累了吧？先回屋去看看妹妹，麥芽糖只能給妹妹舔幾口，妹妹太小可不能吃，知道嗎？」大妞兒乖乖地點了點頭，洗乾淨了手就拿著麥芽糖去找小妞兒了。

羅紫蘇先把買來的小麥種子泡到水裡，想了想，她進空間端了兩大盆空間的水出來，一部分用來泡小麥種子，另一部分倒進了水缸裡，弄好了，她才開始淘米做飯。她把紅豆洗好了放到鍋裡煮上，又把粗米洗好放一旁待用。

剛剛看到空間的青菜已經長得差不多了，她摘了一大把拿出來，洗了洗切成段，精麵做了麵糊糊放一旁待涼。這邊紅豆已經半熟，她連湯帶豆子都倒進米盆裡，鍋中又倒了些熱水，開始蒸飯。等到飯蒸半熟時用筷子在上面扎了幾個孔，接著用大火蒸收乾。

這邊又起了個灶眼，把最後一點肉切成絲，開始青菜炒肉。

濃郁的香氣瀰漫了整個廚房，大妞兒聞到香氣，情不自禁地又跑到了灶房門口看著羅紫蘇忙活。大妞兒很喜歡看羅紫蘇做飯，每到這個時候，她腦海中似乎有道身影與眼前的狼後娘重疊。

一樣，又有些不一樣。

那道身影，不會對著她笑。

那道身影，不會在她對著煮好的飯菜流口水時，夾起肉絲吹涼放到她嘴裡。

那道身影，更不會帶著笑容溫柔的喊她，大妞兒，大妞兒。

記憶中的那道身影，其實一直不喜歡她，她知道。

羅紫蘇一邊忙碌著，一邊用眼角的餘光注意趴到門邊看著她的小身影。

炒好了菜，羅紫蘇乾脆夾了一筷子香噴噴的肉絲，放到了那個莫名有些悲傷的小傢伙嘴裡，看到對方驚訝地瞪大眼睛隨即滿足地笑起來，她的心情也開始轉好。

只不過，她的好心情只持續到了把飯菜端上桌。

羅紫蘇一如既往地做好了飯去喊沈湛，順便把小妞兒抱過去。可是誰知，到了飯桌前，某人開始鬧騰了。

「我不吃。」沈湛的眉頭緊緊皺在一起，冷峻的眼神看著羅紫蘇，如果羅紫蘇膽子小的話，估計得嚇哭了，但很不巧啊，羅紫蘇膽子很大。

「必須吃！」羅紫蘇抱著小妞兒，邊餵著麵糊糊邊說。

一旁的沈湛不肯開口再說，只是用一雙黑黝黝的眼眸緊盯著羅紫蘇不放。看羅紫蘇餵小妞兒吃得香甜，原本想要把小妞兒接過來的動作停了停。

羅紫蘇卻不去看沈湛幾乎是烈火燃燒般的眼眸，只是一邊餵小妞兒，一邊還不斷地幫著大妞兒夾菜。

「你不吃午飯是為了什麼啊？為了省一頓？還是之前沒有吃午飯的習慣？若是因沒這個習慣，那你現在腿傷了，吃不到什麼好的，還不能多吃些麼？若說你是想省這一頓，就更是可笑了！你省下這一頓能省幾個錢？你早些養好身子，不是比什麼都好嗎？」

大妞兒似是感覺到了桌上的氣氛沈悶，低頭小腦袋不斷吃著飯，嘴裡的紅豆軟爛又帶著豆香，配著青菜肉絲更是好吃得不得了，青菜帶著脆脆的口感又有甜味，鮮嫩好吃。

大妞兒小心地看著聽了羅紫蘇說過的話後不再吭聲的沈湛，小心翼翼開口。

「爹，菜可好吃呢；還有紅豆豆，香香的，狼後娘做飯好吃。」

「不准喊後娘！」沈湛把氣發出來，不過看到大閨女淚汪汪立即反應過來。

「啪！」沈湛不敢置信地扭頭看羅紫蘇，羅紫蘇有些不好意思尷尬地收回了手。

「咳！不能對著孩子喊，大妞兒本來就膽子小。」最後的話完全就是羅紫蘇在嘴裡嘟囔了，不是她膽子小，實在是對方眼神太嚇人。

嗚嗚嗚，她手欠不是一天兩天，不過怎麼穿越也把這毛病帶來了。

沈湛黑著臉，也不用人再喊了，直接大口開始吃飯。

這女人，他是不是太慣著她了！居然訓斥他不算，還對他動手？雖然只是隨手對著他的手臂一巴掌，不過怎麼想都不可原諒！

羅紫蘇小心翼翼地用眼睛餘光瞄著沈湛，在看到對方恨恨地大口嚼飯時偷偷抹汗。是她的錯覺麼？怎麼看對方都有種把米飯當成是她的肉在嚼的感覺……

大妞兒被吼得淚汪汪，不過這都及不上自己親爹被狼後娘暴力拍打來得驚嚇，看著羅紫蘇的眼裡全是崇拜。

狼後娘好厲害啊！居然敢打爹！

吃完了自嫁進來最沈悶難熬的一餐，羅紫蘇輕咳一聲，收拾碗筷，讓大妞兒自己去洗手擦臉，又給小妞兒擦好臉。她沒像往常那樣送孩子回房，而是抱著小妞兒帶著大妞兒，在院子裡散步消食、逗孩子。

第五章

羅紫蘇抱著小妞兒，眼睛看著院子裡的那棵枯樹。春天都要過完了，可是樹上卻沒冒出綠色的嫩葉，看著似乎已經快要徹底枯死的樣子。

羅紫蘇怔怔地看著那棵老樹，目光落在枝幹上樹皮分裂的紋路，那紋路有些像魚鱗狀，上面分布著大大小小的琥珀色晶體。

羅紫蘇忍不住回想起在上一世時，孤兒院後面那棵據說是少有的百年桃樹。如果真是這樣，那這晶體不就是桃膠嗎？

羅紫蘇眼睛一亮。要真是這個，那她有辦法賺錢了！不過，現在得要讓孩子睡午覺啦。

抱著在懷裡像只小蟲子不斷蠕動翻滾活潑得不行的小妞兒，羅紫蘇喊了大妞兒一聲回房了。

到房裡，她先把小妞兒放回炕上，才抱起大妞兒，給她脫了鞋。看著大妞兒洗得發白還捲了邊兒的棉布鞋，羅紫蘇心想要買的東西又多了一項。

讓兩個孩子乖乖地躺好，一旁的沈湛黑著臉不肯吭聲。羅紫蘇在心裡嘆氣，抬頭看了眼沈湛。「相公，我有件事情想問你。」

沈湛只丟過來一個眼神，意思倒是表達得很明確——說吧！

羅紫蘇心裡撇撇嘴，本來想裝做看不懂，不過想想那院中的樹，又覺得不能浪費時間。

「那院子裡的樹，是什麼樹啊？」

「桃樹。」

「那樹長了多少年了？怎麼會枯了？」

「二十五年，得了病。」

羅紫蘇好想上去撓他個滿臉花！多說幾個字會死麼會死麼會死麼？

沈湛看了自家娘子幾乎快扭曲的臉，想了想，終於開了金口。

「這樹是我出生時栽下的，後來一直是我照顧，不過我去服兵役後就沒人管了。等我回來就生了蟲病，死了，我捨不得砍，就一直在那兒了。」

羅紫蘇有些驚訝地看著沈湛，簡直不敢相信。「多……多……」

「什麼？」

「多少字？你剛剛說了多少個字？」

這個女人果然不能理，真是蹬鼻子上臉！沈湛冷冷地看了羅紫蘇一眼，站起來去了院子；當然，是拄著枴杖去的。

羅紫蘇看著沈湛一副受不了她的樣子，好氣又好笑。哼，讓你惜字如金！

把炕上已經睡著的兩個小傢伙靠著炕頭挪了挪，蓋好了小被子，又把其他的被子、枕頭堆到炕邊，防止兩個小孩子滾下炕去，羅紫蘇這才轉身也去了院子裡。

沈湛正在放置柴火的棚子附近拿出一捆柳條，那柳條曬得微乾，沈湛拿了幾根看看，選了差不多的轉頭帶進了屋裡。

「相公，你要做什麼？」羅紫蘇跟在沈湛身後進屋，有些好奇地問。

「編筐。」在羅紫蘇以為沈湛不會回答時，沈湛悶悶地回答了兩個字。

「喔。」羅紫蘇點了點頭，轉頭回了灶房，進了空間，又弄了一木盆空間的水出來。小心地用瓢澆了那棵老樹，澆完之後羅紫蘇找了個乾淨的小筐，開始把桃樹枝幹上已經凝好的桃膠收集起來。

桃樹已經好多年的關係，樹幹粗壯，上面傷痕不少，桃膠也不少，羅紫蘇裝了滿滿一筐，還有一些因太高了搆不到，她暫時先放棄了。

羅紫蘇沒將桃膠放到灶房裡，想了半天她決定還是放進空間比較好，放在外面萬一產生變質，她賣不出錢可怎麼辦？她剛剛可是邊收集邊用心看過了，這棵老樹的桃膠凝結的顏色勻稱又晶瑩剔透，都是上上好的，想來一定能大賺一筆！

放置好了桃膠，羅紫蘇想到了今天新買的布料。別的倒不急，可得快些給小妞兒還有大妞兒做身裡面穿的小衣服。

回房時，羅紫蘇看到沈湛半坐半靠在房間的木椅上，她的視線不由得落到了沈湛的腿上。

之前她記得對方一直都坐在有炕褥的地方啊，怎麼現在卻坐在硬硬的木板椅子上？

「相公，你腿好些了？」羅紫蘇情不自禁地問出聲。

「好些了。」

沈湛說到這個，臉上的表情帶著幾分深思。他還記得在成親前，他特別讓走方的郎中過來看過，他的腿傷得極重，骨頭雖然沒事，可是卻失了大腿的一大片血肉，並且筋骨損傷很大，極有可能因為養血肉的這段時間久不動作，而讓腿部瘸了。

他那時很擔心，也曾經怕經脈不順而時不時地動一動、走一走，卻總是因為這樣反倒讓腿傷裂開，後來沒辦法，他只能靜養不動了。

不過，這幾日他覺得，之前失了血肉剛結痂不久的傷口處，時不時地發癢，雖然因而讓他煩燥，但是在戰場上受過的傷告訴他，這是傷口正在慢慢恢復，正在長肉的表示。

這對他來說太驚喜了。

「那就好。」

羅紫蘇有些放心了，不過她還是在心裡暗暗地想，要是有大夫來看看，順便問問怎麼休養才能恢復得好？不只是沈湛，還有大妞兒和小妞兒，也得看看身體如何；喔，當然，還有她，她這次要好好看看，身體能不能生？

「相公，咱村裡有大夫嗎？」羅紫蘇在前身的記憶裡，沒找到關於桃花村大夫的記憶。

一邊問，羅紫蘇一邊把布自背簍裡拿出來，又在炕上的小櫃子裡找了把剪子，循著前身的記憶，開始剪衣料，先做小妞兒的衣服練手。

羅紫蘇一邊想著前身學過的衣服怎麼裁，一邊看著小小的小妞兒大概需要多大尺寸的布，這才後知後覺地想到，她沒尺子。好在，小妞兒小，她往大一些做肯定沒錯，小妞兒又瘦又小，看著就像別人家八、九個月的孩子一般。

剛開始，羅紫蘇的動作十分生澀，不過在剪完了小妞兒的衣料後，她的動作就熟練起來。小孩子的衣服還是比較簡單，羅紫蘇又只想做件簡單的薄衣，因而還是很快的，只幾剪子，衣服和褲子的形都剪了出來。

穿針引線，羅紫蘇一邊看著一邊聽沈湛回答。

「偶爾會有搖鈴大夫。」

「搖鈴大夫？走方郎中？不能吧，我娘家村裡可是有大夫的，一般村子裡多少都會有個赤腳大夫的啊，這桃花村怎麼會沒有？」羅紫蘇這可就好奇了。

「之前本有一個，後來因事搬去了鄰村，就沒了。」

「為什麼事才搬走了？搬走了之後里正沒再請個大夫回村裡坐鎮嗎？」

羅紫蘇緊跟著追問。在前身的記憶裡，記得自己娘家村裡的大夫因為兒子太過出息搬去了鎮上，於是又尋了大夫回去；即使沒有正經行過醫的人夫，也會找個在藥店當過學徒的。這都是為了村人，畢竟，這邊離鎮上可是不近。

沈湛真不想再說了。這女人怎麼這麼囉嗦，這麼多話？可是看著對方低著頭認真地縫著衣服，小心地把線結藏到縫隙中……

「當初那個大夫在村裡救人時出了一些事情，因為那家人很不講理，鬧到里正那裡一定要有個說法，不然不管再請哪個大夫過來都要趕出去，找了幾個，都被他們排斥走了。」

「誰家啊，居然這麼霸道？」

羅紫蘇真覺得不可思議，不過腦海倒是自動自發地在前身的記憶中掠過一些人的身影。應該是周家吧！除了那家，估計也沒別人家了，里正可不是一般人能欺的。

「村東的周家。」

果然！羅紫蘇想到當初在河邊時蹲在姜氏身邊的那個婦人，眉頭一皺，接著指尖一疼。

「哎喲！」

羅紫蘇忍不住痛呼一聲，針尖扎入皮膚帶來的痛感太強烈，她汗毛都快豎起來了。

「真笨！」

隨著沈湛氣哼哼的訓斥，卻是他更急切的動作，還沒等羅紫蘇反應過來，指尖傳來的熱度讓她直接滿臉通紅。

羅紫蘇幾乎是呆滯地看著沈湛吸吮自己的指尖，又在醒悟對方動作的一瞬間差點跳起來，伸手用力推開對方的臉，手掌一巴掌拍到了對方的臉上。

沈湛木然地看著羅紫蘇，眼神扭曲得要命。這媳婦兒是怎麼回事？好吧，雖然他自己也被自己的反應嚇了一跳，可是都不及對方這樣傷害人啊！

屋子裡陷入一片尷尬的沈寂，沈湛沈默地低下頭回去繼續編筐，而羅紫蘇覺得自己似乎有那麼一點點過分。

手裡的針再也扎不下去了，她慢吞吞地收拾著布料，看著沈湛寬厚的大手靈活地編著柳條筐。

沈湛的動作看著不快卻十分迅速，不一會兒就編好一層，接著加入柳條繼續，沒一會兒，筐已經編得差不多了。

「老二，你在屋裡嗎？」

院子裡有人問，這聲音羅紫蘇似乎在哪裡聽過，沈湛聽到了，手一僵，接著把編了大半的筐放下，伸手拿起枴杖，一步一步地走出去。

羅紫蘇把東西收拾俐落，又看了兩個睡得沈沈的孩子一眼，這才出去。

沈忠背著手正站在院子裡，院角有一口被大石頭掩了大半的井，還有就那棵枯死的桃樹。他的眼光落在那棵枯樹上，眼神深幽難懂。聽到沈湛的腳步聲，轉過頭，眼睛落到了沈湛的腿上，一瞬間，眼睛裡轉過了陰鬱、可惜，還有一絲不滿。

「老二，我過來把田地地契送來，已經過到你的名下了，里正今天剛去了衙門過了戶，我剛在村口遇到他，就把這個順路拿過來了。老二，你和我去地裡看看，我告訴你是哪幾塊地。」

沈湛沈默地點了點頭，和沈忠往院外走，經過羅紫蘇時有些猶豫地看了她一眼。

「孩子在屋裡睡呢。」

「知道了，我會看著的。」

羅紫蘇點了點頭，鬆了口氣，心裡一塊石頭落了地了。雖然家裡還有些糧，可是沒有地契握在手裡，心裡自然是不放心的。現在，地契已經在沈湛名下，也就安心了。

只是，手裡沒錢，她可過得不安心。想想今天趕了集後就只剩下一半的銅錢，再想想自己想要買的東西，她還要繼續努力才行。

回了屋子，大妞兒已經睜開了眼睛，翻了個身，迷糊地揉了揉眼睛。

「大妞兒睡醒了？」

羅紫蘇伸手摸過去，小姑娘的頭髮柔軟又好摸，睡得迷糊的大妞兒很是睏倦地用頭蹭了蹭枕頭。今天逛得太累，小姑娘趴著繼續睡了。羅紫蘇安了安心，繼續拿出針線開始了縫衣服大業。

另一邊，沈湛跟在沈忠後面，父子二人順著村裡的路穿過一溜的屋子，又穿過了村前的河岸，到了另一邊的田地上。

現在是農閒的時候，地裡沒有幾個人，一壟壟的地上都是鬆軟的土，上面移栽著剛被挪過去的嫩芽。

「老二，咱家的水田就在那裡。」

沈忠停了下來，指了指前方肥沃的水田，沈湛抬頭看過去，順著沈忠一一的指點，看著田地沒吭聲。

「你是不是怪爹？」沈忠忽然問。「你也不要不樂意，是，那銀子是你去戰場掙來的，可是，如果當初你不替你大哥，你也去不了戰場不是？你大哥和你不一樣，他心浮，又不喜歡幹這些農活，過幾年，等他性子定了，我是打算著讓他開個雜貨鋪子，這樣子他也能定下來，到時再幫襯著你一些，不就行了？」

沈湛像是沒聽見一般，只是記住了自己家水田的位置，接著轉頭問。「旱地在哪裡？」

「你這是做什麼？」沈忠看沈湛那副樣了，登時心浮氣躁起來。「你這是恨上我了？不管如何，我也是生養了你一場，沒我就沒你，我做主的事情，你就認了吧！」

「我沒說要銀子。」沈湛不耐，臉色更冷。「旱田在哪裡？」

沈忠看著兒子那張冷得怕人的臉，心裡也不知道是什麼滋味，半晌，才往前走帶路。

沈湛跟在沈忠的身後，又往前走了一段路，沈忠才指著大頃良田角落，最貧瘠的二畝地，不甘不願地道。「是這兩畝。」

沈湛的臉色更冷了，不過也沒多說，他看了看點了點頭，伸手向沈忠討要。「地契。」

沈忠伸手從懷裡把地契拿出，塞到沈湛的手裡。

「老二，你、你到底是怎麼想的？爹娘可不是偏心，你是個能幹活的，自然要多多辛苦一些，你大哥他們做活不如你，自家人幫襯一些不是挺好？」

沈湛把地契貼身放好，轉頭就往回走，像是沒聽到沈忠的話。

「老二，你難道就不認我了？這一路，從見面開始，你可喊了我一聲爹？你還委屈！」

沈忠氣得臉色發白，衝著沈湛的背影大喊。

沈湛的步伐突然停了下來，猛的轉過身，沈忠一驚，後退了一大步。

「以後沒事，不用來家裡。」

沈湛淡淡地落下最後一句，接著轉身，就那樣走了。因為在地裡，他拄著枴杖走得並不容易，每一步，都一點一點身子歪得厲害。

看著那微有些歪斜的身影，眼神陰鬱的沈忠吐出一口氣，狠狠地呸了一口，臉色更是陰沈得厲害。

沈湛回到家的這一路上，村人看到都是嚇了一跳，沈湛一身冰冷的氣勢，臉色很是陰冷。

幾個村人坐在面對著進村大路的穀場上，都是一臉八卦的表情。有幾個坐在樹下做針線的婦人，看到沈湛經過都紛紛嗤笑起來。

「聽說沒有，那沈二郎可是娶了個喪門星呢！」

「不只這樣啊，我可聽說了，那媳婦一進門就挑著分了家，好厲害的手段。」

「什麼厲害的手段，還不是狐媚子入門，男人失魂麼！」

一個唇角長著黑痣的婦人曖昧地吃吃笑起來，另兩個也是意有所指地跟著笑。

其中一個不信地搖頭。「得了吧！你們看沈二郎那腿腳，還能做什麼？別是怕媳婦和人跑了才聽的吧？」

「行不行我們可不知道，只那個二嫁的知道；跑不跑的，還不是看她熬不熬得住？」另一個一臉不屑的尖臉婦人冷笑著搖搖頭。

「看那長相也知道，一定是個守不住的，癢得厲害了就跑了唄。沈二郎就是搭個板兒供上也沒用！」

「哎喲，郭嫂子可是個知道滋味的，聽說郭九哥在縣裡做工半年沒回來了。」另一個婦人笑嘻嘻地打趣，那尖臉婦人呸了一聲，三個人嘻笑成一團。

而耳力好得不行的沈湛，臉上一陣青一陣白，不過更氣的是對方說的那些話！什麼叫喪門星？什麼叫他不行？要不是想要腿傷早些好，他早就……

沈湛猛的停住，轉過頭，陰冷的視線掃了那三個自以為笑得花枝亂顫、實際上滿身肥肉亂抖的女人，思索著記憶中她們三個的男人的模樣，在心裡默默地記住了。

等他腿好了，走著瞧！沈湛陰冷地回家去了。

家裡，小妞兒終於睡醒了，在炕上爬啊爬，伸手抓住了旁邊姊姊的頭髮就要用力拽。

「小壞蛋，可不行！」羅紫蘇發現小傢伙的動作，連忙伸手握住小妞兒要使力的小拳頭，把大妞兒的頭髮搶救下來。

「小壞蛋，姊姊這麼疼妳，居然想抓她的頭髮，揍妳屁屁。」羅紫蘇一邊抱，一邊作勢拍了幾個小妞兒瘦瘦的小屁屁，小妞兒咯咯地笑起來。

這孩子很好帶，睡好了很少哭。

「來吧，讓姊姊睡會兒，娘給我們小妞兒找些水喝，再找找吃的。」

羅紫蘇一邊說一邊托抱著小妞兒站起來，把炕邊的被子圍好了，抱著小妞兒去了灶房。

剛剛她估量著時間，在鍋裡放了兩小塊蒸糕，現在正好能吃。她先給小妞兒喝了水，擦了擦小爪子，拿出一小塊蒸糕，切了一些放到小妞兒手裡讓她啃。

小妞兒只長了兩顆小米牙，這蒸糕軟糯好咬，正好給小傢伙來磨牙。

小妞兒吃得口水直流，羅紫蘇找到乾淨的布巾給她擦嘴。

「啊啊啊。」

小妞兒讓羅紫蘇抱著，突然，興奮地指著喊起來，羅紫蘇一抬頭，是沈湛進了院子。

「回來了。」

羅紫蘇連忙抱著小妞兒上前，幫著他把院門掩上。農家都是白天掩門，晚上才鎖門的。

「嗯。」沈湛走了幾步又停下，從懷裡拿出地契遞過去。「給。」

羅紫蘇用手接過，小妞兒也伸手搶，羅紫蘇連忙換手，把地契捏住進了房。

她陪嫁過來，什麼也沒有，只有兩件半新不舊的衣服、一件嫁衣，還有一個木頭盒子，裡面放著她娘給她的一支半舊珠花。她基本是不可能碰那珠花了，不過這木頭盒子倒是可以用來收東西。

她把地契放進去，看著屋子轉了轉。這盒子放哪裡呢？

「這兒。」

沈湛已經進了房，看羅紫蘇的樣子就知道怎麼回事，直接掀開炕席一角，從下面拿開一塊磚，就現出一個小坑。

收好了木頭盒子，又把磚放回去鋪好炕席，羅紫蘇終於鬆了口氣。

沈湛看著羅紫蘇那小心翼翼的模樣，心裡覺得真是可愛得很，讓人心裡暖暖、軟軟的。

這個女人，嫁給他這個原本大家都不抱著希望的男人，不管是為了什麼都好，至少現在這個女人表現出來的，都是對這個家盡心盡力。這樣就夠了，他不要求太多，那些發生過的事情他沒辦法去阻止，可是沒發生的他也不會過多揣測。

沈湛心中思索著，人已經坐回原處，拿起之前編的柳條筐繼續。羅紫蘇抱著小妞兒，一邊給閨女擦口水一邊逗她。

小妞兒吃完了蒸糕「嗯嗯啊啊」的還要，羅紫蘇只是逗，可不再給了。正逗得小妞兒口水直流，外面傳來了敲門聲，炕上的大妞兒揉了揉眼睛，一下子坐了起來。

「相公，給大妞兒喝點兒水，我放在桌上放涼了的。」

羅紫蘇說著連忙站起身，抱著小妞兒去外面看看誰來了。

門外面，站著一青衣婦人，容長臉兒秀氣的五官，正是馮翠兒。

「紫蘇妹子！」

馮翠兒手臂上挎著個籃子，看羅紫蘇抱著孩子出來，目光不由得落在小妞兒的身上。

這孩子她之前見過一次，是李氏抱著，一身瘦弱就不說了，小臉黑瘦黑瘦的，身上的小襁褓還有股怪味，村裡的女人們明面上不說，背地裡可都說了李氏看孩子真是夠嗆。而現在，這小姑娘靈活的大眼睛水汪汪的，小臉洗得白白淨淨，雖然有些發黃，可卻精神很多，身上的小襖洗得乾淨，雖然袖子飛邊了卻整潔可愛。

「今天我去了蘇屠夫家裡割了點肉，去山上採了些野菜，包了些扁食，給妳送一碗，不多，給孩子嘗嘗鮮吧！」

羅紫蘇一怔。「不用了，翠兒姊，妳還是留著給孩子吃吧！」

羅紫蘇連忙推拒。現在村裡的人能吃上肉的有，但是捨得送給人吃食的可是不多。

「和我客氣什麼，快去找個碗盛了。」

馮翠兒直接把裝著扁食的碗遞給了羅紫蘇，一邊催促著她。

粗瓷碗不大，不過也是裝了滿滿的冒尖。這村裡人吃頓好吃的不容易，一般都不捨得，尤其是包肉餡的更是，羅紫蘇心裡明白，心裡自是更感激。

她也不推辭，直接喊了馮翠兒進來，快步去了灶房，把扁食倒進了一個瓷碗裡，又用水把碗洗乾淨。想了想，她掀開鍋，把鍋裡蒸著的地瓜蒸糕拿出來放到碗裡。

「翠兒姊，這是我蒸的，拿回去給孩子吃吧。」

馮翠兒倒是不和羅紫蘇客氣，直接把碗放回了籃子。

「那敢情好呢，我聽村裡人說了，妳做的東西好吃著呢！對了，明天我打算接著上山去採些野菜回來，妳要不要去啊？」

羅紫蘇大喜，她正愁家裡的菜呢，連忙點頭應下。

「好啊，那翠兒姊什麼時候去？我正愁呢，家裡沒什麼菜吃。」

「明兒個吃了早飯就去，到時候我過來敲門。妳上山可得收拾好了，這褲腳都紮起來，雖然還沒到蟲動，可是天暖了，弄不好山上會有蛇的。」

羅紫蘇聽得一激靈，她最怕這個了！「好，翠兒姊，那咱就定了啊！我明天早些起來做飯。」

「好，那我先走了啊，妹子。孩子我婆婆正看著呢，我有些不放心，小子現在可淘氣呢。」

羅紫蘇抱著小妞兒，看馮翠兒走遠才轉身回了灶房，把鍋裡還剩下的大半個蒸糕拿回屋子裡。

房裡，大妞兒喝了水，正趴在窗子上往外看。

「大妞兒，先吃點蒸糕墊墊胃，晚飯還得等等呢。」

大妞兒歪著臉，側看向羅紫蘇點了點頭，轉頭站起來走到炕邊伸出小手想接過蒸糕。

「大妞兒，不行，現在得洗手。大妞兒要記住，先洗手再吃東西，知道不？」

大妞兒瞪著大眼睛，懵懂地看著羅紫蘇，點了點頭，扶著炕邊自己滑下去，穿上鞋子跑去洗手了。

羅紫蘇把放了蒸糕的碟子放回桌上，自己抱著小妞兒坐到炕邊，拿起自己縫了七七八八的小衣服，開始對著扭來扭去的小包子仔細比了比。

看著這大小倒是能穿，羅紫蘇這才鬆了一口氣。還好，沒手殘到縫得太難看。原身腦子裡的記憶和身體的動作已經逐漸在融合了，總算沒有把從前一竅不通的針線活做得太難看。

「乖閨女，最多明天就能做好了，到時給我們小妞兒穿新衣服啊！」

羅紫蘇說著親了小妞兒一口，含著手指啃來啃去的小妞兒咧著粉嫩嫩的小嘴笑起來，大大的眼睛彎彎的，羅紫蘇這才發現到這小丫頭睫毛挺長呢，算是這個皮包骨的小傢伙身上最漂亮的地方之一。

羅紫蘇噘起狼嘴，對著小姑娘嫩乎乎的臉蛋子啃了好幾下，這才想到了什麼，扭過頭。

「相公，這小妞兒、大妞兒的名字誰給取的？」

「我。」

「真難聽！」

沈湛怒了。這女人敢嫌棄他取的名字！

「大妞兒大名叫沈含珍，小妞兒叫沈含瑾。」

怎麼樣，好聽吧！沈湛昂起頭，傲然高冷地看著羅紫蘇。

「唔，大名取得真不錯。」羅紫蘇點頭，沈湛目光帶著幾分掩不住的得色。「不過這一對比，這小名兒真是沒法看了。」

沈湛惱羞成怒。人家都說賤名好養，他想出這名字也很不容易！「剛剛到底是誰來了？」

「哦，剛剛馬嫂子過來喊我了，明人我和她去山上採些野菜回來。」

「怎麼不和我商量？」沈湛臉更黑。

「這有什麼好商量的？難道你不同意？」羅紫蘇莫名其妙。

「……同意。」

「那不就得了？」

看著沈湛似乎悶了一口老血的模樣，羅紫蘇真覺得這男人的心思別猜，猜來猜去也猜不明白。

沈湛憋著一口氣，手上動作不停，手指翻動間，柳條好似長在他指間般，乖順地被他拗成各種形狀。一會兒，筐子收尾的動作就做得差不多。羅紫蘇看著沈湛那麼快就把柳條筐編好了，覺得很是驚嘆。

「相公，你真厲害，編得好快。」

羅紫蘇感嘆的表情讓沈湛剛剛瀕臨破碎的自尊心瞬間恢復了一些，就連呼吸似乎都舒暢許多，昂著頭，沈湛抿了抿唇。

羅紫蘇伸手拿過柳條筐來察看，小妞兒以為是什麼好玩的，也扭著小身子伸出小爪子過來搶，羅紫蘇連忙伸手扶住小妞兒，柳條筐一下子落到了炕邊上。

「小淘氣，不能搶，還好我動作快，不然就摔到妳了！」

羅紫蘇好氣又好笑地點著小妞兒的鼻尖，小妞兒眨著眼，「啊啊啊」的伸手接著去搶羅紫蘇剛剛丟到炕邊的柳條筐。

「真是！」羅紫蘇無奈地搖搖頭，伸手把小妞兒翻轉了個方向，讓小妞兒坐到自己腿上，右手摟著小妞兒的腰固定了，這才伸手把柳條筐拿到左手上，好好查看。

筐子編得很密實，每根柳條都去掉了丫叉，摸在手裡很圓潤，真是不錯。

看完了筐子，羅紫蘇轉頭又看了看窗外天色。「相公，你幫忙看著點孩子啊，我去做飯了。」

羅紫蘇把小妞兒放回炕上，讓她爬來爬去發洩過多的精力，大妞兒坐在桌邊的木椅上，乖乖地啃著蒸糕。

「大妞兒，別吃太飽，一會兒還要吃飯呢。」

羅紫蘇說完看著沈湛走到炕邊，轉身就去了灶房。

吃了晚飯，天色已經很晚了，羅紫蘇發了麵又提前洗好了菜，照顧著一家人洗漱躺下，只覺得腰痠背疼。

這小身板，真是愁人啊！躺在炕邊，羅紫蘇其實還是不太適應身邊有男人的氣息，一邊在心底唾棄自己矯情，一邊心裡暗暗琢磨著。

羅家不喜歡她，是因為她父母懦弱，她又是半路抱回來的不知誰家的孩子。那沈湛呢？為什麼不得父母喜歡？

「地裡的活，我打算從明天開始就去看看。」

沈湛突然出聲，嚇了羅紫蘇一跳，她轉頭剛想說話，沈湛卻像是怕羅紫蘇插嘴似的，反常的連珠炮一般地說起來。

沈湛其實對種地還真不是太熟練。在十七歲之前，他日子過得像蜜似的，沈忠兩口子根本就沒讓他幹什麼活，天天除了讀書就是習武，過得十分愜意，一直到他成親前三年都是如此。

不過，在大哥沈福十七歲娶妻那年，一切都變了。

嫂子進門後，父母不知為何突然對他日日讀書不幹活看不順眼起來，成天鼻子不是鼻子、臉不是臉的，開始對他橫眉豎目，不再讓他讀書習武，開始讓他去地裡。

一個十七年都沒下過地的人，哪裡會種地？好在他身體因習武並不會太差，天天邊學邊幹，但李氏依舊不滿意。

沈湛心裡一直以為沈忠和李氏是因當初他考童生沒中，才會對他開始冷淡的。

就這樣足足地幹了三年的地裡活，他終於熟練了一些，可突然有一天卻被李氏告知要娶媳婦了。

套上一身紅衣，沈湛還沒弄懂怎麼回事，就娶了媳婦王氏。沒過幾天新婚日子，一紙徵兵的通知就落到沈家。

沈忠只是對他說，大哥身為長子要頂門立戶，老三年幼，身子還沒長成，就只能靠他了。從小他就習武，想來也是時候回報父母了。

於是才新婚的沈湛去了戰場，在戰場上足足待了三年，沈湛全身是傷的回來了。只是，拿回的賞銀，卻在剛進家門後就被沈忠兩口子要了去。

李氏對他說家裡這幾年過得艱難，又要給三弟娶親，他妻子王氏在他當兵期間生了大妞兒損了身子，常年病病歪歪，花的銀子如流水，家裡已經支撐不下去，若不是沈湛回來，那就得賣孩子了。

沈湛看著女兒懵懂的模樣，又看王氏懦弱得只知道哭，連女兒的名字都沒取，一時只覺得不知道說什麼才好。

哪知道在家裡停留不到半年，身上的傷都還沒養好，衙門的衙差來通知每戶要出一人去服徭役，不想出人，那就出三十兩銀子。

結果李氏哭訴銀子哪裡還有，都還了債了。長子是不能去的，三子身子如此單薄，連個閨女都還沒生，難道要這樣斷了香火？

沈湛也沒再多說一句話，第二天就去衙門那裡報了名。

在他心裡，已經發了狠，這一次，就當還了父母的生恩。

只是，怎麼也想不到，他在最後一次運石的途中，被大石壓了腿。本來他身體底子還成，養養也就好了，可回到家中，卻發現沈忠兩口子居然把自家的房子用院牆隔了開來，一副要分家的架式。王氏生下小妞兒後已經死了，孩子像隻小貓一樣，也不知能不能養得活？家中什麼都沒有，李氏對他回來卻不下地幹活更是一肚子怨氣，沈湛一怒之下進山打獵，誰料，卻被山中的猛獸襲擊，腿又受了重傷。

大夫看後告訴沈湛，他的腿傷原本養養就可，可是這一次傷上加傷，卻是不容易再好了。

沈湛說話簡潔明瞭，羅紫蘇是一半聽他說，一半靠猜測，還有一小半是自己的理解想像力，不過這也就聽得差不多了。

羅紫蘇嘆氣。都說望子成龍，結果龍成了蟲，於是父母極度失望之下，變本加厲地想要折磨成蟲的兒子麼？可沈湛讀書不出頭，可以從別的地方出頭啊，至於這樣嗎？

而沈湛，卻想到了沈忠在地裡時說的話，眼睛裡透出了幾分冷凝。

第二天是個晴朗的好天氣。

羅紫蘇早早起來，昨晚她發好了麵，今天一早就蒸好了饅頭，雖只是粗麵和玉米麵混了少許精麵做出來的，倒是夠鬆軟。

熬了粥又蒸了雞蛋，她多做了一些熱在鍋裡，交代沈湛讓他到時餵給小妞兒。

準備好午飯，她收拾了上山的東西，綁好褲腿，羅紫蘇忙得一身汗。大妞兒趴在門口看著羅紫蘇忙碌，眼睛一轉一轉地跟著她的身影。

「紫蘇妹子！」

馮翠兒在門外喊了一聲，羅紫蘇連忙應了轉過頭。「翠兒姊姊妳來了？等等，馬上就好啦！」

「誒，行，不急！」

羅紫蘇又用粗瓷大茶壺裝了一壺熱水，拿回屋裡放桌上。「相公，我走啦，水也晾了，一會兒小妞兒醒了你給她喝一些；還有大妞兒，小孩子多多喝些水才好！」

沈湛點頭，看著羅紫蘇這樣忙裡忙外的，眼睛落在自己的腿上。

他的腿好像真是好了很多，也不知道幹活行不行呢？要不要試試？光看媳婦兒自己幹活，像個陀螺一樣轉，心裡真是心疼！

羅紫蘇拿起了個背簍，把用乾淨棉布包起來的兩個饅頭放進背簍裡，還有一罐水，這才把背簍揹起來要走，結果衣襬就被一隻小手牢牢地抓住了。

「大妞兒？」羅紫蘇驚訝道，不知道大妞兒何時緊跟著自己。

大妞兒也不說話，就是固執地伸著小爪子緊緊抓著羅紫蘇的衣襬不肯放，一雙大眼睛水汪汪地看著她，羅紫蘇梳的兩根小辮子泛著黃，額頭上一縷不聽話的劉海翹起來，隨著風晃啊晃的。

「妳也要去？不行呢，我是去山上，妳走不了太遠啊。」

大妞兒聞言眼眶一下子就紅起來，更用力地抓著羅紫蘇不放手了。

這……

羅紫蘇有些苦惱地看向馮翠兒。「翠兒姊，山遠嗎？咱走得路多不？不多我就帶著大妞兒去吧，妳看，都要哭了呢！」

馮翠兒本來是不同意的，山上可危險呢！不過，看大妞兒一副馬上要哭的樣子，又怎麼也說不出「讓孩子哭吧咱走」這話。

「大妞兒，不許纏著妳娘！」沈湛扶著枴杖走出來，對著大妞兒肅起了臉。「快回來！」

大妞兒驚了一跳，眼淚一下子流下來，哭著跑回屋裡去了。

羅紫蘇心裡不太舒服，事實上，她心疼了。不過，又一想山上萬一有個蛇蟲，那可不是鬧著玩的，只好對沈湛點了點頭，想想，還是不太放心地吐出一句。

「相公，你說就行了，看看，嚇得孩子都哭了。你一會兒哄哄大妞兒，別讓她總哭，小孩子哭多了對嗓子不好。」

沈湛無語了。他是為了誰啊！

羅紫蘇卻沒工夫顧及沈湛的心情了，趕忙揹著背簍招呼著馮翠兒一起走了。

沈湛鬱悶地回了屋子，看大妞兒正趴在炕裡的窗子上，看著羅紫蘇出門呢。

沒哭不用哄，反正他也不會哄！他只會嚇哭小孩子。

馮翠兒邊走邊看著羅紫蘇發笑，羅紫蘇有些鬧不清對方在笑什麼？呃，剛剛她好像沒做什麼啊？

「翠兒姊姊，怎麼了？」

「我看妳和沈家二郎處得不錯呢！那麼冷的人，原來也有體貼的時候啊。」

「啊？那叫體貼麼？都把孩子嚇哭了。」

羅紫蘇心疼地說，心裡打定了主意，一會兒上山看看有沒有什麼新鮮的東西給大妞兒帶回去；要是沒有，就回家給孩子做點好吃的。

「知道妳是個好娘親。」馮翠兒笑著拍了拍羅紫蘇的手。

「妹子，妳可真是把大妞兒她們兩個當親閨女了，這兩個孩子總算是能過上好日子了。」

馮翠兒輕嘆。

「翠兒姊姊怎麼這麼說？」羅紫蘇有些懷疑。「我就是喜歡小孩子，大妞兒、小妞兒又是女兒，我覺得女兒就是貼心些，這才真心疼愛，姊姊可別笑我虛偽就行。」

「妹子妳想多了！」馮翠兒一想就明白了羅紫蘇的意思。

「姊姊可沒說反話。妳不知道呢，大妞兒的親娘去世了，本不該說她的是非，不過，那王氏真的很……」

馮翠兒直搖頭。

「這麼和妳說吧，當年，那王氏家中本也不是什麼本分人家，王氏是被她爹娘寵慣著養大的，後來家中兄弟犯了事，把家財賠了個乾淨，這才嫁到咱村裡。」

「哦。」羅紫蘇有些明白了。

「王氏被自己爹娘慣得不像樣子，嫁來不到半個月，二郎兄弟就被徵兵離了家，妳那婆婆想來妳也見識了，不是好相處的。王氏日日哭訴婆家人苛待她，這也罷了；生下了大妞兒更是對這孩子很是慢待，明明是自己的親骨肉，卻天天視而不見，孩子不哭都不知道餵口吃的。」

馮翠兒私心覺得這王氏挺奇怪的，都是一樣的當人娘親，那是自己身上掉下來的肉，哪個會不疼？

偏王氏就是這樣，動不動就一個人拿著針線筐跑到穀場那棵樹下，與村裡的婦人哭訴自己在家多艱難——婆婆不喜歡自己，苛待自己；嫂子也對她不好，給她白眼。明明孩子在家裡哭得都快沒力氣了，也不回去看一眼。

「那是挺奇怪的。」羅紫蘇心裡有些明白為什麼大妞兒會一直看著她了，難怪呢！

「唉！妹子，不要怪姊姊多事。二郎看著冷，不過我家那口子在世時沒少說，二郎外冷心卻熱，是個難得的好人。從前沈二郎只是看著冷，卻是個熱心的，也就是這一次次的事情下來，人才徹底地變成了這樣。妹子安心和他過日子，以後有妳的好日子呢！」

羅紫蘇感激地點了點頭，與馮翠兒一邊說著話一邊看著周圍。

走出了村裡的這條大路，出了村口就是河邊，順著河邊上走有一座木板與鐵鏈子搭的橋，羅紫蘇兩人過了橋，順著小路往前走，就是入山的路口了。

「這山叫大青山，那邊是架子山。」馮翠兒一邊指一邊說。

「這大青山咱村離得不算近，最近的還是村尾的桃花山，已經馬上到季了，到時咱們一起帶著孩子去看桃花！山上景美著呢，就是山上結的桃子又小小澀，吃不得。桃花山是窮山，土不好，所以啊，除了桃花樹少有別的好物。」

「不像這大青山，野物多，不過深山裡還有野獸，咱就在山腳處採採野菜還行，往裡可不敢去的。」

羅紫蘇聽了應了幾聲。這時已經是春季了，山上一片翠綠，剛進山口，就聽到了一陣嘻嘻哈哈的聲音傳過來。

「妹子，妳說的是真的假的？那羅氏真的是妳姨母的兒媳婦？」

「當然是真的了。聽我姨母說了，那個女人好吃懶做的，天天在那兒除了吃就是睡的，也不幹活，還勾我大表哥呢！妳以為她是怎麼從婆家出來的？是讓我大表嫂用棍子打出來的，我大表嫂恨她恨得牙癢癢。」

「真是不要臉啊！這種女人還不浸豬籠了？」

「所以她娘家也不容她，回家沒兩天就嫁到老沈家來了，要不她羅家的閨女還能嫁得出去？」

「呀，妳們說說，她進門那相公就死了，不過在婆家和大伯子又這樣不清不楚這一年多，妳們說她還是不是……」

「估計早就不中用了！」一群女人吃吃笑起來。

羅紫蘇真是覺得，她印象中只有一些低級趣味的男人才會說這種話，而這群女人可真讓她驚嘆了！這得……

「真不愧是生過孩子，身經百戰的，說起話來就是生猛！」羅紫蘇慢理條斯笑吟吟地說。

場面立即一片寂靜，誰也想不到，她們八卦潑髒水的對象，居然會憑空出現在現場，這真是太讓人尷尬了。

不過，等等，什麼？生過孩子？身經百戰？一時間，一群女人臉都綠了！姜氏氣的是生孩子這句，別的女人是身經百戰這句；立即，姜氏也不採野菜了，站起來叉腰就罵起來。

「妳個小人妳說誰呢！」

「我剛剛說妳了嗎？」羅紫蘇一臉的驚訝。「翠兒姊姊，好奇怪啊，這世上什麼人我都見過，就沒見過有撿罵的。妳看看，我還沒點名呢，就有人撿起來安自己身上了。」

翠兒忍不住噗嗤一聲笑了，其他女人臉也脹得通紅，不過，一群怒意橫生的女人也不敢再開口了。剛剛羅紫蘇的確是沒說在說誰，她們才不出頭撿罵呢。

「妳這個不要臉的……」姜氏怒意更盛，乾脆指著羅紫蘇的鼻子罵起來。

羅紫蘇伸手把背簍自身上拿下來，又從筐裡把壓在最下面、打算挖野菜用的小柴刀拿了出來。她一步一步走過去，姜氏的聲音立即小下來。「妳、妳這是要幹什麼？」

「幹什麼？」羅紫蘇笑盈盈的，伸出手狠狠地對著姜氏的裙襬劈下去。

姜氏一聲尖叫，整個人軟軟地倒下來，她的腿邊，放野菜的籃子已經被羅紫蘇劈成兩半，野菜灑了一地。不過姜氏已經來不及心疼了，她整個人都抖起來，裙襬的衣服也被那刀給劃出了一道大口子。

「現在，弟妹知道我要幹什麼了！」

羅紫蘇笑咪咪地反問，姜氏指著羅紫蘇，此刻像啞了似的直張嘴，發不出聲了。

「我再次告訴弟妹，嘴上沒個把門兒的，就是這種下場！下次再讓我聽到一句汙言穢語，我就把這刀劃妳臉上！懂了嗎？」

羅紫蘇蹲下來用柴刀的刀背拍拍姜氏的臉，姜氏臉色慘白地一翻眼，直接昏了過去。

羅紫蘇十分滿意。這效果真不錯，討人厭的聲音聽不到了。拍拍手站起來，她走回已經嚇得有些傻的馮翠兒身邊，把背簍揹回了背上。

「這兒人多，野菜也被挖得差不多了，翠兒姊我們往裡再走走？」

「好。」馮翠兒下意識地點了點頭，接著往裡走。

等羅紫蘇和馮翠兒拐了彎，一群噤若寒蟬的八卦婦人這才像活過來了一樣，有跑到姜氏身邊喊醒她的，有湊在一起嘀嘀咕咕的，主題都是一個。

哎喲我的媽啊，像閻王轉世的沈二郎娶了個女人居然和他如此般配啊，夜叉一樣不要命啊！呃，不對，是要人命啊！

這生活真是越來越有奔頭了，看看，從今天開始，村裡的話題立即又多了一樣了！

第六章

沈湛在房間裡手不停地編著柳條筐，炕上，已經吃完了早飯的小妞兒正爬來爬去，時不時地，小腦袋會掃過屋裡，接著又爬到窗子邊，往院子裡巴望著。

另一邊，大妞兒也是，一邊看著妹妹不讓她往炕邊爬，一邊時不時地和妹妹一起往窗外看。

沈湛知道，這兩個小傢伙其實都是在等羅紫蘇。

她嫁進來幾天了？沈湛一邊編著手上的筐一邊想。短短不到十天，羅紫蘇卻似乎已經融入了這個家，她今天不在家，屋子裡的生氣似乎都沒了。

「啊啊啊！」

小妞兒等了半天了，怎麼還沒有軟軟香香的人來抱自己？一時心裡委屈起來。大妞兒過來想攔住她不讓她往炕邊爬，一時好脾氣的小丫頭怒了，伸手對著姊姊就是一爪子。

「爹！」大妞兒撇了撇嘴，伸手捣住被抓出一道印子的臉。原本她從來不因為這種小事哭的，可是現在莫名地覺得好委屈。「妹妹打我，嗚嗚嗚，哇哇哇！」

大妞兒哭起來，小妞兒呆滯地看著姊姊哭，一時也覺得委屈得不行，沒有香香軟軟的人來抱她，她不開心！

「哇哇哇……」

姊妹兩個對坐開嚎，沈湛頭疼地揉了揉額頭。

真是奇了怪了，之前這兩個孩子玩著挺好啊，從來沒吵過或打過架。嗯，當然了，小妞兒不會說話也吵不起來，可大妞兒一直很聽話地看著妹妹、讓著妹妹他是知道的。

現在，怎麼辦？

沈湛一貫的作法是看著她們哭，哭累了就停了。可是想到羅紫蘇走之前說的話，他忽然覺得，如果放任孩子這樣哭，媳婦兒回來會不會和他生氣？而且，閨女哭他也很心疼啊！

沈湛站起來走到炕邊，看著兩個閨女。看看這個，瞅瞅那個。他抱哪個好呢？

這真是個很難很難的選擇題啊！

一道聲音如同天籟一般救了他。

「屋裡有人在嗎？」

「咳，妳們先哭著。大妞兒，看著妹妹別掉下來，我看看誰來了？」

沈湛幾乎是落荒而逃地出了屋子，拄著枴杖走得飛快，神奇的是居然腿還沒疼！

「這裡是沈家嗎？」

一個小姑娘，大概十一、二歲的模樣，長的十分可愛，穿著一身淡粉的布衣站在門口，梳著雙丫辮子正往裡張望。

「是。」沈湛點了點頭。

「那、那我姊姊是不是住這裡？她叫羅紫蘇。」
小姑娘緊張得握緊了拳頭，眼睛不住地看著，心裡有些不安。
「是。」沈湛依然點頭，兩人相互而視，一時場面僵住。
「哇……」小妞兒哭半天沒人理，聽到院子裡傳來聲音，艱難地轉頭爬到了窗邊，對著外邊繼續嚎。
羅甘草眨了眨眼。「你是姊夫吧？那屋裡哭的是外甥女？我姊姊呢？」
「是、是，上山採野菜。」
沈湛從來沒和小姨子相處的經驗，除了一一回答人家問題不知道還能說啥？
羅甘草是個十分爽朗大方的小姑娘，她點了點頭，脆生生地喊了聲姊夫，就往裡走。
「孩子哭了？我去哄哄吧！」
羅甘草直接進了屋子。
屋裡炕上的大妞兒其實已經不太哭了，她有些哭過了頭，正在揉著紅紅的眼睛。哭半天沒人理太傷心了，不過她也習慣了。
「乖寶寶，來，小姨抱抱！」
羅甘草站在炕邊，對著小妞兒一邊說一邊張開手。
小妞兒終於等到有人來哄她了，手腳並用地爬到了炕邊，一下子撲到了羅甘草的懷裡。
不過，在羅甘草抱住她後，她有些困惑地抬眼看過去。

不是香香軟軟的那個！小妞兒在繼續哭和窩在這個瘦弱的新玩具懷裡猶豫，羅甘草熟練地托著小妞兒，一邊晃一邊哄。

「乖，不哭啊！姊夫，有水嗎？小孩子哭了都會渴呢。」

沈湛伸手倒了水，遞過來。

羅甘草伸手接了粗瓷茶杯餵小妞兒。

沈湛想到羅紫蘇的話，又看看羅甘草，倒了杯水給大妞兒。果然不愧是姊妹啊，都喜歡餵小孩子喝水呢。

餵了水後，羅甘草自己也倒了杯水喝。她算看出來了，這姊夫好像個木頭，雖然眼神凍人，不過倒不讓人討厭，比起那個什麼林家人可是好多了！

「妳自己來的？」沈湛想到了什麼，臉色微沈。

這兩個村子離得可不近，這小姨子才十一、二歲的樣子，卻自己來這兒？這可不行，現在拐子可多著呢！

「不是的。」羅甘草搖搖頭。「我是和姥姥一起來的，她來桃花村裡走親戚，我想到大姊嫁到這兒了，就一路打聽著過來看看她。」

沈湛聽了心中疑惑。這姥姥按理來說也是羅紫蘇的姥姥，為什麼羅甘草來，姥姥卻不來呢？不過，想到自己也是一身說不出的累贅，他也就不問了。

哪天羅紫蘇也會說吧？

羅甘草陪著小妞兒玩了一會兒，大妞兒固執地坐到窗前，就是不肯理羅甘草；羅甘草也不強求，一直逗著小妞兒快睏了，才看了看天色要走。

「姊夫，等姊姊回來了，你告訴她我來看她了啊，等她滿一個月回去時我也會回去呢！到時候讓她好好陪我幾天，我可想她了！」

沈湛點了點頭，想拿些吃的給羅甘草，卻又不知道灶房裡東西都放哪裡，只好眼睜睜地看著羅甘草親親小妞兒道了別，蹦蹦跳跳地走了。

沈湛開門抱著小妞兒一直送，看到羅甘草和一個老婦人站到一起說話，確定羅甘草喊那婦人姥姥，這才轉身回家。

剛走沒幾步，就聽到了一陣搖鈴聲，沈湛連忙轉身，果然，是經常來桃花村的遊醫，之前給他看過傷的那位陳大夫。

「陳大夫！」

「沈二郎！」

那陳大夫極瘦，留著兩縷鬍子，扶著鬍子揹著醫箱，上下打量了沈湛幾眼。

「看你的氣色，這傷勢可是大有長進啊！」

「正想請您回家幫我看看傷。」

陳大夫點了點頭，對著沈湛懷裡的小妞兒微微一笑。

沈湛在前面帶路，陳大夫落後一步，暗中觀察著沈湛走路的姿勢。

越看越是心中生疑。沈湛雙腿落地有力，顯然是不疼痛了，而從傷處看包裹腿部的褲子顯出的腿形，似乎這腿肉也長上了，不太可能吧！

走進房裡，沈湛把昏昏欲睡的小妞兒放回炕上，讓大妞兒照看著，他與陳大夫去了另一邊的房裡，查看他的腿傷。

陳大夫先給沈湛探了脈，又拉開褲腿查看傷勢。果然，之前一直都不好結痂的傷口，現在很明顯的，失掉的腿肉正在生長，傷處比之前好太多了！

陳大夫又伸手，自沈湛的大腿處開始摸按，一直到傷口附近，筋脈按著彈性極佳，一點也沒有萎縮僵硬的現象，之前出現的那些前兆全部都消失了。

「你這傷基本上已經好得七七八八，只差長腿肉，多吃點兒好的，最多十天，就成了。」

陳大夫有心想問沈湛是否吃了什麼天材地寶，又覺得這種事情怎麼會有人告訴旁人？因此按捺下了好奇心，轉而問起別的。

「聽說你新娶了娘子？她把你照顧得不錯！」

這位陳大夫說來和沈湛倒是有些淵源，沈湛與他也算相熟，因而聽了他的調侃只是微微點頭。

陳大夫看著這塊木頭，心裡直搖頭。算了，不逗他了，反正逗了也是憋死自己。

陳大夫揹上醫箱要走，沈湛跟在身後送了他出門，走了幾步等陳大夫走得有些遠了，沈湛突然想起來，羅紫蘇的臉色一直都不太好，要不要抓上一帖補藥呢？

沈湛猶豫了一下，還是追了出去。他知道，陳大夫一般會到婦人們坐著的穀場那裡轉一圈，家中有人生病的，都會在那裡等遊醫。

誰料，沈湛快走到那附近時，耳力極佳的他已經聽了一耳朵的汙言與穢語。

「哎喲，陳大夫，你是不是剛從沈二郎家出來？你說說那沈二郎行不行了？你不知道，他新娶的那個可不是個省事兒的呢！」

「就是啊，聽沈三郎家的說，那新媳婦在前面那家裡就不是個省油的，和大伯子，呵呵……」

「就是就是，你快說說，要是那沈二郎不中用，你可得好好勸他讓他快休了那婦人，莫要鬧出醜事才好！」

沈湛緊握著拳頭，臉上青筋暴起。

他早就知道！

另一邊，羅紫蘇揹了大半背簍的野菜，又特別在山上折了幾捧桃花，與馮翠兒說說笑笑地回了村。

馮翠兒之前被羅紫蘇嚇到了，不過過後卻對羅紫蘇豎起了大拇指。在她心裡，村裡那群閒得發慌的女人就該讓人好好治治才行，天天東家長、西家短的，也不想想別人的日子和她們有什麼關係？

當年馮翠兒也是外村嫁過來的，沒少被這些女人說道。

「翠兒姊進來坐會兒不？」

羅紫蘇剛到家門口，看到半掩的院門微微往裡看，卻什麼也沒看到。院子裡十分靜，也看不出來什麼。

「不坐了，孩子還讓婆婆看著呢。我回去了，過兩天我再來叫妳啊！」

馮翠兒說著匆匆地走了，羅紫蘇看馮翠兒走遠，也回了屋子。

進了屋就看到大妞兒嘟著小嘴正一臉委屈地看著她，小妞兒躺在炕上玩手指嗯嗯啊啊，聽到聲音爬起來就往炕邊爬。

羅紫蘇連忙伸手把小妞兒攔住，抱起了小妞兒，羅紫蘇又掃看了周圍一眼。

「大妞兒，妳爹呢？」

「不知道。」大妞兒委屈得眼淚汪汪的。「我餓，妹妹還打我！」

「啊？」羅紫蘇看著大妞兒邁著小碎步跑過來，指著臉上劃的紅痕給她看。

「乖，吹吹就不痛了！」羅紫蘇哄著，低頭對著大妞兒的紅痕輕輕呼氣，又在大妞兒笑起來後親了一口。「別急，我馬上去做飯啊！」

本來想在山上吃的，可是山上現在除了野菜沒什麼能吃的，挖滿了半簍就提前回來了。那個不可靠的男人沒了影子，留下兩個什麼事也不懂的孩子在家，真不知道在想啥！

不過，很快的，羅紫蘇就知道沈湛去了哪裡。因為在她抱著小妞兒往院子裡走的時候，清楚地聽到了隔壁的尖叫聲。

「沈二郎你個殺千刀的你要幹啥！」

因那聲音太過淒厲，剛走到院子裡的羅紫蘇身體一僵。果然，懷裡的小妞兒一抖，幾乎小嘴一張就要哭起來。

羅紫蘇連忙抱起來哄，輕拍著小妞兒的後背，人快步走進灶房裡，鍋裡還熱著她放置的饅頭，羅紫蘇又看了看灶上鍋底還有粥。

羅紫蘇一邊拍著小妞兒一邊手忙腳亂地拿饅頭、盛粥，一時忙得不行。

「爹在奶奶家。」大妞兒穿好了鞋細聲細氣地說，小手扒著門，一邊看羅紫蘇，一邊回頭看著院牆，院牆那邊傳來的沈悶聲響與鬼哭狼嚎讓她很害怕。

「知道了，大妞兒乖，自己去洗手，一會兒我把飯放桌上，妳自己先吃，知道嗎？」

「嗯。」

大妞兒點頭，等羅紫蘇擺好了飯就吃上了，菜羅紫蘇也沒熱，直接把之前拌的鹹菜先讓大妞兒吃上，抱著小妞兒快步去了隔壁。

本來她是不想抱孩子的，可是小妞兒像是嚇到了，緊緊抱著羅紫蘇的脖子不肯放。

等羅紫蘇進院子時，其實基本已經是尾聲了。

沈祿鼻青臉腫的半倒在地上，另一邊沈福也被揍得不輕，左眼烏黑一片，摀著肚子正在

「哎喲哎喲」地叫喚著。

「你個殺千刀的沈二郎，剛分家就欺負自己的弟弟！」

姜氏像是瘋子一般地大喊，可是剛被羅紫蘇修理不久的她硬是不敢上前攔。這沈湛真不愧是和那個潑婦一家的，都不是好東西！

「三郎，」沈湛才不理那個亂吠的女人，只是瞪著沈祿。「還有老大，你們再不管好自己老婆，下次我還教訓你們！放心，只會比這次狠！」

撂下了話，沈湛也不多說，直接轉頭走了。經過剛進來正在發呆的羅紫蘇身旁，冰冷的眼神更是冷凝，讓羅紫蘇莫名地想到了大家的形容——閻王。

「妳是傻子嗎？讓人這樣欺負！丟人！」

說完傲嬌地走了。

羅紫蘇眨了眨眼。她被人欺負了？唔，好像是呢！

羅紫蘇又看了呼天搶地的姜氏與已經嚇傻了的周氏，另一邊，沈小妹正挨著窗戶看院子，見羅紫蘇看過來連忙把窗戶一關。

羅紫蘇轉頭抱著小妞兒出門，回自己家去了。

這男人為了她打他兄弟嗎？看樣子是這樣，不過為了什麼？難道他也聽到了風言風語？

剛回東屋裡，大妞兒正坐在桌邊吃著，另一邊沈湛在旁邊看了眼桌子。

「大妞兒，等會兒，熱過菜再吃。」

沈湛大步往灶房裡走，羅紫蘇連忙追到後面。

「我熱吧，你抱著小妞兒。你剛剛打人，那些人叫得太慘，嚇到她了！」

沈湛一僵，看向明顯有些怯怯的閨女，自尊又受傷了。

好好好，他就會嚇壞小孩子。

「不用，妳抱吧，大夫說我腿好了。」

沈湛粗魯地說，揮手趕羅紫蘇出灶房。

羅紫蘇只好回了東屋等著，一會兒，沈湛把熱好的菜、盛好的粥，還有鍋裡剩下的饅頭拿過來，一樣樣地擺放好。

最後，沈湛有些滿意地坐下來。

「吃飯！」

羅紫蘇連忙抱著小妞兒去洗了手，這才回來開始吃。沈湛又把小妞兒接過去，餵完了閨女才自己開始吃。

吃完了飯，沈湛又抽風一樣地收拾碗筷，怎麼都不肯讓羅紫蘇動手，羅紫蘇只好抱著小妞兒在院子裡溜達，讓大妞兒也跟著走走消消食，要不一會兒午睡會胃腸不舒服。

「你今天在村裡是不是聽到什麼了？」

沈湛收拾完了，羅紫蘇把孩子都抱上了炕，這才認真地問。

「嗯。」

沈湛想到那些人說的話就是一陣噁心。他知道那些個三姑六婆就愛道人是非，可是居然這樣說他們兩口子，真是夠險惡的。

「他們說的話妳不用管！」沈湛憋了半天，只想到了這一句安慰的話。媳婦兒妳不用理，我不會信的，只有我知道妳好！

「喔。」羅紫蘇點了點頭。是不用管，沈湛都伸手開揍了，還用她管麼？不過，怎麼今天沈忠和李氏不在的樣子，不然也不可能沈湛打上門去還沒人出來啊！

羅紫蘇猜得沒錯，沈忠陪著李氏去了她兄長那裡，因此並不在家裡；而現在，兩人正在回村的路上。

「阿福他爹，你這次可要想清楚了，這次可不比前幾次，哥哥說了，這次一定會大賺！」

「可是，這前幾次都賠了錢。」沈忠皺著眉頭。「前些年是存了些錢，妳也知道，因舅兄要開雜貨鋪子用了一大半，還沒回本。這二郎回來給的銀子，這次舅兄一起做生意，又賺得少，賠得多。」

「阿福他爹，這你可不能怨哥哥。」李氏眼珠一轉。「你也知道，做生意，本就是風險各半的，那時哥哥有困難，咱幫襯著些也是應該的，畢竟從前哥哥也沒少幫咱啊。」

「我知道，並沒怪妳。」沈忠蹙眉。「但是妳想想，這麼多年，賺少賠多，我想著還是把手裡剩下的銀子買成地才好，左右也沒剩下多少了。」

「那可不行！」李氏立即不樂意了。「不過是五十兩銀子，他爹，你不能放著哥哥不管啊，這次怎麼也要幫著些！」

「家裡剩多少妳還不知道嗎？就四十兩了！」

沈忠有些無奈地說。剩下的就是那些地了，他可是堅決不會賣的。

「阿福爹，我是這麼想的。」李氏早在心裡有了成算。

「當年，老二當了兵不是帶回來二百兩銀子麼？我可是打聽了，其他的人為何只是區區二十兩，結果老二卻是二百兩。原來啊，老二當初曾對那主帥有過救命之恩，這是立了功才給的賞銀。聽說，除了銀子還賞了其他的東西，可是這個老二，根本就沒給咱！」

「不可能！」沈忠不信。「當初老二一進門咱可就把他身上摸得乾淨，全身上下除了那二百兩的銀票可是什麼都沒有。」

「誰知道是不是他使壞心藏起來了？我可不管，這次怎麼也要幫上我哥哥。總之，他必須掏銀子，沒錢就把那兩個賠錢貨賣了！和她們娘長得那麼像，一定是個美人胚子！」

「妳亂說什麼！小妹還沒嫁人呢！」沈忠不樂意了。

「他爹，我可沒想那些，我的意思是把那兩個賣去大戶人家當奴婢。而且，我聽我嫂子說了，鎮上有個許員外，家裡生了個兒子，好像被迷了心智，生下來就癡傻，說是要找個周歲陽年陽月出生的小丫頭鎮鎮才好，人家可是出十兩銀子呢！」

「再說吧！」沈忠心裡不太舒服。這事要是做了，他可是要被人戳脊梁骨的！

兩人一人說，一人哼哈著打馬虎，兩個人剛進村裡，就覺得氣氛不對。

一些村人對著他們指指點點，不知在說什麼。李氏在村裡也不是什麼善茬，直接抓了一個路過的婦人問怎麼回事。

「喲，嬸子妳還不知道嗎？」那婦人是村尾有名的快嘴兒。

「妳家沈二郎今天發威了！把妳家老大和老三打的喲，那真是！」

那婦人嘖嘖有聲，接著又像是想起什麼似的，笑得花枝亂顫。

「不過也不怪人家沈二郎發怒，妳那兒媳婦也真是不像樣子，家醜可不外揚呢！」

李氏聽得一頭霧水，可是看對方再也不肯再多說，只是抿嘴兒邊笑邊走，一時躁得臉通紅。

這、這沈二郎是撞邪了，居然敢打她的大兒子！

李氏也不管沈忠了，直接奔去了沈湛院門前，指著門就開罵。

「你們這一家子喪門星、攪家精，到底想幹什麼！沈二郎你給我滾出來，居然敢打你親兄弟，你還有沒有個人樣了！」

現在正是用過午飯不久，大多數的農人要麼在家裡午睡，要麼在門前消食，聽到了李氏的聲音，大家眼睛都亮了。

這會兒又有熱鬧可看了！之前那沈二郎拳打沈家二兄弟大家都沒看到，心裡正癢癢呢，得，不用遺憾了！

一時間，大家都迅速地衝到了沈二郎家門前，翹首看著，等著大戲上場。

羅紫蘇正在房裡和沈湛溝通，關於幹活是不是要等沈湛的腿傷徹底養好才行。這樣子還沒徹底好全就幹活，萬一要是出什麼變化呢？而且她也想看看大夫，順便再給大妞兒、小妞兒也看看，沈湛都不留下那遊醫云云。

沈湛額頭暴著青筋，對羅紫蘇的碎碎念已經忍耐到了極點，可是自己媳婦兒嘀嘀咕咕不滿意的樣子，他又不知道要怎麼才能讓對方不要嘮叨？正皺眉時，就聽到了門外那一聲聲難以入耳的罵聲。

沈湛黑著臉一下子從椅子上站起來，拄著枴杖大步走出去。羅紫蘇怔了怔，又轉頭看了一眼在炕上睡得正香的大妞兒和小妞兒，連忙將被子、枕頭堆到炕邊，快步跟在沈湛的身後走出去。

李氏看到沈湛冷著臉大步走出來更是氣憤，指在沈湛的鼻尖上罵起來。

「二郎你說說，父母哪裡對不起你了！給你娶妻生子，給你分家產，讓你們兩口子過自己的小日子。你們現在倒好！不只不給我們養老銀，還打自己的兄弟，你們說說你們兩口子算是什麼東西！尤其是那個羅氏，有了妳這個攪家精，我們二郎都被妳帶壞了！」

對於指到鼻尖上的手指，跟在沈湛身後出來的羅紫蘇表示真的好無辜啊！

可是，對著李氏她又不能反駁，剛嫁到這村裡，頂著那種汙名，再頂撞婆婆，她都可以被里正浸豬籠了！

不過，她忘記了，她不能頂撞，有人敢啊！

「羅氏，很好！」

沈湛看著李氏的眼神讓李氏的心猛的一縮，手指不由自主地縮了回來。

這小子這是什麼眼神！

沈忠有些不滿地看著沈湛，想上前又覺得此事李氏已經出頭，他一個男人再上前罵兒子，似乎不太好。

「好？她哪裡好？」李氏怒不可遏。「攛掇你回家打你弟弟、嚇你哥哥就叫好？」

「和她沒關係！」沈湛忍了又忍。「我打三郎，是他沒骨氣當不了家；我警告大哥是讓他別步了老三後塵。還有，羅氏好不好的，和別人沒關係，家已經分了，我和兄弟吵架，爹娘還是不用管了吧！」

「我怎麼能不管？你們是分家了沒錯，可是分家了爹娘就不能管教你了？沈二郎，你這是要忤逆父母？」

「不敢當。」沈湛幽幽地看著沈忠。「爹是一家之主，您說說我當兄長的管教弟弟不成麼？分家？哼，那房子可都是別人的賣命錢換來的，我孝敬父母是可以，別的，可要看有沒有這個情分！」

「你說什麼！」李氏炸了，她跳起來要接著罵，卻被沈忠伸手一攔。

「夠了。二郎，你管教弟弟自是可以的。」

「什麼！」李氏有些沒搞清沈忠這是何意，還想說什麼，卻被沈忠直接拽走了。

還有什麼好說的？

沈湛話不多，卻已經把話堵得死死的了。

李氏說他忤逆，他說他賣命的錢都孝敬給了他們；李氏說他不友愛兄弟，他說他只是教訓弟弟正沈家的家風，讓沈家兒郎別軟骨頭；李氏想拿養老銀子說事，沈湛說家已經分了。還有什麼好說的？再說下去，等里正來了也是他們吃虧。里正正因為分家不公一事心裡憋火呢！他可不想這麼大歲數了還自找這不自在。

這沈湛，居然一分家什麼都換了個模樣。

雖然還是少言，但是原來的木訥卻沒了，換的，是冷靜得可怕的模樣，卻與他記憶中那個人的模樣重疊了。想到剛剛沈湛的模樣，沈忠的心一縮，那樣的眼神好似淬了毒一般。

「當家的，哎，阿福他爹，你可不能就這麼算了！」

李氏哪裡受過這種氣，平常按說沈忠要真做了決定，她是絕不敢頂著來的，可是現在她是真咽不下這口氣。

「別說了，我說了這事算了！」沈忠厲聲喝斥，李氏一下子就沒了聲。

走出圍得不少的人群回了自家的院子，李氏一進院子也不管沈忠了，先奔了自己大兒子那屋，看大兒子兩口子都沒事，這才又去了小兒子房裡。

房裡姜氏正在哭天兒抹淚地被沈祿罵，李氏走進來她彷彿看到了至親般。

「娘啊，您看看，三郎被打，結果把氣都出在我身上了，兒媳婦可沒錯。」

「啪！」李氏毫不客氣，伸手就是一耳光，打得毫無準備的姜氏眼前一黑差點暈了。嘴角一痛，伸手摸著已經破了皮，嘴裡也是一股腥味，牙齒咬到了肉出了血。

「妳這個人！我告訴妳，想惹事、想給妳娘家出氣是妳的事，再敢連累我們三郎我就剝了妳的皮，要是這胎生不了兒子，就讓三郎休了妳個沒用的東西！」

姜氏嚇得瑟瑟發抖，連忙縮在一旁當起了鵪鶉。

「老三，你怎麼樣了？」

李氏也不管姜氏一把鼻涕一把眼淚，出了氣連忙走到炕邊。

沈三郎沈祿一臉的懊惱，看到李氏打姜氏，原本他還會說說，今天只覺得解氣！

「娘，我沒什麼，二哥打我本就沒用什麼勁。您剛剛幹麼去找二哥的錯，還堵著門罵二哥，您讓我以後哪裡還好意思去啊！」

「你還去？」李氏簡直不敢相信自己的耳朵。「你這孩子不是讓沈湛給你打傻了吧？他這樣你還上什麼門！」

「怎麼能不上門？不上門我怎麼給二哥劈柴！」沈祿也不想啊，他最怕他二哥了，動起手來真要命。他這身上估計得疼個幾天，可是不去不行，二哥腿受傷了怎麼劈柴？

「劈個屁柴！」李氏直接罵了一句，恨不得把自家傻子一樣的兒子罵醒。「他揍你你還給他劈柴，你想什麼呢！我怎麼生了你這麼個四六不分的東西！」

「娘，您怎麼這麼說我！」沈三郎立刻不樂意了。

「二哥從小就照顧我，都是他教我為人處事的。再說這事本就是我的錯，我沒管好自己老婆讓她出去瞎說八道的，居然還中傷二嫂，二哥打我是應該的。姜氏，我告訴妳，這是唯一一次了，再有下一次，我也不說妳了，妳就收拾包袱給我回娘家去，再也不用回來了！」

李氏氣得胸口都疼了，整個人直發抖，指著沈祿。真想劈開自己這個呆兒子的腦子看看裡面有什麼！

為了個分家的，居然還要讓自己媳婦走？再說了，那姜氏也沒說錯，這羅氏看樣子就是個狐媚的，不然怎麼一向說話還沒放屁多的沈湛能給她撐腰？

越想越氣，李氏一扭頭就走了。這兒子，她算是白生了！簡直就是個超級大傻子！

回到房裡，李氏臉色難看地坐到椅子上，看著沈忠又開始嘆氣。

「阿福他爹，你說吧，這事兒怎麼辦？還有那個小丫頭，怎麼弄？」

沈忠坐在那裡已經想了一會兒了，看李氏來了，倒也不怕什麼，只是點了點頭。

「我有辦法，妳過來，我告訴妳。」

說著招了招手，李氏一聽眼睛就亮了。老三她算是白心疼了，人家根本不領情，這娘家的事她可得謀劃好了，事情妥了，這可是好處大大的！

聽了沈忠說著怎麼做，李氏的眼睛越來越亮，看著沈忠抿唇就笑。

「阿福他爹啊，你這腦子是怎麼想的，真是妙啊！這樣可沒咱們什麼事！」

「那是，我能讓老三白白吃這個虧？」沈忠想想就氣。他本還想著那孩子怎麼也是無辜的，現在看來，誰讓那小丫頭有個白眼狼的爹，狼崽子能有什麼好下場！

「別提老三了！」李氏一想就一肚子火。「這孩子估計是個傻子！不過，他爹，你可真是會給我出氣，這樣，看老二家還怎麼待在村子裡！」

李氏笑了起來。這氣兒一順，看什麼都順眼了，看著沈忠也是比什麼時候都結實有勁靠得住。

「他爹，說起來，咱可是好久……」

李氏正是虎狼之時，過來一挨蹭，沈忠就笑了起來。

想了主意、賣了人情，也不能不得些好處不是？李氏是潑辣粗俗，但好在一點——好擺弄！讓她如何就如何，有滋味著呢！

沈小妹本都走到了爹娘房門前想要說說今天沈湛過來的事，誰料房裡卻傳來陣陣羞人的聲音，沈小妹狠狠唾了一口，一跺腳轉頭回房了。

多大歲數的人了，這太陽還沒下山呢，真是！呸呸呸！

院牆那邊一片雞飛狗跳，院牆這邊一片溫馨。

羅紫蘇跟著沈湛回了院子裡，聽沈湛把門一關，阻住外面人的閒言閒語與意有所指的目光，整個人似乎在作夢。

上輩子，上上輩子，不管是她還是羅紫蘇，都沒有丈夫為了自己和婆婆對抗的經歷。這種難得的新經驗讓羅紫蘇有些不知所措，又有些如墜夢裡，像是喝了一杯陳年的佳釀醉了心，又像是冰冷寒地有人送她到熱水裡泡澡，溫暖濕潤又安心的感覺。

五味雜陳間，羅紫蘇跟著沈湛回了房，就看到大妞兒正怯怯地把自己埋在被子裡，小小的屁股露在外面，瑟瑟發抖；另一邊，小妞兒睡得正香，倒是一點兒也沒醒。

「大妞兒？」羅紫蘇連忙上炕，把大妞兒從被裡拽出來，大妞兒呆呆地看著羅紫蘇，眼淚要掉不掉的。

「怎麼了？剛剛被奶奶嚇著了？」

羅紫蘇猜大妞兒是聽到了李氏的罵嚇著了，誰知大妞兒突然一把抱住她的脖子，放聲大哭起來。

「不走，奶奶罵了也不走！哇哇哇……」

羅紫蘇有些迷惑，不過大妞兒的樣子顯然嚇得不輕，之前沈湛去隔壁打人估計這孩子就被嚇著了，連忙拍著大妞兒的背開始哄起來。

「乖乖不哭，大妞兒乖，咱是大孩子不怕啊！」

羅紫蘇緊緊抱著大妞兒，一邊拍著她的後背一邊晃著身子哄她，炕上的小妞兒顯然被大妞兒的哭聲驚到了，開始不安地翻扭著身子揉眼睛。

「相公，快來，哄哄小妞兒！」

一個她已經快招架不住了，這兩個一起哭她真心沒轍了啊！

沈湛想來也懂了羅紫蘇的意思，連忙上前抱起小妞兒，學著羅紫蘇又拍又晃的。

好在，大妞兒的哭聲小了，小妞兒揉了揉眼睛，迷糊地睜眼看了一下就又睡著了。羅紫蘇呼了口氣，連忙把大妞兒抱起來，一手托肩一手托著大妞兒的腿彎，來了個小公主抱。

「好了好了，乖孩子，我們大妞兒可不哭了啊。」

大妞兒揉著眼淚，張著眼睛緊緊盯著羅紫蘇，半晌才清楚地喊了一聲。

「娘，您別走！」

羅紫蘇聽到大妞兒的喊聲整個人都不由得怔住，她有些懷疑自己聽錯了。

大妞兒用小手擦了擦眼淚，把臉靠在了羅紫蘇的懷裡，嘴裡也不知道嘀咕著什麼，瞅著一副昏昏欲睡的模樣。

羅紫蘇完全不知所措地抬眼去看沈湛。

沈湛看到羅紫蘇眼睛裡的無助時有些不能理解。大妞兒喊她娘不是很正常嗎？他還覺得大妞兒喊晚了呢。

「沒事。」

羅紫蘇看沈湛憋出這一句，就再也等不來下文，乾脆也不指望他了，只是低著頭看著大妞兒。

從已經有些微紅潤的小臉，到大妞兒泛著黃的頭髮，再到大妞兒破舊的衣服，雖然洗得乾淨，可是卻有些粗糙的小手；再看著大妞兒身上唯一白白嫩嫩的小腳丫，心裡軟成了水。

另一邊，周氏有些不明白地看著沈福，一邊齜牙咧嘴地揉著肚子還有腰腿，一邊伸著頭往沈忠那屋子瞅。

「相公，你怎麼不和娘說你被沈老二打得多慘，還要用我的粉把眼睛遮起來？」

還好李氏粗心，進房裡看兒子蹺著腳正在吆喝周氏，以為大兒子和以往一樣沒什麼事，沈福又半轉著頭，因而沒注意到最寶貝的大兒子居然傷痕累累。

「妳個豬腦子，妳想想，和娘說了能怎麼樣？還能因為知道我被打了給我些銀子買點好東西補身子啊？別看老頭子在沈老二那裡壓榨了那麼多銀子，妳看他們給過咱一兩麼？一個兩個都是捨命不捨財的主兒！」

沈福歪了歪嘴。沈老二這手黑的！疼死他了！

「那相公，你不告訴娘，就能要來錢了？」

周氏深深地懷疑。這婆婆她可是知道不足一天、兩天了，除了對自己娘家，她就從來沒大方過！

「我想好了！」

沈福年紀不大，歪點子一堆一堆的，他眼珠一轉就是一個餿點子。

「今天還看不出來，估計明天啊我這臉上身上都得青一片。我和那在勾欄裡護院的小松不是前兒在賭坊認識了麼？我找他幫幫忙，和我演上一場戲，這樣，我就能平白得些銀子了。不過，妳可得哭得狠些，不然我怕爹娘心狠，再不給錢就完了！」

「這能行嗎？別再這邊公爹給了錢，那邊就過來收拾你一頓，那可怎麼好？」

「怕什麼！妳想啊，從小到大，我做什麼爹娘可有駁過？哪次不是順著我？那時候大家都道爹娘只重視老二，哼，可我知道，爹娘可是為了讓老二看顧著我，才讓他一直讀書學本事，可嘆那老二，是個扶不起來的！」

沈福搖搖頭。當年要不是他生下來體弱，他娘心疼怕他讀書熬壞了身子，哪裡還有沈老二啥事？他可是在學堂裡混了四、五年才出來的，爹娘也只是讓他認個字，不求別的。

周氏一聽放心了。這倒是，雖然人人都說之前沈二郎受沈忠寵愛、重視，可是她進門後卻早就看出來了。

沈二郎哪裡受重視了？興許她進門前有過，可她進門後，沈忠對那沈二郎除了打壓就是漠視，喔，可能還有不少失望。

畢竟，讀了那麼多年，沈湛一事無成，連個童生都沒考下來，沈忠哪裡還有多餘的情分了？

曾有多大的希望，就有多大的失望！

晚上，沈福趁著還沒吃晚飯就跑了出去，一溜煙就沒了影子，周氏雖有些心驚膽戰，不過想到快要到手的銀子，心下又帶著幾分開心。

沈福出了沈家，站在門口看了看沈湛那邊的院門，恨恨地唾了一口。沈二郎，今天的事兒可沒完，敢打我，哪天我就讓你好看！

轉頭沈福直奔去了勾欄。

雖然這時天色剛晚，可是勾欄那兒已經一片歌舞，不過天色還未太晚，因而人並不多。

沈福熟練地到了勾欄院門前，除了三三兩兩過氣的妓娘，就只有兩個龜公正在那邊說話，看到沈福過來，其中一個一臉清秀的眼一瞇，笑嘻嘻地過來打招呼。

「喲，福子，你過來幹什麼？」

「過來看看紫兒！」

沈福眼睛微亮，左右掃看了一眼，上前抓著小松往一邊站。

「我有事正想求你，這事兒要是成了，我可就能給紫兒贖身了！」

「什麼事？」小松眼睛閃了閃。

沈福拉著他又往僻靜的地方走了兩步，小松乾脆搖搖頭。

「算了，我直接領你去紫兒那兒說道，比這兒好得多。」

沈福連忙點頭，小松有些不耐地看了他一眼，沈福會意，連忙自袖裡掏出一塊碎銀子遞過去。

小松伸手掂了掂，心下滿意地點點頭，帶著沈福走去勾欄院最後面那片小伎住的雜亂大院。

沈福和周氏說什麼要弄些銀子花是不假，可是要給周氏卻全是鬼扯。他和周氏說小松是勾欄院的護院、在賭場認識什麼的，也都是瞎話。事實上，他有一次進了勾欄，結果無意中看到小戲兒們正在表演踢毽，其中一個叫紫兒的，長得唇紅齒白，十分漂亮，沈福一眼就看上了。

想得了紫兒還簡單，兩人一來二去便勾搭上了，沈福卻對對方上了心，可是想贖人卻並非那般容易的。

這勾欄裡培養個小戲兒倒沒什麼，然而像紫兒這樣天賦異稟又姿容出眾的不太多，沈福為此可是天天愁得很。

還好，今天由著沈湛打他，他想到了一點子，能湊了紫兒的贖身錢，就是不知可行不可行了？

沈福到了紫兒房裡，紫兒正拿著黛筆上眉妝，今天有她的表演，聽說來了幾個貴客，她正想好好地打扮一番，就看到小松領著沈福過來了。

有些厭惡地皺皺眉頭，紫兒強壓下心底的煩憎。

「福子哥，今天怎麼有時間過來呢？快坐，我有表演，急著上妝。」

沈福涎著臉過來貼著紫兒看銅鏡，鏡面微黃，照得人也有些模糊。

「紫兒真是漂亮，就是這鏡子可是真不算好。我娘那兒有一面水晶嵌琺瑯的鏡子，後面的美人雕刻得精緻著呢，是多年前得的好物件，等我事成了，就幫紫兒妳偷過來！」

「不用了！」紫兒心下更煩。這沈福長得相貌堂堂，當初她還當他是個好的；卻不料，金玉其外，敗絮其中，天天招貓鬥狗地不務正業，想的都是坑蒙拐騙。

她雖然漂蕩江湖時日不算久，身世卑賤，卻也看不上這個一心為了女人就去偷自己娘親東西的男人，沒出息！

「紫兒妳可別和我客氣了。」

沈福笑了笑，接著又看了看周圍。這紫兒自從登臺後，慢慢地就紅了起來，現在一個人住在單間裡，現在正是要上工的時候，人人都在忙碌著，倒是少有人經過。

「小松哥，你來。」

沈福把打算和小松說了一番，小松點點頭，又與沈福商量了一會兒，算是應了；不過卻提出要是成了，他要抽三成的利錢。

「福子，你也別怪我心黑，我倒沒什麼，咱都自家人，可是這事可不是我一人能成事的，求人、雇人打點，哪裡都是要銀子的！」

「那是那是！」沈福笑嘻嘻的，接著轉頭又看看已經上好妝的紫兒。

「我去換衣服！」

紫兒沒理會，自顧自地找出一件樣式誇張的舞衣去了屏風後換上。

「福子你別理她！」小松看沈福臉色變了連忙上前拉住對方。「最近這兩天心情不好呢。」

「我也知道，紫兒心裡苦。」沈福點了點頭，看了屏風的方向一眼，心中更是下定決心要給紫兒贖身。

「那好，你先去外面等等，我和紫兒說幾句話就找你，咱現在就找人去。」

沈福爽快應了，又和屏風後的紫兒打了聲招呼，聽到紫兒不緊不慢地回了，這才興匆匆地出了門。

「妹妹妳這又何苦？」看紫兒換好舞衣自屏風後面出來，小松嘆了口氣。

「就是煩厭這樣的！有家人多不容易，看他那樣子也是爹娘疼愛的，家裡也不是多有錢，偏不學好，讓人瞧不起！」紫兒冷冷地一撇嘴。

「傻妹子！」小松好笑地搖搖頭。「這種地方能有什麼好人？咱兄妹走南闖北，好不容易在這裡安穩一些，妳就別亂想了。家裡有錢沒好人，好人有了錢，照樣學壞！」

紫兒嘆了口氣，又想到剛剛沈福說的事情。

「你別亂摻和他的事，一看這腦子就不像是頂用的，別再把你連累了。」

「放心吧，我自然會讓這事沾不到我。」

小松應了聲，又安慰了紫兒幾句，這才出門拉著沈福自去找人折騰。

第七章

羅紫蘇做好了晚飯，把飯菜擺了桌，一家人吃著呢，沈湛終於想起來有件事情還沒和羅紫蘇說。

「小妹今天來了。」

「小姑來幹麼？」羅紫蘇一聽倒是有些驚奇。沈小妹看著就知道不省心了，來這屋裡想來是沒啥好事。

「不是，」沈湛搖頭。「是小姨子，羅甘草。」

羅紫蘇一怔，心裡立即湧上來的是一股溫暖、疼愛與遺憾的感情。

這是她穿越過來後，第二次感受到這前身的感情，之前，則是剛穿越過來時前身對自己前世的遺憾與不甘。

在前身的記憶裡，除了弟弟，就是這妹妹和她最親近。孫氏生下羅甘草後身體一直不怎麼好，在羅甘草去姥爺家住之前，都是前身抱著照顧的。在前身上輩子私奔而走時，最放心不下的就是羅甘草，也最是遺憾沒能看著小妹出嫁。有個私奔的姊姊，不知道上輩子羅甘草的婚事是否受影響？

一時之間，對羅甘草的同情，以及身體裡前身少有的感情波動，讓羅紫蘇迅速地沈默下來，正在夾菜的筷子也停了下來。

沈湛看著羅紫蘇的表情，蹙著眉頭，伸手夾了一大筷子菜放到了羅紫蘇的碗裡。

「再過十多天就能回去了，甘草說她到時也回去。」

沈湛難得的多話，讓羅紫蘇終於自不太好的心情裡回過神來，看看沈湛，她勉強地笑了笑。「好。」

匆匆吃了晚飯，羅紫蘇領著大妞兒在院子裡散步消食。大妞兒自喊了娘後，似乎有些彆扭，低著頭也不說話，小手卻緊緊拉著羅紫蘇的不肯放。

小妞兒被自家爹抱著，現在的她明顯精神了很多。之前總是吃了飯就昏昏欲睡的小不點兒半倚在沈湛的胸口，扭過身子看著羅紫蘇拉著大妞兒在院子裡轉，小眉頭皺得緊緊的，和沈湛竟有幾分相似。

「噗嗤。」羅紫蘇看著小妞兒的苦瓜臉忍不住笑了起來。

沈湛本來抱著閨女也跟著羅紫蘇慢慢走，想著是應該多動動，腿既然好了很多自然就不怕吃勁了。他一手抱著小妞兒，一手雖然拿著枴杖，卻沒用它著力，聽到羅紫蘇笑立即黑了臉。

羅紫蘇笑完看到一張加強版的苦瓜臉更是覺得樂，站住又笑了好幾聲。只見沈湛黑著臉扭頭回屋了，才覺得不好停下笑來。

哎喲，她這高冷相公是不是生氣了？

「您、您在笑什麼啊？」大妞兒忍不住問。

「不告訴妳！」羅紫蘇捏了捏大妞兒的小鼻子。「不喊娘不告訴妳秘密，也不給好吃的！」

大妞兒聽了臉皺成一團。這狼後娘好壞壞！

羅紫蘇看著又一張苦瓜臉，更是笑得不行，抓著大妞兒的手又硬是在院子裡轉了兩圈，這才放手讓大妞兒回屋去。

大妞兒自然不肯，尾隨著羅紫蘇到了灶房。

羅紫蘇看著大妞兒一副「我好想知道快告訴我吧」的表情，也不理會，只是把泡了一天的豆子自木盆裡拿出來，再把之前沈湛新編的柳條筐取出，用熱水燙洗乾淨，把豆子放進去，又用乾淨的棉布沾濕了，壓在筐口，上面用碗壓住，放到了一旁。

燒水，淘小米和精米泡好，又兌了一盆溫水送進屋裡給黑了臉的沈湛，讓他洗臉、泡腳，這邊又打了一盆水，拉著大妞兒過來洗洗手腳。

等給大妞兒洗完了，把水倒了又換了盆新的，羅紫蘇正要端回屋裡，大妞兒忍不住上前拉住羅紫蘇的衣角。

「娘，您說嘛，笑什麼？」

「笑小妞兒啊，皺起眉來和妳爹一個樣子！」羅紫蘇笑呵呵地回答，一邊把水端進屋裡。

抱起小妞兒，羅紫蘇直接把她剝乾淨下水了。水溫夠熱，而炕上燒了一天的火，也是熱著，小妞兒用小手划著水，羅紫蘇動作也快，幾下就把小妞兒洗乾淨，擦乾了塞到被子裡。大妞兒也上了炕，羅紫蘇鬆了口氣，轉頭剛想端水去倒，就看到沈湛端著一大盆溫水走進來，把木盆遞給了羅紫蘇。

「妳洗臉吧！」

「你！你腿好啦？」

羅紫蘇驚訝極了，指著雙手端盆的沈湛說不出話來。這人剛剛是什麼時候出去的？居然還打了水拿來？

「今天陳大夫來村裡，我讓他看了看，我腿基本全好了，最多再有十天，就能完全癒合。」

「那大夫來了，你有沒有讓他給大妞兒、小妞兒看看？」

羅紫蘇心想：我也想看看啊！我想生孩子啊！

「沒事兒，陳大夫一般都是隔個三五天就過來，之前是去山上採藥才會隔這麼久，妳不用著急。」

看羅紫蘇真有點急了，沈湛有些莫名。這媳婦兒這麼想看大夫？

聽了沈湛的話，羅紫蘇又靜下心來，她點了點頭，回聲「知道了」，就下了炕。

沈湛早拿了小妞兒洗完的木盆去把水倒了，她讓大妞兒看著點兒小妞兒，下地去一邊洗臉洗腳。

剛把腳放到水裡，沈湛就走進來，羅紫蘇不由得有些不習慣。之前，都是在灶房裡洗腳，這次沈湛的眼睛落到她腳上，羅紫蘇拘謹地低下頭去，儘量對沈湛深沈的目光視而不見。

對方的目光灼灼，燒得羅紫蘇覺得腳上的皮膚似乎都開始發燙，低垂著頭，羅紫蘇纖細的手指抓緊了衣衫。

沈湛不由自己地嚥了嚥口水，羅紫蘇又白又嫩的腳在水裡若隱若現，讓他怎麼也控制不住自己的目光。

時間似乎就此凝固，讓兩個人什麼都感覺不到，除了自己的心跳聲。

「娘！」

大妞兒突然的一聲呼喊，打破了這魔咒一般的時刻。羅紫蘇脹紅著臉，連忙應了一聲，從水裡把腳伸出來，胡亂擦了擦就去倒水，動作快得讓沈湛想要幫忙都沒有機會插手。

下次他一定要幫著媳婦兒洗腳！沈湛一邊下定決心一邊覺得嗓子發乾。

收拾完回來，羅紫蘇與沈湛一起躺在炕上，明明之前已經有些適應的感覺又不復存在了。羅紫蘇緊張地抓著被子，轉頭間，臉頰邊似乎感覺得到沈湛的呼吸。

大妞兒和小妞兒已經呼呼地睡著了，兩個孩子比羅紫蘇前世在孤兒院裡帶過的孩子都省心，睡的時候都不用哄。

的。

羅紫蘇亂七八糟地想著前世，又想著前身的記憶，再想想今生，只覺得腦子裡亂糟糟

「妳是不是特別喜歡小姨子？」

沈湛的聲音突兀地在房裡響起，讓羅紫蘇一怔，接著，她緊緊抓著被角的手被對方的手掌蓋住。

溫熱的手掌，滾燙的掌心，對方有些重的力道讓羅紫蘇清楚地感覺到這並不是錯覺。羅紫蘇掙了掙，可是沒能掙脫。

「等妳回娘家時，咱們多住幾天吧？把大妞兒、小妞兒放林嫂子那裡幫著照顧幾天。」

「嗯。」羅紫蘇低低應了一聲，腦子亂成了一團。

羅甘草嗎？記憶裡那個小姑娘很維護前身。那時候羅家讓她嫁去林家沖喜，就甘草一個人曾為她說過話，雖然沒能改變她的命運，但是前身卻深深地記住了。

前身的記憶凌亂紛雜，也不知道什麼時候，羅紫蘇慢慢睡著了。

第二天天還沒亮，隔壁就鬧上了。雞飛狗跳的哭鬧聲，讓睡得很晚的羅紫蘇有些迷糊地睜開了酸澀的眼睛。

窗外濛濛的透著幽暗。這天還沒亮？有些迷糊的羅紫蘇聽著一聲高過一聲的哭喊，往旁邊一看，沈湛睡的地方已經空了，大妞兒和小妞兒倒是睡得挺沈，絲毫沒被嘈雜的聲音驚擾。

羅紫蘇起來找了件衣服穿上，又把被了疊好，枕頭堆好在炕邊，看了看小妞兒和大妞兒，這才出了屋子。

沈湛正一臉沈思地站在牆下，聽到聲音轉頭看了看羅紫蘇，院牆那邊，李氏的聲音，一聲高過了一聲。

「天啊！這些殺千刀的土匪啊，我可怎麼活！我們阿福可是長子啊，他爹你可不能不管咱兒子啊！」

「那怎麼辦？他們可是要一百兩，我哪裡有？」沈忠沈聲回道。

沈湛聽得只覺得無趣，轉頭就往屋裡走。

羅紫蘇一直看沈湛進屋才反應了過來。我的天啊，這個高冷的男人居然在聽牆角！拜託你在八卦的時候不要面無表情好嗎？這樣真的好違和啊！

羅紫蘇抽了抽嘴角，去了灶房。

灶房裡爐火已經通了，一鍋放著熱水，另一個鍋也煮上了粥，正散發著濃濃的米香。羅紫蘇打開鍋蓋看了一眼，上面還熱著饅頭。

除了菜，沈湛都做好了。

羅紫蘇有些發怔地看著這些，想著沈湛昨天還幫著她打洗腳水，一時臉上都是笑。

男人啊，不求別的，只要能讓自己老婆的付出得到一絲回報，那麼，這個男人就是個知道感恩的男人。這樣，就夠了！

至少，讓她覺得暖心，覺得自己的付出，別人都看在眼裡、記在心裡。

羅紫蘇心裡明快，手上動作也不慢，先是打水洗漱，又重新燒上一些水，打算今天給孩子們洗澡。

「砰砰砰！」

不怎麼結實的木門被敲得震天響，羅紫蘇嚇了一跳，連忙出了灶房去開門，生怕再慢一步，不結實的木門就碎了。

「二郎呢？」沈忠一臉的陰沈站在門口。

「屋裡呢！」羅紫蘇一看也不多話，直接一指，接著轉頭回了灶房。

沈忠不滿地瞪著羅紫蘇的背影。這羅氏見了他，爹都不喊一聲！當初李氏到底怎麼選的，怎麼選了這麼個女子？不是說羅氏個性軟弱可欺嗎？李氏還真是什麼事都指不上！

心裡暗暗生氣，沈忠進房時也沒管那些，直接用力一推門。

木板門砰的一聲被推開，嚇到了炕上的孩子，兩個孩子幾乎是齊齊哭了起來。

沈忠的氣勢立時一窒，原本想要罵沈湛的話就這樣哽在了咽喉。

沈湛本來坐到靠牆的木椅那裡弄柳條，結果只好放下往炕邊走。

羅紫蘇本在灶房裡，結果就聽到屋子裡孩子哭得一團亂，想想沈湛木頭一樣，她嘆了口氣，快步去看看孩子。

推了門就看到沈湛木頭一樣站在炕邊；另一邊，沈忠坐在木椅上臉色泛青。大妞兒已經不怎麼哭了，正揉著眼睛抽噎著，可是小妞兒卻還是哭得很厲害。

「大妞兒，過來。」羅紫蘇一邊招手一邊上前把小妞兒抱到懷裡，輕托著小孩子柔軟的身子，羅紫蘇伸手把小被子拿起來給小妞兒包好了。

大妞兒走過來趴抱著羅紫蘇的腰，眼睛裡含著淚，帶著一絲懼怕。

「娘，不走！」

「好，娘不走。」羅紫蘇哄著大妞兒，抱著小妞兒邊拍邊伸手去拿大妞兒的鞋。

「起來了就先別睡了，來，穿鞋、穿衣服，跟娘出去。」

「好。」大妞兒抽抽噎噎，沈湛拿起一旁的衣服，笨拙地給大妞兒穿，一邊的沈忠氣得快要張口罵人了。

「羅氏，妳怎麼讓二郎幫孩子穿衣服！」

「您也看到了，兩個孩子一起被弄哭了，我哪忙得過來？」

羅紫蘇帶著笑回答，只是一臉的埋怨讓沈忠臉色更難看。這羅氏明擺著怪他動靜大，弄哭了兩個賠錢貨！

羅紫蘇看沈忠臉色實在黑得厲害，好在他是公爹，不方便說兒媳婦，她也不再在屋裡討嫌，等大妞兒衣裳穿好，她立刻抱著小妞兒領著大妞兒出了屋子。

「這就是你說的，她是個好的？」

沈忠鼻子快氣歪了。這羅氏，對他毫無敬畏之意就算了，還敢暗著給他眼色看！這樣的媳婦，就是李氏嘴裡那個懦弱無能、被林家欺負了一年的寡婦？沈忠再一次地告訴自己，李氏當真是不可信！

「對孩子好、對我照顧，就行。」

沈湛對媳婦的要求當真不高，當年就想找個合心意的，不過沒來得及找就被李氏隨便塞來一個，結果是個體弱的就算了，還不安分。

現在，有了羅氏，一開始他覺得湊合湊合得了，誰知，卻是個合心意的。

世事當真難料！

「算了！」沈忠想起自己來的目的，也不糾纏這個。「今天一大早院子裡鬧成什麼樣子，你這個當弟弟的，居然對自己的大哥這樣漠不關心？」

「爹，我現在肩不能挑、腿不能行，您讓我怎麼關心？」

沈湛說句心裡話，他真不認為沈福怎麼樣了，想也知道，沈福是什麼人啊！那就是一個在外軟，在家更軟的主兒。

因為口角和客人在勾欄裡吵起來，結果把對方打傷了，而人家真正的身分是相隔二百多里地的黑龍山老大，讓沈家掏銀子贖人？

能不能不要鬧了？

沈湛真想對沈忠說：爹，您別指著沈福養老了，自己存點銀子養老還能有點指望！這都什麼腦子？呵呵。

「這話不是這樣說的！」

沈忠的眼睛微微閃了下。他原本還想著，把兩個賠錢貨弄出去的銀子就貼補李氏娘家，現在出了這事，湊些銀子贖人才是正經。

當然了，他也只是個藉口，這沈福和人打架還把人打傷什麼的，沈忠也不信。

「家裡什麼境況，分家時你就知道的。雖然說已經分了家，可是沈福是老大，是你大哥，現在他出了事，你可不能袖手旁觀。」

「那爹的意思是？」沈湛不動聲色地問。

「家裡沒有現銀，看樣子只能湊些，和你舅舅借也只能借個二、三十兩，人家可是要一百兩。要不，把地賣了？」

沈湛看著沈忠，目光深沈難懂。沈忠被沈湛看得心裡發毛，加上心裡又虛，一時惱羞成怒。「怎麼，你這不說話是什麼意思？那是你親大哥，你可不能不管吧！」

沈湛在嘴裡吐出這三個字，眼神冷成了冰。「不可能！」

「好啊你，沈二郎！」沈忠氣得跳起來指著沈湛的鼻子開罵。「不賣地也行，現在地是你的，我是拿你沒法，可別忘了你還有閨女！不賣地就把那兩個賠錢貨賣了去，湊銀子救老大！」

沈湛看著沈忠如同跳梁小丑一樣在那裡蹦躂，只是冷眼看著。

沈忠看到沈湛冷靜冰冷的眼眸，只是森寒地添了一句。

「你別忘記了，我可是她們的爺爺！」

羅紫蘇本來在灶房裡一邊抱著小妞兒輕聲哄著，一邊看著大妞兒洗臉，結果就聽到了沈忠極大聲的咒罵聲，臉色都有些變了。

這大魏國其實挺討厭的！

家中長者為尊，家中的小輩必須孝順、重孝道，一絲忤逆都不可。這倒沒什麼，就是這關於賣子為奴這一項上，有個坑人的律法——

父母賣子女沒罪，而家中的直系長輩，就是爺奶，也有著絕對的權力可把孫輩賣出為奴，就連父母想攔也是攔不住的。

這點太坑了！這也是當時羅紫蘇的婚事是羅家爺爺做主，沒人敢反對的原因。

簡直氣死人了！

羅紫蘇的臉色都變了，抱著懷裡什麼事都不知道還在迷糊的小妞兒，又看了看洗著臉一臉害怕的大妞兒，心裡又恨、又氣、又有些害怕。

這要是沈忠真狠下心來賣這兩個孩子，她和沈湛拚死也攔不了啊！

大妞兒四歲了，多少懂那麼一點事了，對於賣不賣什麼的，也是半懂不懂的，只是緊抓著羅紫蘇不肯放。

懵懂的記憶裡，她總是覺得爺爺、奶奶一發脾氣，娘就會不見，所以她臉隨便洗洗，就跑過來抱住羅紫蘇的大腿。

大妞兒懼怕的樣子讓羅紫蘇心疼不已，只好耐心安慰著；而另一邊屋裡，沈湛對著沈忠，只是輕蔑的淡漠。

「賣我的閨女，你配嗎？」

「你！」沈忠的臉色丕變，看著沈湛的眼神有些遲疑不定。「你這話是什麼意思？你就是這樣對你爹的？」

「我不管你要銀子是想做什麼，但是，分家了，就給我老實地安分過日子！你敢動我的家裡人，我就讓你變成孤家寡人！」

沈湛的眼眸極黑，沈忠現在還記得，沈湛小時候那雙又黑又大的眼睛閃著活潑光芒的樣子。不知道什麼時候，老二越來越沈默，越來越話少，最後，相隔多年再見，他幾乎忘了，沈湛的眼睛是三個兒子當中最漂亮的。

現在，這雙漂亮的眼睛冰冷無情又帶著銳利的光直視過來，讓他從心底往外冒寒氣。這孩子的氣勢太盛了，上過戰場見過了血，再也不是那個無害的書生，更不是那個一臉興沖沖喊他爹的少年了！

沈忠一身冷汗的從屋子裡走出來，臉色蒼白中透著青黑。

羅紫蘇這邊剛安慰好大妞兒，正想著這事要怎麼辦，就看到沈忠如同見了鬼的模樣，踉踉蹌蹌地走出院門，好像回家了。

「這是怎麼了？」羅紫蘇嘀咕一聲，抱著小妞兒回房。

一進屋子，沈湛的表情就落入羅紫蘇的眼簾。這眼神讓羅紫蘇抖了一下。這冷意可真是比吹空調來得消暑啊！

沈湛的眼睛落到羅紫蘇的臉上，看到對方的表情怔了一怔，眼中寒意漸退，整個人平靜下來。

「爹！」大妞兒怯怯地上前抱住沈湛的膝蓋。

「乖。」沈湛搜腸刮肚，勉強找出這一句哄孩子的話，羅紫蘇就把小妞兒送到了他懷裡。

「相公，你先幫我看著小妞兒，我去做早飯，菜還沒炒呢！」羅紫蘇匆匆走了，大妞兒連忙鬆手跟在後面，像個小尾巴一樣跟上去，沈湛看著大妞兒毫無留戀的樣子啞然。

這閨女是肯定跟著羅紫蘇一條心了……沈湛低頭看看懷裡的小妞兒，小閨女粉粉白白的小臉，已經睡得沈了，呼吸著一抽一抽的小嘴巴翹起來，露出一個可愛的笑容。

羅紫蘇到了廚房，把之前放置到通風地方的柳條筐拿出來，掀開蓋著的棉布，裡面的豆芽已經長起來了，大約不到一指長，羅紫蘇十分開心。這時正是青黃不接，有點豆芽也算是新鮮物了。

切了蔥，羅紫蘇快速做菜，只一會兒就做好清炒豆芽，又燙了白菜片用糖醋清拌了。

一家人剛坐到了桌前，李氏就衝到了院子裡。

「羅氏！妳給我出來。」

「娘，您來了？吃了嗎？」

羅紫蘇從房裡出來，看了看李氏，李氏臉色極難看，恨恨地看著羅紫蘇，直接推開了她衝進東屋，看著擺了一桌的吃食，沈湛和大妞兒坐在一側，小妞兒用小被子包著睡在一邊的床上，她瘋了一般直接伸手去掀。

誰料，桌子卻紋絲不動，李氏一呆，沈湛已經臉色極難看地開口。

「您這是什麼意思？」

「你說我是什麼意思？那是你大哥，你個沒長心的白眼狼，居然見死不救！」

「家裡的地可不止分出來的這點兒吧？」

沈湛盯著李氏，冷冷一哂。

「繞河村二十畝、青河村十畝、槐上村十五畝、青田村十二畝——這些是水田；還有旱田、沙地，要我都說出來嗎？」

這是自戰場回來之後，沈湛第一次和李氏說了這麼多話，只是，每一個字都生生扎在了李氏的心上，讓李氏都快哆嗦了。

「你、你……」李氏好似見了鬼，看著沈湛幾乎說不出話來。

「說也奇怪，要是您是想著給自己置些私產，倒是行。只是，這私產是不是置得多了些？您和爹過了這麼多年，偷著弄了這麼多東西，是想要貼補娘家還是要養小白臉？」

沈湛的話激得李氏眼睛都快紅了，她指著沈湛，一句話也說不出。最後，只憋著問了一句。「你是怎麼知道的？我告訴你，我不怕你和你爹說！」

最後一句話，讓沈湛諷刺地撇了撇嘴。「別惹我，出去！」

李氏最後一句話說得有多心虛，只有她自己才知道，也因此，聽到沈湛的出言不遜，她只是摀著臉，哭著跑走了。

羅紫蘇簡直是驚呆了。這麼多地，這是什麼概念？光水田就近六十畝！聽沈湛的意思，李氏還置下了旱田和沙地，這、這不科學啊！

羅紫蘇幾乎快步走進屋子，眼睛閃著光，對著沈湛發出強烈的電波。「相公！」

沈湛不太習慣的看了羅紫蘇一眼。

「相公！」難得的柔軟帶著撒嬌的聲音，羅紫蘇被自己的聲音也驚得抖了抖。「你說啊，你怎麼知道的？」

最最重要的，是李氏哪裡來的這些銀子？這不科學啊！而且，這麼一大筆銀子，沈忠再疼老婆，也不可能放任李氏這樣置私產啊！

沈湛看了羅紫蘇一眼，不回答。「吃飯！」

羅紫蘇無奈，只好坐下吃飯。

剛吃完了飯，正在邊洗碗邊想著，要怎麼才能讓沈湛把這裡面的門道告訴她？她可是好奇得很啊！

而且，李氏做得應該很隱秘才對，這沈湛去了戰場這麼多年，回來又馬上去服徭役，他是怎麼知道的？

「紫蘇妹子！」馮翠兒在門外喊了一嗓子，羅紫蘇連忙擦了擦手，走出去。

「翠兒姊，什麼事？」

「妳若是一會兒沒什麼事，和我去鎮上吧！我婆婆讓我給小郎買點兒東西，急用著。」

「好啊！」羅紫蘇眼睛一亮點了點頭。

「那行，妳先收拾，一會兒我過來找妳。我們下午才來，妳準備好午飯，別餓著他們爺幾個。」

「知道啦！謝啦，翠兒姊！」

「和俺客氣啥！」馮翠兒擺擺手剛要轉身，又想到了什麼轉回身。「帶著妳家大妞兒也行，咱坐著富貴伯的牛車來回，兩文錢。」

「行！」

羅紫蘇應了，馮翠兒這才走了。羅紫蘇連忙回灶房裡查看，鍋裡熱著饅頭，還有粥，早上炒的豆芽多，她單撥出的一碗本就想著中午吃，倒是不用再炒菜了。

羅紫蘇想了想，又把曬的蘿蔔條拿出來一些，拌好了放到瓷碗裡擱到灶臺邊。用罐子裝了些開水，又拿了兩個饅頭一起放到背簍裡，羅紫蘇這才去了屋裡。

「相公，我一會兒和翠兒姊去鎮上，中午飯都在灶房裡，你自己吃吧。啊，一會兒別忘了餵小妞兒。」

因為早上小妞兒被吵醒嚇了一跳，大哭了一場，所以直到李氏來找碴時都沒睡醒，羅紫蘇也就沒喊孩子，想著等她睡飽了再吃飯，現在就只好交給沈湛了。

「去鎮上？」沈湛的臉又黑了。這女人，怎麼越來越不當他是回事？去哪裡都不問一聲就直接答應了？

羅紫蘇極聰明，相處這些天，多少也有點了解，一眼就看出了沈湛的意思。她得意一笑。「你要是告訴我你怎麼知道的，我就萬事和你商量商量？」沈湛極有骨氣地一轉頭，傲嬌的模樣讓羅紫蘇無奈地嘆了口氣。

「好吧，我帶著大妞兒去，你不用擔心。」

這男人可真固執！

羅紫蘇哼笑一聲，轉頭不理他，抱起大妞兒給她換衣服。想著出門總要找找補丁少一些的衣服，結果翻遍了木頭箱子，羅紫蘇嘆了口氣。

算了。她放棄。

沒一會兒，馮翠兒過來喊她，她應了一聲，領著大妞兒背著背簍就出來了。

馮翠兒懷裡抱著小郎，大概兩、三歲，長得胖乎乎的，一雙眼睛黑亮，看著羅紫蘇就傻笑起來，口水自然垂下。

「這孩子！」馮翠兒連忙用帕子擦掉孩子的口水。「快走吧。」

「好！」

羅紫蘇晃了晃大妞兒的手。「大妞兒，喊嬸子。」

「嬸子！」大妞兒脆聲喊了一聲，馮翠兒應了，看著大妞兒臉色極好，心裡不由得點頭。

她第一次看到羅紫蘇就覺得她是個好的，果然錯不了！

兩個人去了村頭，村頭停了輛牛車，一身粗布衣衫的富貴伯正等在那裡，車上已經坐了大概兩、三個婦人，看到馮翠兒和羅紫蘇往這邊走，不由得竊竊私語。

「富貴伯！」馮翠兒喊了一聲，又拉了拉羅紫蘇。

「富貴伯！」羅紫蘇也喊了一聲，馮翠兒不由得噗嗤一笑。

「錯了錯了！」馮翠兒搖頭，富貴伯也笑了。

「是啊，姪媳婦，妳得喊我二叔！」

羅紫蘇一怔，接著迅速地反應過來。可不是？這富貴伯全名沈富貴，正是沈忠的弟弟！親弟弟！

只是兩家似乎因為什麼事情鬧得很僵，後來就不來往了。不過沈富貴對沈湛和沈祿一直挺好，就是不待見沈福，對沈忠也是不太理會。她前一世在沈家只待了不到小半年，因此對這富貴叔沒什麼印象。

「富貴叔！」

沈富貴笑了笑，點了點頭讓她們上車，馮翠兒交了兩文錢，羅紫蘇要交，沈富貴不肯接。

「別人我就接了，妳可是我親姪媳婦，這錢我要是拿了，人家不得笑死我，快收起來。」

「那怎麼行，富貴叔指著這個養家餬口呢！」

羅紫蘇可是知道的，沈富貴沒有兒子，只有一個獨生女兒，生下來體弱多病，沈富貴的妻子林氏一直在家照顧著女兒，什麼事也做不成。沈富貴當年分家時也是個不受寵的，因此只分得兩畝田，卻因為女兒看病賣了個乾淨，現在一家三口就指著這牛車過活。

沈富貴是老實人，也不和羅紫蘇爭辯，就是搖頭不肯接。

羅紫蘇也不能去塞，登時無奈，後來想想，只得道了聲「麻煩富貴叔了」，又拽了拽大妞兒。

「大妞兒，喊叔爺。」

「叔爺！」

大妞兒脆生生地喊，沈富貴高興地點了點頭，看著小姑娘的活潑樣難得地笑了笑。

羅紫蘇上了牛車坐到馮翠兒的身邊，車上一片寂靜，眾人若有似無地打量著羅紫蘇，看著這位這幾天在村裡大名鼎鼎的婦人，只是抿嘴偷笑。

羅紫蘇也不在意，看著難不成還能看丟塊肉去？她也就當做不知道，扭頭和馮翠兒輕聲聊天，時不時地逗逗小郎。

大妞兒看著羅紫蘇對小郎的時時逗弄，小小的眉毛皺成了一團，有些不高興地上前擠到羅紫蘇的懷裡，死活讓羅紫蘇抱著她。

「娘！」

「原來不是坐著挺好的？」羅紫蘇納悶，撫著大妞兒毛毛燥燥的頭髮抱住小姑娘。

大妞兒伸出手抱著羅紫蘇的脖子，扭頭看了看小郎，又扭回來緊抱著羅紫蘇不吭聲了。

羅紫蘇怔了下馬上明白過來，一時好氣又好笑——這小丫頭吃醋呢！

馮翠兒早笑起來。「喲，這是妳閨女和妳親著呢！還是閨女好，撒嬌惹人疼。」

大妞兒聽了很是得意，扭頭瞪了什麼也不知道還在傻樂的小郎一眼，又撲到羅紫蘇懷裡。

等了會兒，又來了兩、三個婦人上了車，沈富貴看了看天色，告訴了大家坐穩了，這才鞭子一揮，起行了。

牛車平穩，不過卻極慢，好在鎮子離桃花村不算太遠，坐著牛車走了大半個時辰，也就到了。

古樸的青華鎮城牆，一溜的青石疊就；城門口兩側都立著士兵，手裡拿著長槍；一個小兵在門口查著路引，不過有許多都是一天走幾趟的熟人，倒是直接一揮手就讓過去了。

「好了，就到這兒了。」

進了城門處不遠，就是一溜歇腳打尖的攤子雜鋪。有一溜乾淨的空地，沈富貴把牛車停在那裡，喊了一嗓子。

眾位婦人都下了車，沈富貴叮囑。「妳們都去吧，午後二時，這裡等著我，早忙完的也在這兒等著我，過了二時我可就走了。」

「好好好，知道了！」眾人說笑著應了，各忙各的去了。

羅紫蘇帶著大妞兒和馮翠兒下了車，與沈富貴道別，兩人一領一抱著孩子，往鎮上走。

這青華鎮說來倒也繁華，是膠州與並州的交界地，依山傍水，交通發達，因此青華鎮雖然不大，倒也常有行腳的商人與一些小販子來往。

街道上店鋪林立，時不時有小販穿梭其中，看著就與村落裡的寧靜不同。

這樣的氣氛讓羅紫蘇終於有了一些熟悉感。大妞兒似乎眼睛都不夠用了，長這麼大她第一次來鎮上，興奮的小臉紅撲撲的，轉頭四顧，不知看什麼才好。

「翠兒姊，我們去哪裡？」

「妳和我去鎮上的青青繡坊。」馮翠兒笑著說，抱著小郎換了下手。

「我也不瞞妳，小郎馬上要三周歲了。這小郎沒爹，我婆婆說也不能太寒酸了，怎麼樣也要辦一場，這紅衣服是一定要穿的！」

對方這樣一說，羅紫蘇就明白是怎麼回事了。

這大魏國的習俗，小郎君或是小娘子在三周歲時是要大辦一場的。因未到三歲，小孩子極易夭折；過了三歲，小孩子魄魂已定，不容易再生邪病。

因此在小郎君與小娘子三周歲生日那天，家裡會大辦——小郎穿君紅，小娘子著綠，衣上繡萬字繡紋，講究的人家還會繡上佛經。然後請當年的接生姥姥，拜諸神，謝謝他們留了孩子在家裡。

其他還有什麼儀式她就不清楚了。

羅紫蘇倒也理解，家裡就這一個小郎了，難怪馬蟠子一定要辦好。

第八章

青華鎮的青青繡坊就在西市偏街的一個小拐角處，那裡是各村裡人都知道的地方，繡工精緻又不是太貴，很多村裡做荷包的婦人都是把荷包賣到這裡。

「馮妹子！」青青繡坊是一個中年婦人在看著的，看到馮翠兒笑著迎上來。

「這是妳家小郎？長得真好！」

小郎對著她露出笑容，馮翠兒笑起來。

「青嫂子，我家小郎再有兩天就滿三歲了，想買身衣服。」

「那妳可來巧了。」青臨笑著點了點頭，看了羅紫蘇母女一眼，轉頭喊了一聲：「小蓮，把昨天收上來的那身衣服拿過來。」

青臨喊完了，轉過頭與馮翠兒說話。

「昨兒個正有一個婦人送來兩套小郎君與小娘子三周歲要用的紅衣綠服，繡工精緻，布料結實，看著真是不錯，我剛收了來，馮妹子妳看看喜歡不喜歡？」

大妞兒進來後有些怯怯的，緊抓著羅紫蘇的手掌。雖然在原身的記憶裡隱約有這繡坊的印象，但畢竟已經很模糊了。羅紫蘇這次來，看著鋪上陳列著繡得精緻的衣服及布料，心裡驚嘆不已。

原身只會裁剪衣服還有基本的縫補，繡花也只會一些基本的針法，繡出來的花樣與現在看到的精品自是不同。

「真漂亮，紫蘇妹子，快過來看看！」

馮翠兒喊了一聲，羅紫蘇聽了連忙走過去。一個十二、三歲模樣的小姑娘，把一個小包袱平鋪在鋪子裡的案桌上打開，裡面整齊地疊著一套紅衣、一套綠衣，還有兩件細緻的粉色細棉衣。

紅色衣服上面萬字不斷頭的繡工十分細緻，馮翠兒翻開衣料，裡頭繡了大片的佛經，用了極細的繡線，繡工也精巧，摸著沒有太明顯的凸痕。

「這繡工可真不錯！」羅紫蘇點點頭，不過她的目光被下面兩套粉色細棉衣吸引了。那兩套的布料明顯沒有紅衣及綠衣精細，只是普通的細棉，但是剪裁十分好，下面衣襬處還繡著一圈小巧的桃花綠葉。

「青嫂子，這衣服我要了！」

馮翠兒懷裡抱著的小郎看著那衣服也十分喜歡的樣子，張著手要抓，馮翠兒連忙拉住自家小郎的小爪子，對青臨笑著說。

「那好，說來馮妹子妳是老主顧了，就收妳二百個錢。」

馮翠兒聽了更高興。這衣服光憑繡工恐怕就不只這個價了，青嫂子開價真不貴。

馮翠兒這邊交了錢，羅紫蘇也指著那兩套衣服問青臨。

「青嫂子，這衣服要怎麼賣呢？我想看看大小。」

青臨的眼睛落到大妞兒的身上，點了點頭。

「這位妹子是要給這小閨女買麼？穿著倒合適。」

大妞兒比起其他四歲孩子個子要小得多，就連馬小郎，雖然比大妞兒小了一歲，可是卻比大妞兒個子還高，也胖得多。

青嫂子一邊說一邊把衣服展開，小巧的細棉衣服，衣料雖然不是頂好，但是針腳細密，繡在裙襬、褲角邊的桃花小巧精緻，葉子翠綠，一看就讓人喜歡。

大妞兒瞪大眼睛踮著腳尖，歪著頭看著這小衣服，心裡忐忑地又看看羅紫蘇。

兩套衣服都是粉色，一套淺粉、一套桃粉，都十分漂亮，羅紫蘇愛不釋手。想想自己給大妞兒縫的小細棉衣裳，再看看就套衣裙，下定了決心。

「這衣服怎麼賣的啊？」

「這衣服可真精緻啊。」馮翠兒在一旁接口，又看著青嫂子笑。

「青嫂子，這位可是我的妹妹，妳可不能賣太貴啦！」

「知道了、知道了！」青嫂子一笑。「既然馮妹子開了口，那這兩套衣服就三百二十個錢吧！」

「哎呀，青嫂子，那妳今天不能賠本吧？」馮翠兒擔憂地問。

「不能、不能！」青嫂子爽朗地笑起來。「妳繡工不錯，以後多給我繡幾個荷包吧！」

羅紫蘇拿出錢來交了。還好她早就想著到鎮上估計要買些東西，這才拿了錢，又花了十五文錢，買了雙粉色的小繡花鞋。

大妞兒已經高興得說不出話來了。

青嫂子把兩套衣服和一雙小繡花鞋用塊包袱布包上，遞了過去；羅紫蘇本想放回籃子裡，大妞兒像是想到什麼，又拉了拉羅紫蘇伸手抱過小包袱。

「娘，」大妞兒的聲音極小。「我只要一套，給妹妹也買一套吧，我一套就夠了！」

大妞兒說得極不捨，不過想到家裡的小妹妹，又覺得自己有兩套新衣服，又有新鞋了，可是妹妹卻什麼都沒有，這樣的自己可是太壞啦！

看大妞兒可愛又乖巧的樣子，羅紫蘇愛得不行，抱起來就親了一口。

「我家大妞兒真是乖，還知道疼妹妹了！不過妹妹太小，長得又快，過段日子再來給妹妹買新衣服啊！」

暫時就讓小妞兒適應她的手工吧！過段日子天氣再熱些，小妞兒能抱出來了，她再給小妞兒買也來得及。

大妞兒抱著小包袱，臉頰紅紅地應了，小臉笑得燦爛極了。

謝了青嫂子，走出青青繡坊，分別有收穫的羅紫蘇與馮翠兒，兩個人互看了一眼。

「大後天就是我們小郎三周歲，我婆婆的意思呢，是想請幾家交好的過來聚聚。我們婆媳在這桃花村裡，交好的人就這麼一、兩家，我想著請妹子過來呢！」

「我當然要去的！」羅紫蘇回答得極爽快。又想到了一件事，連忙問。

「翠兒姊，妳知道鎮上有幾家藥鋪子嗎？哪家公道些？哪家種類全？」

「要說這藥堂，還是保仁堂的藥種類多又價格公道，坐堂的大夫醫術也好。再來就是蔣家醫館也成，不過那裡只有一些常用的藥。」

馮翠兒一邊想一邊說，又覺得奇怪。

「妹子，妳怎麼了？不舒服？看妳臉色也著實不是太好，要不我領妳去看看？」

「去看看也成，我還想賣些東西，就是不知道他們認不認，翠兒姊姊，妳覺得哪家醫術好就帶我去吧！」

羅紫蘇想到她的身體可得好好調養，生包子可是正事！

馮翠兒看羅紫蘇臉色那般難看嚇了一跳，當她真是有什麼病痛，連忙拉著羅紫蘇往南面去了。

「這裡離蔣家醫館近些，蔣大夫人不錯，醫術又有多年經驗，看婦人病也好，走吧！」

馮翠兒拉著羅紫蘇快步去了蔣家醫館，羅紫蘇知道馮翠兒這是誤會了，不過還沒等她有機會解釋呢，醫館就到了。

「蔣大夫，您在呢！」

蔣家醫館在西市偏南的街口，門面不大，不過人卻不少，馮翠兒匆匆拉著羅紫蘇進門。

羅紫蘇驚訝地看著那位蔣大夫，居然是位大約三十歲左右的女子！

「唔，先坐。」

蔣大夫抬眼先上下打量了一下羅紫蘇，接著伸手一指，羅紫蘇拉住了一臉急色的馮翠兒，找了個位置拉著她坐下來。

「等會兒，不急！」

馮翠兒細細看了羅紫蘇，看她臉色並沒有自己想像的那般痛苦後，這才放下心來。

馬小郎趴在馮翠兒懷裡已經睡著了，馮翠兒托著小郎輕拍了拍，半摟著小郎轉頭看半靠在羅紫蘇懷裡的大妞兒。

「還是大妞兒省心。」

這小郎她還抱著，可大妞兒都是自己跟著走呢！小小的個子，居然不喊累。

「大妞兒渴不渴？餓了嗎？」

羅紫蘇拍了拍大妞兒的小手，有些心疼。剛剛馮翠兒走得急，拉著她步子又大，大妞兒怕自己丟了，可是一路小跑呢。

拿出帕子給大妞兒擦了擦汗，又從籃子裡拿出放水的罐子，問了馮翠兒，馮翠兒搖頭說自己有，她就拿著罐子給大妞兒餵水喝。

羅紫蘇先是輕撫著大妞兒的後背，讓呼吸有些亂了的大妞兒輕喘了會兒，等孩子呼吸勻了才開始喝水。

馮翠兒看著羅紫蘇細心地給大妞兒擦了嘴，又掰了一小塊糖饅頭吃。這饅頭是特地給大妞兒做的，裡面多放了些糖，甜滋滋的大妞兒很喜歡。

等了一會兒，馮翠兒懷裡的小郎才醒了，看著大妞兒啃饅頭流口水呢，羅紫蘇連忙給小郎剝了一塊。

馮翠兒也不推辭，給小郎喝了水，就讓小郎自己拿了饅頭咬。

等羅紫蘇要看脈的時候，她有些緊張起來，坐到面對著蔣大夫的座位，一邊的大妞兒亦步亦趨地跟著，生怕落下她。

「妳這身子，」蔣大夫皺皺眉頭。「妳這才多大，怎麼虧得這麼厲害，在家裡時是不是都不給吃的？」

羅紫蘇看著對方的眉頭快能夾死蚊子了，也不敢抗議，只好笑著問。「是有些不太能吃飽。這，蔣大夫，我……」

羅紫蘇想問又不知從何說起，可是不問，她不甘心。

「我想問問能不能有子嗣？」她極小聲極小聲地問。

「還好，沒傷了根本。妳要好好補養身體，最少一年時間，不要幹重活，不要冷著、不要餓著、不要累著，更不要生氣鬱結。」

接著蔣大夫又說什麼鬱傷肝一類艱澀的話，不過羅紫蘇完全沒聽懂。

「蔣大夫，那一年之後，我是不是就能……」

蔣大夫點了點頭，羅紫蘇立即鬆了一大口氣。

那就好！不過，這不是她來的最終目的。想到這裡，羅紫蘇連忙從籃子裡拿出一塊棉布，打開後從裡面拿出一塊深琥珀色的晶體。

「蔣大夫，妳這裡收這個嗎？」

蔣大夫看到晶體眼睛一亮，伸手接過來細細察看，先是放到了鼻子下嗅了嗅，又走到了門口對著太陽端看，眼睛越來越亮，整個神情都充滿了驚喜。

「這、這是頂級的桃膠啊！最少也是五十年以上的桃樹產出來的！」

蔣大夫興奮得不行，手都在不停地顫抖，粗粗地掃了一眼在座的患者，思量了下後又滿臉的掙扎，最後力持鎮靜地回來坐下。

羅紫蘇也是一驚，那桃樹不過二十五年，難道說，放進空間還有這等作用？

「妳還有多少？要是只有這一小塊，可是賣不上什麼價。」

蔣大夫想著兜裡的銀子，又看了眼桃膠，努力地想讓自己平靜下來。這塊雖然小，但是也夠用的了，畢竟，這桃膠若是純正，只用一點點便可起很大的作用，稀釋後加入輔料，一樣有療效的。

現在最重要的是壓價啊！

羅紫蘇上輩子也算是經了次商，雖然在廚房的日子居多，可是小飯館是她努力打拚才能拓展成飯店，又怎麼會看不出來對面這位一臉「我好想買、我一定要，但是我不想多掏銀子」的掙扎表情。眼睛一轉，她笑了笑。

「現在只有這一塊，若是價格合適，自是還有的；若是不合適，這一塊恐怕我也不能賣呢！」

「什麼？」蔣大夫一聽瞪圓了眼睛。

「妳不賣我妳賣誰去？大藥堂能出上價的，可都是有一定的藥源，不會隨意收妳的藥。妳若是固定過去供貨，就算是得罪了人家背後的大戶，這可是犯忌的。」

羅紫蘇當然知道了，不然她早就去問了，就是因為她貨不多加上怕犯忌。她現在就是個普通的小戶人家，說白了就一農家媳婦，家裡地少人多還都有病痛，自是要小心行事。

「可是若是價格太低，我賣了還不如自家留著。以後家人若是有個急用，我心裡還能有個底。」

這桃膠可是好東西，平常吃或是補身體都成的。她就是想著這東西少，家裡沒錢先賣了，等以後家中的老桃樹再產出來，她定要留著給家裡的大大小小補補。

蔣大夫聽了又看了看羅紫蘇，再看看拉著她裙襬的大妞兒，點了點頭。

「這倒是。妳、還有這孩子，身體都太虛了，用這桃膠補補才好。這桃膠生津養胃，補脾養身，藥性溫和，倒真是適合妳們，就是這桃膠太純正了，妳們用要稀釋了才好。」

蔣大夫無法說出違心的話，看著那塊琥珀色的膠體欲哭無淚。

「這個桃膠妳們補身就太浪費了，用來入藥再好不過，要不我給妳開個補藥方子，妳用方子來補身體。這塊桃膠我給妳個良心價，四兩銀子這一塊，絕對不吃虧的！」

蔣大夫看了看這手上的桃膠，大概能有個六兩左右，她給的價格也算是高的了，幾乎一點也沒壓價，她入了藥，賣出去，其實並沒賺多少。好藥難得，她可捨不得放棄！

一聽這價，屋子裡眾人都「嘩」的一聲，看著這塊膠體都奇了。這是什麼啊，居然這麼貴？羅紫蘇也沒想到，一時有些發怔，蔣大夫這才覺得不好，連忙把羅紫蘇喊到了屋子裡去了。

「這價格給的我也沒賺多少了，不過，妳要是還有這桃膠，就再送些過來，我都是這個價格收了。」

「家裡這樣大塊的沒多少，不過小塊的倒是還有一些，合起來還有個兩、三斤。」

羅紫蘇想了想，決定拿出來一小部分就可以了，她是真沒想到這桃膠在這裡是這個價格的，不過看蔣大夫的樣子倒也是實誠。

「真的？那可太好了！」蔣大夫眼睛都亮了，雙手互搓著有些不好意思。「我這個，挺急的。要不，我陪妳回家去取來？」

羅紫蘇不由得失笑，看蔣大夫的樣子，估計也就和她遇到好食材時是一個樣子了。

「那也行。不過，蔣大夫，這桃膠要怎麼補身，妳可得把方法告訴我。受了傷，是不是也能吃這個？小孩子吃這個有什麼忌諱沒有？」

蔣大夫極高興，連連點頭，把桃膠的用法一一說明，羅紫蘇聽了心裡暗暗盤算，心中有了主意。

蔣大夫乾脆地給了羅紫蘇三十兩銀子，說把羅紫蘇那剩下的桃膠一起買了，羅紫蘇點點頭，和蔣大夫一起出了內室。

「今天先不看診了，我有急事要關一會兒，大家就回去吧！」

蔣大夫時不時會抽一下，大家都已經習慣了，看她這做派，患者們都三三兩兩的哄笑著說了幾句，走了個乾脆，還好沒什麼急症的。蔣大夫只覺得無事一身輕，連忙把醫館一鎖，拿著藥箱要跟著羅紫蘇走。

剛出了西市街口，羅紫蘇就聽到了個聲音大聲喊。

「二姊！姊姊！」

羅紫蘇聽著聲音耳熟，連忙轉身，一身青色布袍、頭戴方巾的羅春齊看到自己的姊姊，眼睛亮得嚇人，一臉的笑快步跑過來。他的身邊，還有兩個也是書生打扮的，似乎是他的同窗。

「姊姊，妳怎麼在這邊？咦，這不是蔣家醫館的蔣大夫嗎？姊姊妳哪裡不舒服？妳生病了？姊夫呢？哦，姊夫受傷來不了是嗎？」

羅春齊說話極快，表情又豐富，羅紫蘇反應半天才想清楚這弟弟到底在說什麼。看著羅春齊一臉「姊姊妳受苦了，我好抱歉」的表情，噗嗤一下笑了出來。

「好了！」羅紫蘇笑起來。

「大妞兒，快喊舅舅。」

大妞兒眨了眨大眼睛，茫然地抬頭看過去，對著羅春齊笑了笑。「舅舅。」

羅春齊指著大妞兒，突然有些說不出話來。

「我沒什麼事，這位蔣大夫是和我去桃花村裡收藥呢，我們還要去趕牛車，沒時間，不和你聊了啊。」

羅春齊像根木頭一樣看著大妞兒，似乎完全沒反應過來怎麼有個小不點叫他舅舅？

羅紫蘇帶著大妞兒，拉著馮翠兒，一邊跟著蔣大夫繼續往前走，沒走出去多遠，羅春齊突然大喊了一聲衝過來。

「二姊！」羅春齊叫得很急，伸出手一把拉住羅紫蘇的手臂，羅紫蘇只覺得手臂一痛，那力度完全不像個才十四歲的小書生能發出來的力道，讓羅紫蘇驚訝地轉過頭看向他。

羅春齊的眼眶泛起了紅，嘴唇張了張，似乎想說什麼，又說不出來，半晌才勉強地問道。

「二姊，妳嫁去桃花村沈家，對吧？」

「是啊。」羅紫蘇有些明白了，可能羅春齊不知道她嫁的人有孩子？

「明天我休沐，我去看姊姊。」

羅春齊像是想通了什麼一樣，又緊緊握了下羅紫蘇的手才鬆開，對著她勉強露出笑，轉頭往已經嚇得目瞪口呆的同窗身邊走去。

「姊姊，我去看妳，妳得做得好菜招待我！」

「知道了！」羅紫蘇輕輕笑了。

一旁的馮翠兒有些莫名地看著羅家姊弟一眼，不知道這對姊弟是怎麼回事？

「弟弟想我啦，在娘家時，我們姊弟感情很好！」

羅紫蘇對著馮翠兒一邊解釋一邊往城門方向走，馮翠兒點點頭。她沒有弟弟，只有哥哥、嫂子。不過從她家小郎滿三歲也沒請娘家人過來就能知道，感情真的沒多少就是了。

一行人快步到了城門，坐著富貴叔的車回到桃花村。對於蔣大夫的隨行，同車的婦人們都好奇得很，不過之前她們對羅紫蘇冷淡，現在自是沒什麼臉對人家問了。

馮翠兒是知道的，故意不吭聲，抱著小郎輕拍著；大妞兒也是睏得直揉眼睛，估計是走得多了，時不時用小手去摸腳。

「怎麼了？累得腳疼了？」

羅紫蘇注意到大妞兒的動作，連忙把大妞兒橫摟在懷裡去看大妞兒的小腳丫。

還好，看著沒什麼傷，不過羅紫蘇也不再讓大妞兒站了，直接把大妞兒抱在懷裡。半伏在羅紫蘇的懷裡，大妞兒迷迷糊糊地看著她的臉，模糊的記憶與眼前的人重疊著，大妞兒露出一個笑臉。

「娘。」

「乖。」

羅紫蘇拍著大妞兒的後背，大妞兒迷迷糊糊地睡著了。等大妞兒再半睜開眼睛時，看到跟著她們回家的那個奇怪的嬸子，正抓著爹爹的手腕，不過她很快就又睡著了。

蔣大夫看過了沈湛的脈，臉上不是不驚訝的。

「你說你這傷才不過四十多天？」

沈湛點了點頭，接著就迎接了蔣大夫一臉的鄙視。

那是什麼表情？沈湛有些莫名其妙。

「你的傷，肯定要有靈物或是補得極好，才能好得這樣快。」

蔣大夫的話讓沈湛莫名覺得哪裡不對，不過，更不對的是她的表情。那一臉他很差、很對不起人的眼神是怎麼回事？

「那是你的娘子，這兩個是你的孩子？」蔣大夫指了指。

「對。」

沈湛臉更黑了，那一臉無法忽視的輕視到底是怎麼回事！

「你的傷，不出五十天基本就能好全，補養得夠好。只是你娘子和孩子的身體都虧得太厲害，恐怕也要和你一樣補補才行！不然你娘子難有子嗣，你這兩個孩子，都是早夭之相。」

沈湛終於懂了……合著這大夫就咬定他自己吃飽就好，不管妻兒？

可他真沒虐待家人！

送走了一直用眼神逼問她是否被虐待的蔣大夫，羅紫蘇幾乎不敢看沈湛黑到沒邊兒的臉。

這時隔壁傳來一陣大過一陣的喧鬧聲，不過太混亂，完全聽不出來是誰在鬧騰。

大妞兒睡著，小妞兒也在呼呼睡，沈湛黑著臉從屋子裡慢步走出去，看到羅紫蘇正在院子裡給桃樹澆水，上前幫忙。

「二哥！」沈祿一臉急色從院門外跑回來，臉色難看。

「二哥你快來看看吧，家裡都鬧翻了！大哥被送回來了，因是躺著被抬回來，爹娘都以為他被打得挺厲害，誰料大哥他居然是裝的！」

沈湛面色不變。他就知道！轉頭看一眼羅紫蘇，交代道：「我去看看。」

沈湛與沈祿走了，羅紫蘇也不再去關注隔壁了，那就是一家子奇葩！

她先返回房裡看了大妞兒和小妞兒，把被子挪到炕邊壓好，這才回廚房去。

進了空間，拿出一木盆空間的水，又拿出一些桃膠，打算做些吃的給一家子補補。

她揀了一塊極小的桃膠，放到瓦罐裡，加了些空間的水，置於爐上加熱。不一會，桃膠化成了膠狀，微有些粘稠，顏色也變成淡琥珀色。

羅紫蘇把雞蛋打散，放入桃膠水來做蒸蛋，也在熬的粥裡放了一些桃膠水。

早上離開時留的菜還沒動，只有粥沒了。估計沈湛是只給小妞兒餵了粥，他自己並沒吃飯。羅紫蘇嘆口氣，把豆芽回爐熱了熱，蘿蔔絲又用筷子攪拌了一下，這才把飯菜都端上桌子。

房裡傳來小孩子的哭聲，羅紫蘇連忙跑回房，小妞兒正在大哭，大妞兒揉著眼睛要醒不醒的。

羅紫蘇連忙抱起了小妞兒輕搖了搖，又回身坐到了炕邊，左手拍著大妞兒的小臉。

「大妞兒，起來吃飯吧？還是妳要繼續睡？」

大妞兒揉著眼睛坐起來，睜著惺忪的眼睛，呆看著羅紫蘇一邊晃著一邊拍著小妞兒。

小妞兒一雙大眼睛水汪汪的，看著羅紫蘇「啊啊啊」的叫著，緊捏住羅紫蘇撫她小臉的手指不肯放。

「乖，小妞兒想娘了？」羅紫蘇一邊說一邊抱著小妞兒笑，又看了眼清醒過來的大妞兒。「大妞兒，下來吧，咱吃飯去！」

大妞兒摸了摸有些癟癟的小肚子，又看了眼炕邊的小衣服，眼睛一亮，伸手快快地開始穿起了衣服。

穿上新衣服，下了炕換上新新的粉色小繡鞋，大妞兒開心地拉著羅紫蘇笑。

「娘，爹呢？」

「妳爹去妳奶那邊了，一會兒就回來。」

羅紫蘇說著呢，就聽到院門被推開的動靜，她連忙抱著小妞兒帶著大妞兒出去，看到沈湛冷著臉走進來，身後跟著的沈祿神色也不太好，一臉憤然。

「爹！」大妞兒眼睛發亮，直接衝過去，一把抱住了沈湛的大腿。「看，娘給買的新衣服，還有鞋！」

大妞兒一邊說一邊提起一隻腳丫，給沈湛秀她的新鞋。

看著大妞兒也不知是剛睡醒還是太興奮，紅撲撲的臉，那抬起小腳丫展示粉嫩嫩的繡鞋的模樣，刺進沈湛的心裡。

沈湛冷肅的臉緩和下來，俯下身一把抱起了大妞兒。

跟著的沈祿臉上一驚。「二哥不行啊！你的腿！」

「剛剛大夫過來看過了，腿沒事了。」

一旁的羅紫蘇接口說道，心裡別提多高興了。不管怎麼樣，這沈湛的腿腳沒什麼大問題了，家裡的生計也可以提上日程了！

沈祿一聽登時大喜，對著沈湛露出微傻的笑容，整個人與之前氣怒交加的模樣都不一樣了。

「二哥，你的傷真好啦？那咱們是不是能上山去打獵了？」

「當然，後天我就去，你一起來不？」

沈湛抱著大妞兒轉頭看了眼羅紫蘇，眼神熾熱火熱。

「好啊！太好了，那我現在就回去把弓箭找出來，好好收拾一番，乾糧我讓我媳婦兒準備，二哥，你就別備吃的了。二哥、二嫂，那我先回啦！」

沈祿不管不顧地打了聲招呼就興匆匆地跑了，讓羅紫蘇連聲招呼也來不及回。

「毛躁！」

沈湛冷哼了一聲，懷裡的大妞兒卻伸手抱著沈湛的脖子笑得開心。

「爹，你上山打獵？我要小兔子！」

「好。」沈湛點頭，看著羅紫蘇帶著笑。

「傷好了，我想著明天先去地裡看看，該收拾收拾地了，這時估計該有草了。等後天，我就上山去看看，這時一定有不少獵物，現在正是野獸出來找食的時候。」

「好！」羅紫蘇點點頭，抱著小妞兒往東屋走。

「吃飯了，快過來吧，我都擺好了，還想喊三弟呢，結果他走得倒是夠快。」

「不用管他。」

沈湛也抱著大妞兒回了東屋，一家人開開心心地吃飯。

吃完飯，沈湛搶著收拾碗筷不肯讓羅紫蘇沾手，羅紫蘇一笑，轉頭去發麵，打算晚上蒸些菜包子。

「相公，我弟弟明天學堂休沐，想過來看看我。」

沈湛一聽，轉頭看了看羅紫蘇，點點頭。「小舅子要過來？行。」

行什麼？羅紫蘇沒聽懂，不過，第二天她就知道了。大清早天還沒亮，她睡得迷迷糊糊的，就感覺到身邊似乎有窸窸窣窣的動靜，只是太睏，眼皮黏住般，怎麼也睜不開。

一隻小手猛的拍打在羅紫蘇的臉上，羅紫蘇一下子驚醒。大妞兒睡得整個人都縮在她懷裡，小身子熱熱的，羅紫蘇拍著大妞兒的後背，鼻間聞到了一股濃郁的飯香。

羅紫蘇坐起來，把大妞兒塞回被窩裡，穿好衣服去灶房。

沈湛正在用油擦拭一柄獵刀，刀刃泛著冷光，另一邊，昨晚擺弄的弓箭也已經掛到了牆上。

「妳起來了？我今天去了趟山裡，沒往裡走，先獵了兩隻山雞，今天小舅子過來了，就給他燉雞吃吧！」

沈湛說著一指，肥美的野雞已經拔毛剖腹，收拾得乾乾淨淨，放在案板上等待下鍋了。

「你起得也太早了！」羅紫蘇有些驚訝地說，不過看到沈湛對羅春齊如此上心，這心裡也不知道是個什麼感覺。

「妳都要做些什麼，我來幫妳！」

沈湛只是回了這一句，心裡微哂。不早一些怎麼能快些趕回來把野雞收拾了？媳婦兒這樣好，他必須要把能做的都做了才行。

懷著這樣的想法，他天沒亮就去了山裡，打了兩隻野雞就趕回來，連大妞兒想要的兔子也忘記了。

看沈湛真要幫忙，羅紫蘇連忙搖頭，推他往灶房外走。

「不行，你不是說了今天去地裡看看麼？你先去看看吧，春齊要是過來了，你還怎麼去？」

「那、那好吧！」

沈湛猶豫了一下，決定還是先去地裡。現在他身體好了，地裡的收成還是很重要的。

沈湛拿了放在門後的農具去了地裡，羅紫蘇鬆了口氣，轉頭去看之前放在筐裡泡的小麥種子，已經長出了芽心。她倒在案板上，切得碎碎的，又把之前泡的糯米拿出來，放到鍋上蒸。

羅紫蘇看了看案板上的肥嫩野雞，拿起刀開始切塊，把雞胸肉切下來，收拾到掛在房梁處的籃子裡，把之前還剩的最後一小塊豬肉拿出來，準備中午羅春齊來時做。

羅紫蘇看周圍沒人，一閃身進了空間，卻發現，入目處一片青翠。

她之前種的青菜、蘿蔔還有一點小麥都已經豐收了，小麥麥穗沈甸甸的，看著倒比她種下的種子飽滿得多。

羅紫蘇心想，這小麥要是收割了，以後正好當種子，結果眼前一花，那片小麥已經不見蹤影，只留下了空蕩蕩的黑色土地，好似剛剛的那片金燦燦在夢裡似的。

羅紫蘇呆怔地看著，有些鬧不準這是怎麼回事？突然，她心有所感，連忙跑到儲物間裡。果然，原本空盪盪的櫃子、米缸，現在，放滿了金亮的小麥種子。

居然連脫粒都不用？

羅紫蘇感嘆了一下空間非常人性化，馬上想到現在不是感慨的時候，連忙舀了一盆水，收了一些青菜，分幾次拿出空間。

羅紫蘇開始洗菜備料，忙了一會兒，剛把飯菜做好，就聽到了小妞兒哼哼的笑聲。

羅紫蘇連忙洗了手，回屋看到大妞兒正在和小妞兒玩，小妞兒張著小手抓著大妞兒，咯咯直笑。

「都醒了？快起來吧，穿衣服去洗漱。」

這邊羅紫蘇抱起小妞兒一摸，小屁屁已經是濕的了。連忙去拿木盆，兌上熱水，用帕子給小妞兒擦洗乾淨，換上乾淨的衣服。

這一次換的是羅紫蘇縫的那一套，柔軟的布料小妞兒穿著似乎舒服了許多，小丫頭啃著小手，一雙黑亮亮的眼睛緊緊盯著羅紫蘇不肯放。

換好衣服，羅紫蘇抱起小妞兒，帶著大妞兒去洗臉。

大妞兒自己洗好了臉，沈湛也從地裡回來了，一家人吃了飯，沈湛悶頭幫忙收拾，就聽到有人過來喊人。

「二郎，你在嗎？」

沈湛微怔，看了眼羅紫蘇又轉頭出了房。

門口，沈原正站在那裡，看到沈湛出來，手上空空，大步走出，腳步有力，眼睛立即就亮了。

「二郎！你、你這是？」

「好了，沒事兒了。」

六個字，讓沈原立即高興得不知如何是好。

「好、這個好！太好了，正好我今天晚上要請你過去，咱們不醉不歸！」

沈原興高采烈地拍了拍沈湛的肩膀。

「今天晚上我想著咱們好久沒聚聚，加上這正是打獵的好時候，本叫了沈石，想著再叫幾個人來，現在有你就好了！你晚上一定要來！」

「好。」沈湛點了點頭。

沈原已經習慣沈湛的冷淡，也不在意，擺擺手又說了幾句話，這才笑呵呵地走了。

哼，他早就看不慣沈忠那一家子，居然在沈湛受傷時把他一家子就這樣分出沈家。現在看來，沈忠當真是偷雞不著蝕把米，把勞動力與賺錢力極強的沈湛分出來，看沈忠知道沈湛復原後會是張什麼臉！

沈原剛走，沈湛正想半掩上院門，卻看到一輛牛車向著這邊走來，沈湛停下動作，等待那牛車停下。

「二叔。」沈湛看著沈富貴點了點頭。

「誒，二郎，你家來客了！我今天去鎮上正好把人帶過來！」

沈富貴點了點頭，從牛車上跳下一個十三、四歲的少年郎，一身袵衫青巾的讀書人打扮，先對著沈富貴施了一禮道謝。

沈富貴擺擺手，謝絕小少年的車錢，趕著牛車走了。

羅春齊的注意力早就不在沈富貴的身上，連自己手上的錢沒遞出去都沒看到，一雙眼睛就緊緊地盯著沈湛，從上到下，從下到上。

這人，他哪裡受傷了？

「你是沈二郎？」羅春齊粗聲粗氣道。

「是。」沈湛看了眼羅春齊。

小舅子長得一點也不像羅紫蘇，一張臉倒是不醜，清俊帶著書生氣。只是，一雙眼睛沒有羅紫蘇大，鼻子也沒羅紫蘇挺，嘴唇沒有羅紫蘇紅嫩，皮膚也沒羅紫蘇白，頭髮更沒羅紫蘇柔順。雖然羅紫蘇的頭髮並不太烏黑，稍有些發黃，可是晚上披下來時，柔順又光滑。

躺在那裡，白膚黑眸，別提多漂亮了……

突然發現自己的思路往詭異的方向去了，沈湛連忙拽了回來。這要是在妻弟面前出醜，估計他一輩子也抬不起頭來。

「你就是春齊小弟？你姊姊說你今天過來，這麼早吃了早飯沒有？」

「你這人，」羅春齊又上下掃他一眼。「話真是多！」

聽到從未有過的評論，沈湛自我反省了一下。

羅春齊不再理會這個怪異的姊夫，直接推開人走進院子。

「二姊！二姊！」

「誒，春齊你來得真早，吃了早飯沒有？」

羅紫蘇從灶房出來忙問，羅春齊搖搖頭，眼睛落到羅紫蘇懷裡抱著的小丫頭身上。

「沒吃呢，我不餓，一會兒再說。姊，這姊夫話真多！」

羅春齊半昂著頭往屋裡去，羅紫蘇連忙抱著小妞兒跟在後面，喊了羅春齊去東邊的屋子；沈湛連忙跟上去，大妞兒也擠進去，挨在羅紫蘇身邊好奇地看著羅春齊。

「你進來幹麼？我和我姊有話說！」

羅春齊看著沈湛就沒好氣，尤其在看到小妞兒後更是生氣，原來，姊姊嫁的男人家裡拖油瓶不只一個！

沈湛一怔，心裡更是委屈起來。這小舅子一來就對他鼻子不是鼻子的，虧他還這般殷勤！

沈湛抬手把桌上的茶杯拿走了，羅春齊這才帶著氣看著羅紫蘇。

「二姊，妳怎麼沒告訴我，妳嫁的人不止受了傷，還有兩個孩子？妳才多大，居然當了人家娘？還有，他哪裡受傷，我怎麼沒看出來？」

「我哪知道你不知道啊？家裡人都知道的。」

羅紫蘇無奈。她嫁什麼樣子的人，家裡人都心知肚明，她真心不知道弟弟還不知道啊！如此後知後覺，也算厲害了。

「胡說，我就不知道！」羅春齊心裡帶著氣，看著羅紫蘇也帶著幾分怨氣。「而且，姊姊妳怎麼能答應嫁到這樣的人家？妳看看這房子，還有兩個拖油瓶！」

「羅春齊！」羅紫蘇的臉色立時就變了。「孩子還在這裡呢！」

羅春齊一聽，臉上不由得有些愧色，看了眼懵懂的大妞兒與在羅紫蘇懷裡扭著的小妞兒，他沈默下來。

「別氣了！」羅紫蘇輕拍著小妞兒，又疼愛地撫了撫大妞兒毛毛燥燥的小辮子。

「姊姊能得兩個女兒，心裡比誰都歡喜呢！你不知道，姊姊在林家時，身體有些熬不住，所以往後能不能有孩子，還是未知。現在這兩個孩子，是上天賜給我的。」

羅春齊聽了大驚，剛想說話羅紫蘇卻對著他擺擺手。

「現在我也在調養著身體，可是，你想過沒有，當時那樣子，你覺得咱爺奶能讓我拒絕這門親事麼？」

「不能。」羅春齊悶悶地低下頭。

「是啊，你也清楚不能吧！你姊夫雖然人冷了點，可是知道疼人，是個好的，你不能再對他那種態度了！你對他不尊重，不就是不尊重我麼？你是我的弟弟，又是讀書人，可不能讓人覺得你連禮儀都不懂，知道不？」

「知道了。」羅春齊聽了聲音更悶，接著想想不對又抬起頭來。「姊，妳說什麼呢！他還冷？他可比誰都熱情！」

「噗嗤。」

羅紫蘇登時笑開了。「別胡說！他熱情？怎麼可能，你一定認錯了！」

「姊，我怎麼可能認錯人，就那麼一張臉！」羅春齊眉頭皺得緊緊的，搖搖頭不肯承認。

「好了，你別再彆扭了。大妞兒，喊舅舅。」

「舅舅！」大妞兒十分乾脆地喊了。

這是大妞兒第二次喊他，羅春齊不由得有些羞窘，低頭想了想，還是自袖裡拿出一個小包來。

「給，這是給妳的。」

羅春齊把裡面的一段小紅頭繩給大妞兒，又把另一個撥浪鼓給了羅紫蘇。

「這個給小的玩。」

羅紫蘇看著羅春齊有些彆扭的表情，再看大妞兒抓著紅頭繩高興得直笑的模樣，忍不住又笑起來。

房門外，沈湛端著放著溫開水的茶杯，露出一絲難得的笑，他轉頭又把茶杯放拿回灶房。

在外面站得太久，開水已經涼了。

第九章

羅春齊吃飯的時候被羅紫蘇的手藝震驚了一下。

「二姊，妳做的飯比從前好吃了好多！」

「有嗎？」羅紫蘇僵了一下，隨即微微一笑。「還好吧。我在林家要是做不好飯，可是沒飯吃還挨打的……」

羅春齊臉微微一僵。二姊妳個笨蛋，當著現在丈夫的面說什麼前夫家的事？

羅紫蘇也是表情僵硬。

沈湛的表情在一瞬間變得好可怕！這男人心眼可真夠小的，說起來那位前夫長什麼樣她可是兩輩子都沒見著過，有什麼好不樂意的？

林家居然這樣對媳婦？真是該死！媳婦兒我不會的，放心吧！我一定對妳好！沈湛想。

大妞兒吃著碗裡的飯，無比香甜。自從喊了娘，感覺自己吃得好、睡得好，好幸福！

吃過飯，羅紫蘇去灶房裡看看糯米蒸得如何，另一邊，羅春齊坐在房裡與沈湛一起聊天。

寥寥數語，羅春齊終於發現，自己姊姊沒說錯，這個姊夫有些冷。

「弟弟書讀到哪裡了？」

沈湛找了個比較能讓羅春齊感興趣的話題，兩人聊起來。羅春齊很是驚訝，這姊夫看著就是莽夫的樣子，怎麼學問卻這般好？

沈湛話不多，可字字句句都在關鍵處，讓羅春齊由一開始的漫不經心打發時間，到最後的驚訝之餘心生敬佩。

「弟弟不用擔心，以弟弟現在的進度，最多一年就可以下場去試試了。這樣吧，我去學堂時，我的老師曾為我收集一些心得筆記，還有一些破題思路，雖不算精貴，卻也是外面難得的，我留著也沒什麼用處，不如給弟弟你好好看看。」

羅春齊聽得激動連連，歡喜得不知說什麼好了。

這邊羅紫蘇把碾碎的麥芽碎與蒸糯米混在一起等著發酵，洗好手走出灶房。

「咦，發芽了？」

羅紫蘇看著院中的老桃樹忍不住笑開來，枯木逢春啊！

下午時，沈湛不知從哪裡翻出來一大箱子的書，羅春齊如獲至寶一般，誰也不理了，直接扛著去東屋裡坐著就讀上了，那如癡如醉的模樣，讓羅紫蘇直搖頭。

不過羅春齊看不看書顯然不是重點，羅紫蘇到東屋裡是有別的話要問的。

「春齊，你今天是不是不回書院了？你明天去來得及嗎？」

「來得及來得及。誒，快放下我的書！」羅春齊急急地把羅紫蘇搶走的書搶回來，低下頭認真地看著。

這書呆子！

羅紫蘇好氣又好笑，不過確定了羅春齊不走，她心頭微定，轉頭回了院子。

「相公，春齊今天在這裡住下，讓他睡東屋吧。」

「好。」沈湛應了，坐在院子裡認真地擦著刀子。「晚上沈原本邀我去吃飯，我一會兒過去和他說一下，小舅子留下來，我自是要陪著他的。」

「不用啦。」羅紫蘇聽了擺擺手。「你還是去吃吧，都答應人家了，而且不是要說打獵的事麼？春齊你就放心吧，你不在家，我正好露一手做些好吃的。」

羅紫蘇說著摀住嘴笑起來，眉眼彎彎指尖纖細，白皙指尖上的指甲泛著淡淡粉色。

沈湛忍不住伸出手一把抓住那片白皙，緊緊攏在手裡。羅紫蘇呆了呆，手往回縮，對方卻紋絲不動，她的面頰一下子就紅起來。

「既然妳這樣說了，我就去吧！不過一會兒妳與春齊說一下才好，莫讓他挑我這個姊夫的理。本應我去說的，可現在我看我說什麼他也聽不進去。」

「好、好，我知道啦。」

羅紫蘇胡亂應了一聲，手被對方緊緊攥著，沈湛的手掌很大，帶著薄繭，握住她時，溫暖有力，讓她不知怎的，似是被對方的掌心燙著一般，熱度一直從手掌燒到臉上。

不知隔壁誰走路，「砰」的一聲撞倒了，沈湛和羅紫蘇一驚，羅紫蘇觸電般跳起來，掙開對方掌握，臉頰紅得不像話，連忙跑進灶房。

深吸好幾口氣，她才開始查看方才處理的糯米和麥芽。見發酵的糯米及麥芽出了水，她用力壓住，不一會兒，水越出越多，等水出得差不多後，她把它們放到鍋裡，熬出兩大海碗的麥芽糖。

這樣就節省一大筆的開支了。羅紫蘇鬆了一口氣，之前她因家裡有糖，居然不知道白糖也挺貴的，現在做了麥芽糖，她就不用再去買了。

而且，有些小點心，還是放了麥芽糖才好吃！

剛剛跳得極快的心臟終於有些平復了，她穩了穩神，再把頭伸出去，院子裡，沈湛已經不見蹤影，也不知去哪裡。

「媳婦兒！」

旁邊冒出一道聲音嚇了她一跳，羅紫蘇連忙轉頭，沈湛在灶房門旁，仔細地看著她。

「那我先去原子那裡了？」

「嗯，好，早點回來！」

羅紫蘇點了點頭應道，結果沈湛聽了，看著她的眼神更是熾熱。

「好，我一定早點回來，妳別急，等我！」

沈湛說完大步走了，羅紫蘇呆了呆，忽然覺得這對話莫名有哪裡不對。

「喂，我、我沒說等你！」

羅紫蘇追過去，結結巴巴地說了一句，沈湛回頭輕輕地笑了一下，轉頭走了。

羅紫蘇的臉扭曲了一下，喂喂喂，那個「妳別矜持了，我知道妳是不好意思，其實妳就是想等我」的眼神是怎麼回事啊，喂！

「大妞兒！」羅紫蘇用筷子捲了一小塊麥芽糖，拿著進屋逗小孩兒去了。

「娘。」

大妞兒睡得雙眼迷糊，聽了羅紫蘇喊還不想起，誰知瞇著眼一看見麥芽糖，立即整個人都精神了，一骨碌從炕上爬了起來，一雙眼睛亮晶晶的。

「想吃嗎？」羅紫蘇笑得和狼外婆似的。

「想。」大妞兒連忙點頭，奶聲奶氣的。

「過來，親娘一口就給吃。」

羅紫蘇指了指臉頰，大妞兒小臉紅紅的，連忙爬起來，軟軟地踩著床上的炕被撲過去，對著羅紫蘇的臉就是一口。

羅紫蘇笑得眼都瞇了，遞了糖給大妞兒。

「吃了就多喝水，像上次娘教妳的，漱口知道不？要不牙裡會長蟲蟲的，牙會變黑！」

「唔！」

大妞兒點著頭，小舌頭不斷地舔著甜滋滋的麥芽糖。

「唔！」

小妞兒翻了個身，睜眼就看到自家姊姊在啃著什麼，她動作極快，四肢並用地飛奔到大妞兒身邊，對著大妞兒的臉頰就啃了上去。

「哇！」

大妞兒被自己妹子新長的小米牙啃疼了。

「唔！」

好甜！啃到姊姊臉上剛沾上的麥芽糖。小妞兒還想繼續，羅紫蘇連忙把還要繼續啃的小妞兒抱起來。

「不許欺負姊姊！」

小妞兒伸手指著大妞兒「啊啊啊」的叫起來，也不知道在說什麼，據羅紫蘇猜測，估計沒啥好話！

「妳不能咬姊姊知道麼？姊姊那麼乖！小壞蛋！」

羅紫蘇捏著小妞兒的鼻子說，小妞兒睜大眼睛，看對方完全沒有投餵的意思，小眉頭立即皺起來。

羅紫蘇看著很好欺負、被自家一歲小豆丁一推就倒的大妞兒直嘆氣，一隻手抱著小妞兒一隻手去扶大妞兒。「大妞兒乖，不哭，起來啊！」

大妞兒眼睛紅紅地起來，看看手中筷子上的麥芽糖，不捨地又舔了一口，才遞過去。

「給妹妹吃吧。」

這孩子！

羅紫蘇心疼得不得了，連忙把筷子推回去。

「大妞兒，妹妹太小了，現在吃糖牙不行。妳自己吃，乖！」

大妞兒懵懂地看了眼羅紫蘇，點了點頭。

「小妞兒乖，喝水。」

用薄被包上小妞兒，羅紫蘇抱著小傢伙到桌邊倒水給她喝。小姑娘不太高興，估計是沒吃到甜甜的糖，可是太渴了，羅紫蘇給了水，雖然皺著眉頭，不過她還是喝了下去。

羅紫蘇沒敢多給，只弄了一點兒麥芽糖給大妞兒吃，怕她吃多了糖牙壞掉。

不一會兒，大妞兒就舉著筷子。「娘，我吃完了。」

「吃完了等一下，娘給妳拿帕子，妳自己擦擦嘴還有手，一會兒下來洗洗臉。」

唯有懷裡的小妞兒，聽到聲音立即回頭，看到光禿禿的筷子，狠狠地瞪著大妞兒呲了呲小米牙。

「小壞丫頭，欺負姊姊。」

捏著小妞兒的鼻子，羅紫蘇凶凶地說了一句，小妞兒立即露出討好的笑容。

小孩子總是分得清楚，在誰面前要乖乖的、在誰面前可以狐假虎威；誰好欺負、誰不好惹。小妞兒雖然還小，卻因環境似乎更加敏感。

對羅紫蘇，小妞兒就是聽話的好寶寶。

大妞兒和沈湛面前嘛！呵呵。

現在，羅紫蘇還不了解小妞兒的本質，倒是覺得她很乖，撫了撫小孩子柔軟的頭髮，抱著小妞兒去了東屋。

東屋裡，羅春齊還在認真地苦讀，羅紫蘇看了看天色，伸手把懷裡的小娃娃一把塞到羅春齊的懷裡。

「喂，姊，妳做什麼！」羅春齊哇哇地叫。

「小點聲，你聲音這麼大，嚇著我們小妞兒我就揍你！」

羅紫蘇無比強悍地說，羅春齊見了鬼一樣地睜大了眼睛。

這是他那個動不動就哭、懦弱又不愛說話的姊姊嗎？變好多啊！

羅紫蘇伸手把羅春齊看了一半的書搶過來，擺到一旁的書箱子上面。

「別看了，都看這麼久了，什麼叫勞逸結合都不知道啊？快幫我看孩子，我要做飯！」

「啊？姊夫呢？怎麼不幫妳？」

不滿的羅春齊抱著小妞兒站起來，跟著羅紫蘇往外走，懷裡的小妞兒好奇地看著他，時不時伸出小爪子捏捏他的臉。

「你姊夫去了里正家了，里正兒子今天想請你姊夫商量著打獵的事，他不知道你要留宿，就答應了。你也是，說留宿就留宿，一會兒我還得給你預備被子。」

羅紫蘇說著瞪了羅春齊一眼。

羅春齊無語。這是被嫌棄了嗎？好傷心。

「說你你別不樂意聽。」

羅紫蘇進了灶房，羅春齊抱著小妞兒乖乖地跟在了後面，他身後是大妞兒，大妞兒歪著頭看了看，拿了個小杌子坐到了門口，雙手托腮看著。

「我沒不樂意聽，我這不是沒想到姊夫有這樣一箱書嗎？」

「你讀書是緊要的事，可身體也要顧著才行，不能一讀起來就廢寢忘食。你今年才多大？身體若是這時就熬壞了，以後你可怎麼辦？你以為科考，只考上就行了？沒個好身板，你怎麼為民請命為國分憂？你顧自己都顧不過來！」

「是這樣嗎？」羅春齊抱著懷裡的小不點，抓了抓頭髮想了想。

「就是這樣，你以後得注意些，別一看起書來什麼都不顧了。多動動，多走走，聽說科考一考就是幾天，你不好好把身體鍛煉得強壯些，當心考一半暈倒！」

「我知道啦，姊，妳好囉嗦！」

羅春齊皺著眉頭嫌棄，不過心裡倒是認同了羅紫蘇的話。

可不是，年年科考年年有考生被抬出來，那時就是有蓋世之才也沒用了。

羅春齊不再說話，低著頭一邊逗小妞兒，一邊看著羅紫蘇下廚。

羅紫蘇也不管他，中午燉的野雞肉還剩下些，她削了兩個馬鈴薯重新燉上，又切了青菜，把最後剩的一些豆芽洗乾淨炒了。

另一個灶眼裡，蒸了玉米麵摻精麵的饅頭熬著精米粥，還拌了蘿蔔絲鹹菜。

打了幾個雞蛋拌上蔥花煎了蛋餅，上面抹了用肉絲炒過的大醬，香氣撲鼻。

羅春齊看著羅紫蘇，一個人快速地做菜做飯，很快就處理好，嚥了口口水，搶過被小妞兒抓住的頭髮，一邊嘆息。

「姊，妳太厲害了！這麼快妳就做好飯菜了！」

「多做飯自然就熟練了，這個又不是多難。」

羅紫蘇把飯菜快手快腳地擺好，看著大妞兒洗了手，又給小妞兒洗了手，最後盯著羅春齊也洗了手。

羅春齊對此表示很無語。他不是小孩子了，怎麼姊每次都把他當成當年的奶娃娃一樣呢？

而羅紫蘇也挺無奈的，對羅春齊一開始只是前身本能的感情，可是相處下來，羅春齊處處關心，對這個貼心的弟弟，她是從心裡關心疼愛了。

抱著小妞兒坐下，羅紫蘇讓羅春齊吃飯的時候顧著點大妞兒。

一頓飯下來，大妞兒對羅春齊越發地親熱了，一口一個舅舅，叫得那個歡。

天黑後，羅春齊在東屋裡休息，羅紫蘇只好把沈湛的棉被分了過去，捧著被子過去時，羅書呆還在捧著書苦讀。

「給你，看一會兒就休息吧，別累著了，白天白說你了！」

「我就看一會兒。」羅春齊傻笑一下，羅紫蘇看著他臉上原有的機靈全變成一片書生氣，心中直嘆氣。

「這是水，還熱著，你渴了就喝，還有這個。」羅紫蘇指了指放在一旁的小藤籮，裡面用棉布包著饅頭。「這是糖饅頭，你餓了就吃，裡面還有一小碗鹹菜。」

「好，我知道啦！」羅春齊點了點頭。

「這個給你。」羅紫蘇又拿出紙筆還有一塊殘墨與硯台，這是她無意中在炕邊的櫃子下層翻到的。

「這個可能是你姊夫的，你用吧，不過也要注意時間，別太晚睡了！」

羅紫蘇深深了解這時代的人對書本的熱情與敬畏就和現代考生似的，甚至更誇張，所以勸幾句也就是了。

看著羅紫蘇要出門，羅春齊忍不住喊了一聲。「姊！」

羅紫蘇轉過頭，羅春齊盯著她的眼睛。

「姊，妳放心！不管怎麼樣我都會好好讀書，出人頭地，將來有了前程，讓人都不能輕視咱們！」

「傻小子！」羅紫蘇忍不住一笑，胸口暖乎乎的，轉頭回屋了。

不過，回屋後，她立即垮下了笑臉。

被子分出去了，現在，屋裡一共就兩床被子，一條是孩子用的小被子，一條是她的。

難道讓沈湛和孩子去擠麼？

想像了一下小山樣的沈湛身上蓋著小被子……唉，那畫面不忍直視了！

就著暈暗的燭光，羅紫蘇一邊拍著大妞兒和小妞兒，一邊看著院門。

院門她已經鎖上了，所以得時刻地注意，若是睡著聽不到沈湛叫門就糟了。這時代好不方便啊，要是像現代一般有門鈴就好了！

等沒多久，大妞兒、小妞兒齊齊睡著了，羅紫蘇把兩個小傢伙並排放到炕裡，用小被子蓋好，就聽得院門那邊，似乎有什麼動靜。

羅紫蘇想了想，站起來去了院子裡。果然，院門外隱約地傳來說話聲。

「喂喂喂，你別倒，這不是你家。」

「沈石頭，你快來幫忙！」

外面兵荒馬亂的一陣鬧騰，羅紫蘇連忙開了院門，門外幾個大漢正糾纏在一起。

「二嫂，妳出來真是……真是太好了！」

沈原拂開沈石的大手，抓著沈湛正要拽他衣襟的動作。

「二嫂快來幫我一下，他們兩個都喝多了！」

羅紫蘇一臉黑線。

沈湛好像有些鬧不清沈原是誰，一直揪著沈原的衣服拽著人家的脖領瞇著眼看。另一邊，一個粗壯的漢子一手搭著沈湛的肩膀一邊往前指，嘴裡咕噥著不知在說什麼。

沈湛被對方壓得不太舒服，一直撥開沈石的手，中間的沈原被拉得東倒西歪的，三個人纏作一團。

羅紫蘇看著他們三個這樣，頭都痛了。要是她家春齊那身板還能上前分開，他們這樣的壯漢她當真是有心無力！

「嫂子，妳幫我在另一邊拽著二郎的手。」

沈原大聲喊了一嗓子，羅紫蘇嚇了一跳。

「你小點聲，這麼晚別人家都睡了！」

沈原連忙應了一聲，一邊奮力分開沈石和沈湛，這邊羅紫蘇又抓著沈湛的另一隻手。

沈湛迷糊地轉過頭，在看到羅紫蘇時一呆，接著像是看到什麼寶貝似的，鬆開沈原，直接雙手一拽，把羅紫蘇拉到身前上下打量。

「媳婦兒？」沈湛疑惑地問。

我回答還是不回答呢？羅紫蘇心裡糾結，總覺得回答會有不好的事發生呢！

不過她不回答，不代表有人不回答，一旁一把將沈石拽倒的沈原鬆了口氣，轉過頭來。

「是啊，沈木頭你還問啥，二嫂就是你媳婦兒！」

「哦。」沈湛木頭木腦地點了點頭，伸手一把摟過羅紫蘇。「回家！」

沈湛堅定地說，邁步就轉頭走。

「你給我回來！」沈原無奈地把硬摟著羅紫蘇往村口走的沈湛拉回來。

「你家在那邊！」

和羅紫蘇兩個人連推帶拽，把沈湛送進院子裡後，沈原鬆了一口氣。

「那好了，嫂子，妳忙吧，我送沈石。」沈原不便把沈湛送進屋子裡，所以轉頭走了。

羅紫蘇半扶半支撐著沈湛，可是哪裡有力氣，連忙喊了羅春齊出來。

「快！幫我把你姊夫扶到屋裡去。」

「誒！」羅春齊連忙去另一邊扶沈湛。

只是，姊弟兩個加起來與沈湛的身材還比還是太懸殊，等扶著沈湛回房裡後，兩人都是一身汗。

「姊，沒事兒我回屋了。」抹去頭上的汗，羅春齊氣喘吁吁。

「好，你回去吧！早點睡，明天早上不是還要回書院？」

「知道啦！」羅春齊應著回了屋。

羅紫蘇又轉身去院子裡鎖上院門，這才打了水回了屋子。

幫著沈湛擦了擦臉和手，沈湛半醉半醒地躺在炕上，任由羅紫蘇折騰。

羅紫蘇又自己洗漱了，才轉頭回房裡。

熄了蠟燭，羅紫蘇回到炕上躺下，被子已經有一大半蓋在沈湛的身上。沈湛閉著眼睛，呼吸有些急促，應該是睡著了。

羅紫蘇伸手拉過了一半的棉被，蓋到身上閉上眼睛。

這時一隻手伸過來，一把抓住她的手臂，嚇了她一跳。下一秒，她就被摟進一個體溫比她高上許多的懷裡。

羅紫蘇掙扎了半天，對方卻沒有絲毫的放鬆，甚至越摟越緊，她終於不敢再動，紅著臉睡了。

睡醒時，天色微亮，羅紫蘇想到羅春齊，一下子坐起來。

身旁的地方居然是空的，羅紫蘇看了一眼，想到沈湛，想到昨夜，臉不由得通紅。

而在灶房裡，沈湛早就忙活開了。熱飯熬粥，炒菜燒水，正幹著活，看到羅紫蘇從灶房外走進來，連忙上前。

「媳婦兒，妳醒了？我燒好水了，妳洗臉吧！」

羅紫蘇點了點頭，又轉頭看看天色。「相公，你蒸上幾個紅薯，我做點紅薯蒸糕。」

沈湛立志當個好相公，二話不說就去洗紅薯，放鍋裡蒸上。

羅紫蘇洗漱完把蒸好的紅薯弄出來搗成泥，和了麵做紅薯蒸糕。

「春齊，起來啦！」剛做好了飯，聽到了羅春齊的聲響，羅紫蘇喊了一聲。

「誒，姊妳起……好早！」

羅春齊剛想乘機說說自家姊夫怎麼不起來，就看到沈湛端著水盆出來倒水。

「姊夫早！」

「飯做好了。」沈湛點頭以示聽到了對方的招呼。

羅春齊吃了飯，羅紫蘇給他帶上幾個糖饅頭還有紅薯蒸糕，這才讓他帶著幾本書回書院。

「那些書太多了，就不讓你帶書院去了，這幾本你先看著，看通了回來換。」

羅紫蘇的話讓羅春齊放了心，捧著幾本心肝寶貝回書院去了。

看羅春齊坐著富貴叔的牛車走了，羅紫蘇鬆了一口氣，轉頭看向沈湛。

「相公，昨天你去吃飯，打獵的事怎麼說的？」

「明天就去，妳不用擔心。」

「相公不是和三弟約了今天麼？」羅紫蘇一下子想起來。

「沒事，告訴他了。」

「對了。」羅紫蘇想到了什麼，回身從櫃子裡取出來銀子。

「賣桃膠，我得了些銀子。」

「這是妳的。」沈湛沒有二話，推了回去。

「相公，我想再找找別的事賺些錢，我想把房子翻修了，這房子現在還好，冬天可是難熬。」

看這屋子，她都不知道小妞兒和大妞兒是怎麼過的冬，四處的牆壁上都有縫隙，現在暮春，天氣漸暖，可到了晚上依然能感覺得到冷風習習。

「這銀子給妳當私房，想怎麼花都隨妳，蓋房有我。」

沈湛點了點頭表示知道，出去收拾弓箭去了。

羅紫蘇聳聳肩，心裡倒是開始想著要怎麼賺錢才好？

她目光落在滿院子被吹散的桃花上，突然靈機一動。

有了！

「相公！」

羅紫蘇匆匆走出屋子，看到沈湛正在拾掇院子，沈湛聽到聲音，轉頭問。

「怎麼？」

「上次成親時，林嫂子她們過來吃飯那次，我記得原兒弟拿了兩壺酒，那酒聽你們說已經是上好的了？」

「是，那酒在鎮上賣四十文半斤，已經是最好的了。」當然了，這是在鎮上來說。

「那後山開的桃花，是不是咱們隨便摘啊？」

沈湛點點頭，看到羅紫蘇似乎是笑得更開心，心裡更是納悶。

不過羅紫蘇卻不去想別的，她腦子裡已經想到了一堆關於桃花的吃食。

現在正是桃花盛開的季節，上次翠兒姊就說過有時間去採些桃花回來，後天正是小郎的三歲生日，她去約好了翠兒姊。

心裡做著打算，羅紫蘇立即去了灶房。收拾灶房的時候她還記得有幾個小罈子空著。她把幾個小罈子洗刷乾淨，燙過後倒扣在案板邊晾乾。

「二郎在家嗎？」

門外一個憨厚的聲音響起來，沈湛出去一看，是富貴叔。

「二郎，你的腿好啦？」之前沈富貴就想問的，可是卻又不太敢確定。

「是，好了。」沈湛點頭。

「這是你嬸子做的一些吃食，想著你剛剛分家，什麼東西都算不得齊全，就給你送過來了。還有一些是我在鎮上買的點心，給兩個丫頭吃吧！」

沈富貴遞過來，沈湛猶豫地接過來，冷著臉點了點頭。

叔姪兩個都不是多話的人，一個瞪一個，兩人沈默了一會兒後，沈富貴無措地搓著手就想離開。「那、那我走了。」

「富貴叔您來啦！怎麼在門口站著？快進來坐，喝些水！」

羅紫蘇看不過去了，真不指望著兩根木頭聊得熱火朝天了，不過也不能讓富貴叔就這樣回去，想也知道富貴叔是擔心沈湛的生活和傷勢，這才過來的。

「啊？不、不用了！」沈富貴擺了擺手，拘謹的表情帶著幾分不確定。

羅紫蘇給了沈湛一個眼色，讓他領著沈富貴往裡走。

還好，沈湛終於領悟羅紫蘇的意思，帶著沈富貴去了東屋。

「富貴叔，二嬸子和妹妹都在家嗎？平時沒什麼事，就讓她們來我這兒玩玩，我剛到這邊，什麼也不懂，正想讓嬸嬸事事教教我。」

羅紫蘇請沈富貴坐下，倒了溫水給沈富貴。

「二叔。」沈湛想到了一件事。

「想翻修房子需要什麼？」

「你想翻修房子？」沈富貴一怔。

「是的。不過不知道這翻修要多少銀錢？再來，何時翻修比較合適？」羅紫蘇接口說。

羅紫蘇前身的記憶，似乎村裡翻修房子大多都是家中長輩張羅，總得等村人農閒才能有人幫著翻修。

「要我說，這翻修不如另起一個。」沈富貴想了想才說。

「你們這院子，只是大院裡隔出來的，院子小，地方小。再來，不是我說，這挨著住，是非多，你們兩口子又是剛分出來不久，若是現在就翻修房子，難免讓人誤會你們私下裡藏了銀錢。

「倒不如先打聽看看，哪裡有地方另起一個宅子？等到七、八月農閒時，好好蓋上個差不多的，到時我幫你們兩口子好好張羅人手，買東西倒不怕，如今時間多，慢慢置辦，不是挺好？」

沈富貴的意思沈湛明白，羅紫蘇也覺得這主意很不錯，於是謝了謝沈富貴。

羅紫蘇去了廚房，把今天早上新蒸的紅薯蒸糕包了六塊，又把新發出來的黃豆芽用小竹簍裝了一些，放回沈富貴的籃子裡。

沈富貴認真與沈湛說了說另起房子的事，兩個人開始就著什麼地方有好些的地，或是用哪種磚瓦探討起來。這些羅紫蘇也不管了，只是告訴沈湛別忘記把籃子給沈富貴拿上，就去看著大妞兒、小妞兒洗漱去了。

小妞兒被羅紫蘇抱在懷裡時咯咯地笑起來，小孩子氣色恢復起來要比大人快得多，眼看著小臉愈發粉嫩，羅紫蘇稀罕得不行，真是不想放開。

另一邊，大妞兒也聽話，一邊穿衣服一邊歪頭看羅紫蘇。「娘，今天早上吃什麼？」

「怎麼，聞到味啦？」羅紫蘇笑了，伸手刮了大妞兒的鼻子一下，大妞兒笑起來。

「聞到了，好香！」

「那就快去洗漱，好吃早飯！」

羅紫蘇正看著兩個孩子，那邊，沈富貴已經離開。走前沈湛把竹籃子塞到他手裡，他本想推辭，想想卻又接受了。

等大妞兒穿好了鞋，羅紫蘇抱著小妞兒往灶房去，看著大妞兒洗好了臉。每天早上她都把溫水打進屋裡來，先給小妞兒洗臉和手，小妞兒倒是不用再洗了，這才盛好了飯菜端到東屋。

「二叔說了，咱先不動房子，剛分了家，現在就修房子太扎眼，等七、八月再說。現在先存上銀錢，到時好用。」

這一算下來，想要蓋好一些的屋子，沒個十幾兩銀子根本不行，沈湛在心裡算計著，打算明天上山定要好好找找獵物。

「行。」羅紫蘇點了點頭，又想到後天的事。「相公，後天我去翠兒姊姊家，她家小郎滿三周歲了，拿什麼去好？」

「妳看著拿，家裡這事都妳看著就是了。」

羅紫蘇聽了自去灶房查看了一下，想了想前身記憶中少得可憐的送禮經驗，合計了一番，去了房裡。

上次買的布料除了給小妞兒縫了一身小衣服，一匹布幾乎是沒怎麼動。羅紫蘇計算著差不多夠小孩子做四身小衣服的料子，用剪子剪下來。

沈湛獵的野雞還剩下一隻，她再帶上，這些在農村來說，就算是厚禮了。

想好了拿什麼之後，她用布包了，放到了竹籃子裡，又看了看屋裡的東西，後知後覺地想到了一件事。

「相公，後天我去翠兒姊姊那裡，你後天上山打獵嗎？孩子怎麼辦？」

當然得去，這之後大概一、兩個月，他都要天天去呢，不然怎麼攢銀子？

「沒事。這樣吧，把小妞兒她們兩個送去二叔家，讓二嬸和小妹幫忙看著點兒，妳不是吃了飯就回來的嗎？」

「不是說二叔家的小妹身體不太好？」

「也不是，就是大夫說家裡日子不好過，小妹還是早產生下來的，先天氣血不足。」

「只是氣血不足？」羅紫蘇一聽倒有些驚訝，這應該可以補的啊。

「小的時候，本來不是太嚴重，後來，因為小妹的病需要休養，二叔和二嬸就去給大戶人家做工，小妹被娘接回來幫著養。

「誰知小妹被大哥領出去玩，丟在山上沒帶回來，獨自在山上快兩天，找到時差點死了，大病一場，病好之後身子就徹底地垮了。二叔、二嬸也是因這事，與爹娘離心，沒再登門。」

當然了，其中還有一些別的事情，沈湛沒法細說就是了。

羅紫蘇聽了點點頭，明白沈富貴怎會與沈湛爹娘這般離心。

二叔、二嬸就這麼一個閨女，為了閨女估計賣身為奴都得認，誰知卻這樣差點死了。以沈忠、李氏溺愛沈福的樣子，想也知道對沈福也就是說幾句就算了，二叔哪裡肯？兩家定是這樣有了矛盾。

羅紫蘇心裡想著，手上也不停，餵著小妞兒喝粥，小妞兒喝得很香，一旁大妞兒自個兒吃飯也挺快。用完飯，沈湛收拾碗筷，在院子裡刷洗乾淨收起來。

收拾完碗筷，沈湛和羅紫蘇說了一聲，就拿著農具出了門。

羅紫蘇應了，看著小妞兒可憐巴巴地歪頭看著她，另一邊，大妞兒也歪頭瞅著她。她想著也不能天天在家看孩子不出門吧？這衣服得要洗了，要不都快沒穿的了。「大妞兒，娘要去洗衣服，妳陪著娘一起去，到那邊幫忙娘看著妹妹好不？」

大妞兒連忙點點頭。「嗯，好！」

羅紫蘇看大妞兒答應了，起身找了找，抓出個能放下小妞兒的背簍，看著小妞兒嘆了口氣。「乖閨女，娘可不是故意的，先委屈妳一會兒啊！」

她印象裡，那些婦人都是這樣揹著孩子到處走的，她只好入鄉隨俗了。伸手捧著裝滿髒衣服的木盆，讓大妞兒跟著她，羅紫蘇鎖了門，帶著孩子出行。

這還是她第一次一個人帶著兩個孩子，一時間，既新鮮又覺得無奈。

身後的小妞兒很是興奮，「啊啊啊」地喊著，抓著羅紫蘇的頭髮一陣興奮地叫。

「小壞蛋，快放開娘！」

羅紫蘇疼得連忙把木盆放下，伸手把小妞兒的小手抓開，因背簍在背後，頗費了她一番功夫。

「正想找妳去河邊呢！」

拿著籃子的馮翠兒笑著喊了一聲走過來，伸手幫著來牽大妞兒。「我幫妳帶著大妞兒吧！」

「翠兒姊妳來啦！」

羅紫蘇笑著應了一聲，輕拍小妞兒的小手兩下才放回被子裡，重新揹上背簍，捧起木盆，和馮翠兒說說笑笑地去了河邊。

河邊人不少，婦人們三三兩兩地聚堆，看到羅紫蘇與馮翠兒時，一眾婦人的議論聲音立刻大了起來。

「看到了沒有？沈二家的，聽說就是她挑唆著沈二不管沈大郎的死活！」

「我也聽說了，妳們看到沒，那沈大被打得全身是血的送回家來呢！」

「我聽過呢，人家說娶婦娶賢，看看她這樣的，真是，沒得帶累了我們桃花村的名聲！」

「可不是，哎，我聽說啊……」

嘀嘀咕咕，嘀嘀咕咕。

一群女人嘰咕著說話，時不時發出詭異的笑聲，羅紫蘇看了眼她們，全當沒聽見，與馮翠兒找了個偏僻的角落才停下。

「大妞兒，妳乖乖在那邊看著些妹妹，別亂走。」

「好。」

大妞兒乖乖地應了，羅紫蘇看了看，找了個乾淨的地方，把背簍放下。小妞兒扒著背簍對著羅紫蘇討好地笑，羅紫蘇捏了捏她滑嫩嫩的小臉，看了看周圍，採了幾朵小野花，遞給大妞兒。

「給。大妞兒，逗著妹妹玩啊，娘在那邊洗衣服，有事兒就喊娘。」

「知道了，娘，您放心吧！」

大妞兒聽話地點了點頭，拿過羅紫蘇手上的小花逗小妞兒。

羅紫蘇叮囑著大妞兒別讓小妞兒把花吃了，這才轉頭去了河邊。

「這大妞兒可真是聽話。」

馮翠兒在一旁邊洗衣裳邊轉頭，看到大妞兒認真地用小花逗小妞兒，小妞兒伸手來拿就躲，小妞兒不高興地嘟嘴時，她討好地把花再拿出來。

「是啊，還知道疼妹妹。」羅紫蘇疼愛地轉頭看了眼兩個孩子，又加快速度洗衣服。

「翠兒姊姊，後天妳家一定挺忙的吧，要不要我早點兒過去幫把手？」

「行嗎？」馮翠兒一聽眼睛亮了。

「我其實那天就想和妳說呢，可是又怕妳忙著孩子。要是能來真是好，就把兩個孩子都帶過來，我婆婆能幫忙看著些。」

「不了，」羅紫蘇搖搖頭。「是這樣的，我想著把孩子送去我二叔那邊呢。」

「別！富貴伯家的女兒，這幾天聽說不怎麼好，走方的大夫去了好幾次了，妳把孩子送去，萬一這……」

馮翠兒想想沒往下說，羅紫蘇一聽可不是，有些猶豫地轉頭看馮翠兒。

「這是不是不好啊？兩個孩子呢，妳家裡也有小的，這樣會不會累著妳婆婆？」

「不會的，大妞兒很乖，小妞兒雖得讓人看著，不怕，妳看小妞兒也挺乖的呢。」

羅紫蘇點了點頭，兩個人又聊了一會兒，洗好衣服，羅紫蘇收好放到盆裡，這才過去把小妞兒抱起來，走到背人的地方讓小妞兒噓噓，這才又包好放回小背簍裡。

「啊啊啊！」

小妞兒不幹了，剛剛就一直想出來，可是大妞兒看著，現在被羅紫蘇一把放進背簍裡，她就掙扎起來，張著手讓羅紫蘇抱她。

「這孩子。」

羅紫蘇有些無奈，一旁的馮翠兒也覺得好玩，笑起來。「這小丫頭還真聰明，知道纏著妳呢。」

可不是！

羅紫蘇疼孩子，看小妞兒實在不喜歡進背簍裡，只好把木盆和衣服放到背簍裡揹上，手上抱著小妞兒，拉著大妞兒和馮翠兒往回去。

「紫蘇，妳這樣寵孩子可不成。」馮翠兒搖搖頭，不過一想羅紫蘇的身分尷尬，倒也收住話不再往下說。

「閨女還是寵著好，長大了也不能讓人輕騙了去。」羅紫蘇笑著說。

事實上，她覺得要不是前身幼時生活太悲慘、太不受重視，也不可能只憑小貨郎幾句甜言蜜語，幾次關心，就被騙走了。

上一世的她，又何嘗不是呢？渣男的幾句關心、偶爾獻殷勤，她就淪陷了，為人家掏心掏肺，結果換來悲慘下場。

所以，她這輩子，一定要好好寵愛自己的閨女，至少不會輕易就被人騙走了。

「這倒也是。」馮翠兒深思著，走到羅紫蘇家的門口，與她告別。

「翠兒姊姊，等小郎的生日過後，咱一起去後山採桃花吧！」

羅紫蘇主動邀約，馮翠兒忙答應了，羅紫蘇帶著兩個閨女回了家。

沈湛沒一會兒也回來了，手上還拿著一個超大的大木盆。

「給妳！」

簡單明瞭的話，讓羅紫蘇想道謝都不知道從何說起。

不過驚喜歸驚喜，只是，這麼大的木盆，放在哪裡真是個問題。

沈湛卻沒管那些，抬著木盆直接去了西屋。

羅紫蘇臉色一變，急步過去想阻止，卻在看到徹底不同的西屋時呆住了。

原本西屋的樣子，一直都是女主人離開時的樣子，讓羅紫蘇心裡說不出的不舒服。

在她心裡，總覺得那屋子一直維持原樣，似乎是沈湛在等著對方歸來一樣，即使那個人已經死了。

而現在西屋裡窗明炕淨，之前鋪的被褥都疊好放在一邊，用個大包袱皮包裹著，另外還有兩個大包，沈湛拿起來，轉頭放到兩個木櫃其中一個裡面，這才轉過頭。

「妳往後就在這屋洗澡吧。」

看羅紫蘇怔怔地看著他，沈湛低頭沈默了一下。

「那櫃子不用了，還有炕褥和衣服都放那裡。以後大妞兒她們喜歡，就留著；不喜歡，就丟了。」

羅紫蘇這下明白了，那櫃子和炕褥都是沈湛前妻的陪嫁。這裡的習俗，妻子的陪嫁是要給女兒的。

想通了這點，羅紫蘇突然發現，自己那麼在意的事，好像笑話一樣。沈湛是想把那些東西留給大妞兒她們，才放在那裡不動麼？

羅紫蘇的臉一下子脹紅了，沈湛看了一怔，白皙透亮的皮膚，一下子暈出了粉嫩的顏色，他的心不由得一動。

著魔似的，沈湛忍不住大跨一步，在羅紫蘇還沒回過神來的時候，輕輕的，對著粉嫩嫩的紅唇，親了一口。

柔軟得不可思議，讓沈湛的心似乎一下子跳到了咽喉一般，那種悸動感他從未有過，讓他再也忍耐不住地伸出手，緊緊地把面前這個讓他心動的人摟在懷裡。

似乎用盡了力氣，以恨不得揉碎了一般的力道，禁錮在懷中。

第十章

「娘，您快回來！」

伴著大妞兒喊聲的，還有小妞兒的哭聲，擁抱著的兩個人一下子分開，之前曖昧的氣氛立即蕩然無存。

羅紫蘇快步跑回屋去看小妞兒，沈湛悶頭開始收拾著木盆，把屋裡清理得乾乾淨淨。房間裡的窗子本來因久無人住都有些斑駁了，現在沈湛乾脆找了塊薄棉布，封得嚴嚴實實。

沈湛在那邊悶不吭聲地幹著活，發洩著身體裡多餘的精力；這邊羅紫蘇臉頰紅紅的，拍著哭個不停的小妞兒，心裡也慌慌的。

她也不知道這是怎麼了。

上一世嫁過人的她，居然只因為一個輕輕的吻和擁抱就心慌意亂了？不就是搭伙過日子嗎？

小妞兒哭了一會，這才停下哽咽，一雙黑亮的大眼睛閃亮地看著羅紫蘇，「嗯嗯啊啊」地開始自言自語。

羅紫蘇把小妞兒放回炕上，把上次買的細棉布拿了出來。

她按著記憶裡的經驗，揣測著大妞兒需要的尺寸，小心地把布料裁開，盯著布料想了想，幾下剪刀，把小衣服和小褲子的尺寸都剪好，又裁了兩身小妞兒的衣料。

這細棉布料羅紫蘇打算都留著給家人做內衣穿了。

一旁的大妞兒呆呆地看著她，時不時低頭看看小妞兒，不吵也不打擾羅紫蘇。羅紫蘇覺得有些奇怪，抬頭看了大妞兒一眼。

「大妞兒，妳和誰玩得好？」

穿針引線，直到把布料擺好了位置開始縫，大妞兒才悶悶地回答。

「沒有誰，大家都不和我玩。」

羅紫蘇微怔，不過一想也是，當初在孤兒院時，外面的孩子也不和院裡的孩子們玩的，更別說出去都會被其他孩子笑沒有父母。大妞兒親娘去世，估計出去也一定是如此被人笑。不過，一個玩得好的都沒有？未免有些誇張了。

看大妞兒低頭不吭聲地用小手抓著衣角，羅紫蘇嘆口氣，乾脆把手上的活停了，把線咬斷，拿起一旁剪下的碎布，細細看了看，又剪又拼，重新縫起來。

大妞兒看到羅紫蘇的動作，有些好奇，羅紫蘇縫了個布袋子，留了個口子，去了灶房裝了小半袋綠豆，封了口。

「大妞兒，來，娘教妳玩沙包。」

羅紫蘇實在是沒什麼經驗，她小時候的記憶，小姑娘就會玩娃娃，可是這個時候沒什麼材料，家裡這匹布她又急著給孩子縫內衣，就先做了個小沙包，等有空了，再縫個小布娃娃。

羅紫蘇帶著大妞兒，用腳一下一下地踢著布沙包，大妞兒眼睛亮起來，看著那個小沙包笑起來。

「娘，我要玩，我踢！」

羅紫蘇把沙包遞給大妞兒，指了指院子。

「去外面踢，在屋裡灰會飄起來。」

「好！」大妞兒點著頭，拿著生命裡第一個玩具跑到院子裡，開始踢起來。

羅紫蘇看大妞兒不再蔫蔫的，想著這孩子的玩具也是個問題啊！不能讓孩子天天在家裡傻傻地待著，好孩子也呆木了。

看大妞兒自得其樂，羅紫蘇開始縫衣服，想讓小妞兒穿著舒服些。

沈湛從西屋裡出來，看了看在院子裡努力踢沙包的大妞兒，去了外面。不一會兒，弄了些泥回來，與草木根混了，到西屋把牆上的縫隙補上。

一時間，小巧的院子裡，時光似靜止了一般，只有大妞兒踢著沙袋的歡笑聲。

「娘、娘！」

大妞兒努力了好半天，只是她人小腳也小，踢不準，踢了一下就接不上了。半天了，最好的記錄是踢了兩個，還摔了一跤作為代價。

「娘您踢，我踢不到！」大妞兒拿著小沙包跑回屋子，嘟起嘴不自覺地開始撒起嬌來。

「踢不到？」羅紫蘇笑著問。

「嗯嗯，踢不到！」大妞兒連忙點頭。

羅紫蘇笑起來，轉頭看了眼布料，想了想去灶房找了一截細麻繩，打個了圈結，一邊繫在口袋上縫牢固，另一邊用碎布細細的包上，用針線固定好。

「來，拿著這個再踢，就能踢到了！」

拎著繫在另一端的小沙袋，羅紫蘇給大妞兒做了示範。這次太簡單了，大妞兒頭點得小辮子翻飛，拿過用棉布纏得結實又不磨手的麻繩，拎著小沙袋去院子裡接著踢去了。

羅紫蘇鬆了口氣，轉頭又開始縫起來。

手上的活越來越嫻熟，縫的針腳也越來越密、越來越快，一會兒，小妞兒的一套衣服已經縫好了。

羅紫蘇把小妞兒的衣服疊好放到箱子裡，又拿起大妞兒的衣服開始縫，縫到一半，看看天色，羅紫蘇站起來去灶房做飯。

這邊，踢沙包踢得滿頭大汗的大妞兒歪頭看著羅紫蘇做飯，也不再踢了，拿著跑回屋裡放好又跑回灶房門口，繼續著她一天必做的事——看羅紫蘇做飯。

羅紫蘇看了眼大妞兒滿頭是汗的小模樣，用另一邊的灶燒水，取了筷子，挖了一小團麥芽糖給大妞兒吃。

大妞兒一邊舔著麥芽糖一邊看著羅紫蘇做飯，只覺得心裡甜滋滋的。

娘好厲害，還會做好玩兒的！

至於曾經聽過狼後娘會吃人什麼的，估計大妞兒已經全忘了。

中午羅紫蘇覺得還是吃麵方便，加點青菜和大醬便可。

和好了麵放到一旁醒著，打了三個雞蛋，混和粗麵和鹽，拌勻煎成薄一些的麵餅，一連煎了三個，放到一邊涼著。從缸裡舀出一些大醬，羅紫蘇用熱鍋化了麥芽糖，倒進大醬裡，熱油下鍋開始炒醬，炒香後放入切成段的蔥，最後起鍋。

青菜切成段用熱水燙了，雞蛋餅切成條狀，小心放木盆裡裝好，都擱到一側待用。

等麵醒好了，擀成薄片切出麵條來，她刻意切得稍寬了一點，只有一小部分切得細細的，是特意準備給大妞兒和小妞兒吃的。

熱水煮了三開，麵條起鍋，大人們吃的都用涼水過了，小朋友們的是用溫水過了。擺好了青菜和蛋餅條，淋上濃濃的醬汁，小妞兒的羅紫蘇特別煮得爛爛的，放上青菜雞蛋一起煮在裡面，都是軟爛好咬的，撒一點點的鹽來調調味就成了。

沈湛那邊已經把家裡三個屋子裡的牆隙補好了，洗了手，就過來幫著羅紫蘇端麵條。

羅紫蘇一看到沈湛，就情不自禁地低頭，而沈湛看著自家娘子嘴角一抿。

其實他是在笑，不過因為太久不笑了，面部有些扭曲，實在看不太出來。

一家人坐到桌子邊，小妞兒原本已經睡著了，可是被羅紫蘇殘忍地叫醒，餵飯吃。

有起床氣的小團子很不開心，嘟著小嘴兒淚汪汪的，不過，在吃到麵條後，小吃貨明顯地開心了，眼睛也不水汪汪了，小手開始揮擺著、拍著，看到羅紫蘇把麵遞過來，小嘴裡的麵條明明還沒嚥下去，就像待哺的小鳥崽子一樣嘴張得大大的，可愛得不得了。

羅紫蘇只餵了三口，就被吃飯速度驚人的沈湛把小妞兒搶了去，羅紫蘇抬眼一看，一大海碗的麵條，吃得乾乾淨淨。

「相公，你吃飽了嗎？要不要再盛些，灶房裡還有。」

「等會兒，我餵她，妳先吃！」

沈湛用下頷指指桌子，一手抱著不斷亂動的小團子，一隻手用筷子小心地夾著軟爛的麵條餵給她，手上動作穩穩的。

羅紫蘇點了點頭，應了一聲也開始吃麵，一邊顧著大妞兒。大妞兒吃得開心，整張小臉都快埋到碗裡去了。

鹹甜的醬汁，青脆的青菜伴著軟嫩嫩的蛋餅，麵條煮得軟軟的，被醬汁包裹著，咬一口香香的，大妞兒吃得很是開心。

一小碗麵條拌著青菜、蛋餅，都被吃得乾乾淨淨。羅紫蘇吃完了麵，小妞兒也吃飽了，羅紫蘇把灶房裡剩的大半碗麵條和青菜、蛋餅端過來，沈湛消滅得乾乾淨淨。

「這個麵好吃！」

沈湛對午餐下了個完美的注解。

做飯的人最喜歡的是什麼？不就是別人如此直接的表達麼？

羅紫蘇滿意了。熱水已經燒好了，她挽起袖子，開始了新一輪的洗刷。先是給大妞兒洗了澡，這才輪到小妞兒，本來午餐後洗澡似乎不太好，可是想想現在的天氣，午後倒是一天最暖和的時候，也就顧不得了，動作輕點就是。

洗好了，把香噴噴的兩個小包子送回屋裡，沈湛起身拿起了柴刀，要去後山劈些柴回來。

傷好了，一個大男人去午睡什麼的，他可是做不到。

羅紫蘇沒阻止。男人勤快些是件好事，她要做的就是支持再支持，鼓勵再鼓勵！

沈湛走了，羅紫蘇半掩上院門，回屋裡看了看已經睡著的小包子，給兩個人正了正睡覺的姿勢，蓋好小被子，又開始了縫衣服的工程。

大妞兒個子小，衣服雖然沒小妞兒的好縫，倒也不難，沒一會兒，大妞兒的一套也縫好了。羅紫蘇卻沒繼續縫下一套，趁著小朋友睡著，她把小碎布好好地拼了拼，開始做小娃娃。

羅紫蘇打算做個手上能拿的娃娃，小巧的就行，隨時找找碎布頭，給小娃娃縫個小衣服什麼的也不難。

找出一些碎布頭備著，羅紫蘇縫起來。

布娃娃的小腦袋、小身子、四肢皆全，用小碎花給小娃娃縫了個小花布的頭巾，用黑色的線縫出眉毛、眼睛、鼻子，用紅線來當嘴唇，最後找出一塊已經不要的粗花布，比手掌都小的布料，剪了幾下縫上幾針，做了個小花裙，給小娃娃套上。

弄好了之後，羅紫蘇把小娃娃放到大妞兒的枕頭邊。

正巧院門外有聲音響起，羅紫蘇看了眼睡得沈沈的兩個孩子，這才出屋去院子裡。

沈湛扛著四捆乾柴，正往門後的棚子裡放，疊放得整齊，看到羅紫蘇出來，點了點頭。

「過幾日就是雨季，我想提前把柴砍夠了。」

「相公，你會不會做木匠活？」

羅紫蘇也是突發奇想，因為想到沈湛編的柳條筐，她忽然想到這時的男人，多少都會修修家具、做個板凳的，想來，這木工，沈湛應該是會的吧？

「會一些。」沈湛簡短地回答。

「那好，我再跟你說要做什麼。」

「嗯。」

沈湛疊好了柴，弄了盆水，站在院子裡就開始洗頭洗臉。羅紫蘇一呆，伸手到木盆裡，果然，水溫冰涼。

「停下！」羅紫蘇伸手止住沈湛把頭往木盆裡扎的動作，狠瞪了他一眼，這才進了灶房裡，端了半盆熱水出來，兌到沈湛洗頭的盆裡。

「現在又不是夏天，而且就是夏天，也不能用涼水洗頭！」

沈湛沈靜地看著羅紫蘇在嘴裡咕噥著什麼「現在不注意，老了就知道多難受」之類的嘮叨，沒有厭煩，只覺得想笑，眼睛更是亮得驚人。

有媳婦兒真是好！

把頭扎進了已經變熱的水盆裡，沈湛差點蹦起來。他忘記水是熱的了，被水溫嚇一跳！

這邊沈湛低頭開始洗頭、洗臉、洗手，那邊羅紫蘇已經想到要做什麼，轉頭進了東屋。

屋裡上次她給羅春齊用的筆墨紙硯還在，她磨好了墨開始下筆畫起來。院子裡的沈湛洗好了，用棉布擦著頭髮走進來。

「媳婦兒，畫這七巧圖做什麼？這裡畫錯了！」

沈湛歪著頭，先是看著羅紫蘇畫圖，看這圖案有些眼熟，卻又似乎不太對後，猶豫地開口。「七巧圖？你會？」

「當然！」沈湛點點頭，不解地抬眼看羅紫蘇。「這是我在書院時常和學友玩的，聽說在京內，宴會上常玩，不過妳畫這個做什麼？這個做出來很大的！」

「很大？」羅紫蘇呆滯地看著沈湛。「多大？」

「一人多高。」

羅紫蘇好想淚奔，怎麼她心裡還想著能不能靠這大賺一筆，現在倒好了，這裡不但有，而她這個廢柴甚至畫錯了！

看著沈湛拿過筆重新畫了一幅修正她的錯誤，羅紫蘇心裡更是瘋狂流淚啊！

她一個廚子，不會七巧板絕對不是罪！

這邊兩口子商量著事，完全把兩個小包子丟在腦後。

大妞兒睜開眼睛時，覺得有些渴了。

中午吃麵時醬汁很鮮甜，她就多吃了一些，現在口渴了，迷迷糊糊地睜開眼睛，周圍也沒人，她打了個小呵欠，自己爬下炕，穿上鞋子去端桌上的杯子喝水。

喝完水，她迷迷糊糊地上炕，爬到自己睡的地方，小臉一枕枕頭時，就覺得臉頰上有什麼東西。

大妞兒瞇了瞇眼，揉了揉，看到有個什麼似乎在她小臉下面。

伸手一把拿起來，大妞兒猛的瞪大了眼睛。

這是什麼？一個小娃娃！

第二天沈湛出門時，天色一片灰黑，正是黎明之前。

屋裡屋外都沒什麼光亮，唯有東方一顆孤獨的星，幽幽清冷地掛在天際。

沈湛在透著一片模糊的光線中穿好了衣服，洗漱後回屋裡綁好腿帶，低頭看了看，大妞兒與小妞兒睡得正香，大妞兒手裡還抱著那個昨天興奮得玩了好半天的小娃娃。

另一邊，羅紫蘇也沈沈地睡著，雙手攏著被角摟在懷裡，看不太清楚她的臉，因為有一大半被被子遮住。

沈湛伸出手把羅紫蘇懷裡的被子往下輕輕拽了拽，終於露出那張清麗漂亮的臉。

羅紫蘇微微皺眉，抗議一樣的把被角更用力的抓在手裡，在這一瞬間，沈湛眼裡情不自禁地帶上了幾許寵溺。

正是這個媳婦兒的到來，讓他覺得，也許他可以不用自己一個人孤單地過一生。

天色微微泛亮，沈湛看了看天色估算時間，幫著兩個孩子蓋好被子，這才出了屋子，去灶房拿了羅紫蘇提前溫在灶眼裡的饅頭、鹹菜，還有一罐水。

這些都是羅紫蘇昨天晚上和他說過的，告訴他一定要帶上水，不要喝山裡的水，即使想喝也要燒開了才行，嘀嘀咕咕的一大堆，有些囉嗦，不過卻讓他覺得很溫暖。

拿好東西放進竹筐裡，又拿了一捆粗麻繩。今天要弄回來的東西不少，他得多備些工具。

院門輕巧地打開又關上，沈湛動作極輕，讓人根本聽不到太大的聲音。不過，羅紫蘇還是醒了。

在院門輕掩上後，像是感覺到了什麼，羅紫蘇有些迷糊地抬頭看了看窗外。隔著窗紙，看不到什麼，灰濛濛的一片，她還是感覺到沈湛離開了。

從炕上起來，羅紫蘇隨手抓過外衣披上，出房門看院子裡一片寂靜，她走到院門處，把門打開往外瞧，灰濛濛的路上沈湛已走得看不到人影。

反手閂上門，羅紫蘇揉揉眼睛回了房，喝了口水又躺下沈沈睡了。

天色已經亮了，明媚的陽光透過窗子籠罩在炕上，羅紫蘇醒過來，起身做飯燒水，開始一天忙碌的節奏。

後院的衣服已經乾了，羅紫蘇收下來一一疊好，把大妞兒、小妞兒要換的衣服挑出來，放到炕上用被褥壓好，這才轉頭繼續收拾灶房、屋子。

灶房裡的糧食都一一檢視，重新擺放，在空間裡摘了一些青菜，接著去後院，用空間的水澆了澆後院的地。

拿出一部分空間裡的麥子，想試試看是否能長得更好？若是能種出高產的小麥就好了。

院中的老桃樹綠芽越來越多，抽出的綠葉嫩得喜人，羅紫蘇一邊用空間的水澆著樹，一邊查看，門板卻在這時被人狠狠地一把推開，李氏正站在門口，惡狠狠地瞪著她。

「老二家的，妳個敗家娘們，難怪妳以前的婆家不說妳的好。妳說說，妳以為妳是什麼人家的千金？不過是個村婦，還要什麼浴盆？怎麼，天天洗得白淨兒地勾漢子是不？」

李氏的聲音極大，門外幾個經過的村民聽了不由得歪頭看過來，一看是村裡比較有名的李氏，連忙快步往地裡去了。

開玩笑，這沈李氏可是出了名的厲害婆娘，遇到她發威，嘴笨的漢子還不得繞著走？

「娘，您這是什麼意思？」羅紫蘇冷笑。

「一大早上的站在我院門外罵街是什麼意思？我敗不敗家又怎麼了？我敗也敗的自己家，這是我和二郎的家，您是不是忘記我們已經分家了？掙不掙錢、錢又怎麼花都是我們自己的事，輪不到您操心！」

「妳放屁！」李氏悍然一指，一臉的理所當然。「你們就是分出去了，也是我們沈家的子孫，妳還能不孝爹娘？好妳個潑婦，居然敢和我頂嘴，等二郎回來，我倒要好好說教一番。」

「隨妳！」

羅紫蘇才不怕這個，要是沈湛真因為這事和她吵架，大不了鬧翻，這種受氣的日子她上輩子，羅紫蘇的上輩子，都過夠了！

「還有，二郎一大早上帶著三郎去哪裡了？是不是上山打獵去了？我告訴你們，他若是腿好了，以後可是要給我們養老銀子的，白養他這麼大可不成！」

「娘，這事都得和相公商量才行，您還是等他回來吧！」羅紫蘇冷笑著回道。

「娘，您快回來，公公喊您呢！」周氏急步走出院門就看到了李氏，連忙喊了一聲，李氏冷哼一聲，瞪了羅紫蘇一眼，轉頭回去了。

簡直是莫名其妙！

羅紫蘇不耐煩，一旁經過的村人不少，更有幾個是故意來回幾次，就是為了聽個清楚，對於對方的這種行為，羅紫蘇也是很無語。

羅紫蘇把李氏來找碴的事拋在腦後，熬了粥，又蒸了兩鍋菜包子，準備好小鹹菜就等著兩個小包子起來吃飯。

沈湛顯然是在山上耽擱了，直到吃午飯時也不見回來，想到沈湛說過，午飯若不回來，大概就會午後才回來了。羅紫蘇餵好兩個小包子吃飯，又哄著她們午睡，這才燒了熱水，刷了浴桶，弄好熱水鎖了院門，去了西屋洗澡。

羅紫蘇泡澡之前先洗了頭，不過，這裡只能用皂角樹出的皂角，出的泡泡不多，用著好不習慣。倒也是有賣花皂的，不過一般都是大戶人家用，這農村裡哪裡那麼多講究。

下次一定要去鎮上買塊花皂來用。羅紫蘇一邊沖洗頭髮一邊想，洗去頭髮上的泡泡，羅紫蘇才泡進水裡。

泡到熱水裡時，羅紫蘇舒服地嘆了一口氣！多久了？好像自穿越後再沒有這樣安心地泡過澡，現在，放鬆地泡在浴桶裡，周身的疲累似乎都快消失了一樣。

洗得差不多了，羅紫蘇想出來時，就聽到院門被拍響的聲音。

匆匆穿上衣服，羅紫蘇一邊用帕子去裹濕漉漉的頭髮，一邊問是誰？

「是我！」沈湛沈著的聲音在門外響起。

「相公，你一個人？」羅紫蘇猶豫地問。

「是。」

聽到沈湛簡短的回答，羅紫蘇鬆了一口氣，伸手打開院門，然後匆匆回了西屋裡。

扛著一堆東西的沈湛只來得及看到被水濡濕了後背的窈窕身影，匆匆躲回西屋的動作。忍不住地，沈湛嚥了口口水。

羅紫蘇匆匆回西屋裡去，拿了布巾擦頭髮，剛擦了半乾，就聽到有人進來的腳步聲，她回頭一看，沈湛正猶豫地看向她。

「我、我幫妳倒水。」

沈湛難得的結巴，臉頰脹得通紅，雖然面色古銅，卻還是看得出來。羅紫蘇心中本是一片坦蕩，結果硬是被他的眼神看得一陣莫名心虛。

「喔，好。」

羅紫蘇點頭，看著沈湛大步過來，搬起裝水的木盆就出去，她因為搬不動得用小木桶分次運水，但沈湛做起來流暢自然。

沈湛幫著羅紫蘇處理了水，羅紫蘇頭髮也擦得差不多了，隨手編了辮子，這才去了灶房。

灶房的一角堆著兩個竹筐，似乎是沈湛打回來的獵物，一個竹筐裡還窸窣有聲，羅紫蘇嚇了一跳。

「這是什麼啊？還活著呢。」羅紫蘇看到沈湛走進來問。

「這是大妞兒要的兔子。」沈湛拿開蓋在筐上的青草，下面是一窩毛茸茸的兔崽。

「啊，這麼小？」羅紫蘇看到灰撲撲的毛團子堆在一起，抖抖索索地看著自己，忍不住笑起來。

「嗯。」沈湛點點頭，伸手拿起了柴刀，打了聲招呼。「我去山上採竹。」

羅紫蘇點頭應了，沈湛又深深地看了羅紫蘇一眼才走。
看沈湛走了，羅紫蘇查看另一個竹筐，拿開蓋在上頭的青草，裡面的獵物都已經剝皮剖腹，收拾乾淨了。
兩隻野雞、四隻野兔，還有半隻小野豬。
這麼多肉，羅紫蘇想了想，分別拿出一半來，用鹽抹了，掛到半空中的竹籃子裡，其他的都用刀切成小塊，打算煮熟了儲藏。
正在揮汗如雨地幹活，那邊大妞兒已經下了炕，跑來找她了。「娘，妹妹醒了！」手上抱著小娃娃，大妞兒睡得臉頰紅通通的。
「好，娘馬上過去，大妞兒先幫娘看著妹妹，別摔下來。」
羅紫蘇連忙把手裡的活放一邊，洗手去準備抱小包子了。
大妞兒快步跑回屋子，小妞兒還在迷糊，沒有爬起來，而是翻了個身，趴在被褥間用小手揉眼睛。
「啊啊啊。」
看到了大妞兒懷裡的小娃娃，小妞兒眼睛瞇了瞇，用小胳膊支起半邊身子伸手去抓。
「妹妹乖。」大妞兒很大方，二話不說就貢獻出小娃娃遞給小妞兒。
小妞兒半爬著坐起來，拿過小娃娃，先是歪頭瞅了瞅正脫鞋上炕的姊姊，再看看左手抓著的小娃娃，動作十分迅速地張嘴對著小娃娃的腦袋就咬下去。

「妹妹，不能吃！」

大妞兒鞋脫了一半，就發現了小妞兒的動作，伸手想阻止，誰料小妞兒不管三七二十一地繼續張口咬，登時，抓著小娃娃的大妞兒的手慘遭狼吻。

「哇！」

大妞兒哭起來，小妞兒嚇了一跳，張嘴呆呆地看著大妞兒，雙手還維持著抓著小娃娃的動作，一時不知道在想什麼，只是怔怔地發呆。

「怎麼了？」

羅紫蘇聽到孩子哭了，也顧不上擦手，連忙跑進房裡，看到大妞兒手上的牙齒印不由得好氣又好笑。

伸手先把還發怔的小妞兒抱起來，拿過小妞兒手裡的小娃娃給了大妞兒。

「好了，沒事。乖，不哭！來，娘給妳吹吹就好了。」

羅紫蘇抓著大妞兒的手吹了吹，小妞兒看到羅紫蘇的動作，也上前抓著大妞兒的手往嘴裡放，估計是想著娘吃完了該她吃了……

羅紫蘇滿臉黑線地搶救回了大妞兒的手，大妞兒卻已經怒了。「妹妹壞！」

身為妹控的大妞兒第一次覺得妹妹不可愛，居然一直要咬她。

「妹妹餓了，不知道姊姊的手不能吃。」

羅紫蘇連忙哄著，又安撫地順了順大妞兒的毛。小妞兒皺著眉頭，她有些懂話，又不太明白什麼意思，不過臉色還是會看的，看大妞兒一臉不高興地瞪她，她也不開心了，轉頭憤憤地把小腦袋扎到羅紫蘇的懷裡。

「好了，大妞兒，不生氣了。乖啊，去洗洗手，下來玩會兒，一會兒娘給妳做肉肉吃。」

聽到有肉吃的大妞兒心情好了些，點了點頭，她又看了看小妞兒，小妞兒完全用小屁股對著姊姊，看都不肯看姊姊一眼了。

「哼。」

大妞兒憤憤地哼了一聲，揚著臉轉過去，羅紫蘇似乎看到了縮小版的沈湛高冷的模樣。所以小孩子啊，言傳身教，她一定要警告沈湛不要再有那種姿態了！

晚餐，沈家人算是大吃了一頓——紅燒雞肉、馬鈴薯燉兔肉、青菜小炒，都很得大家喜歡。小妞兒也美美地吃到了羅紫蘇把馬鈴薯搗成泥拌在粥裡，味道鮮香，小肚子圓滾滾。

吃過飯，晚上姊妹兩個完全和好了，之前的吵架生氣不見蹤跡。

洗漱完躺下睡覺時，沈湛一如既往的，把羅紫蘇拎到自己這邊的被窩裡。羅紫蘇覺得人的慣性挺可怕的，明明之前還不好意思，現在居然有些習慣了在對方體溫略高的懷抱入眠。

「今天除了往家裡拿的那些，還有五隻野兔和五隻野雞，我讓原子拿到他那邊去了。他下午去鎮上賣掉，明天就能把銀錢拿回來了。」

羅紫蘇聽了嚇一跳。「怎麼獵了這麼多？」

「是啊，現在正是獵物活動的時候，所以比較多一些。過些日子就不能打獵了，正是野獸懷崽子的時候。」

羅紫蘇聽了耳朵一熱，不過心裡想著的卻是另外的事情。

「我看你今天下午砍了好多竹子回來。」

「嗯，用竹子圍個窩養兔子。」

沈湛說著把柔軟的媳婦兒又往懷裡攏了攏，羅紫蘇覺得對方的手像鉗子，她都快喘不過氣來了。

「你太用力了！」

羅紫蘇抗議地說，伸手抓著沈湛的手掌，卻發現對方的體溫高得驚人。

「喂！」

還沒等羅紫蘇再說下一句，沈湛整個人都貼了過來，火熱的唇壓過來，讓她連下一句要說什麼都完全記不起來。

這一步她早知道要經歷的，只是沒想到會是這個時候。身邊還有兩個小傢伙，雖然睡得香，可是她卻緊張得不行，生怕發出什麼聲音被聽見了。

沈湛卻是完全毫無顧忌的樣子，手掌上下撫過，動作放肆又沈著，羅紫蘇上輩子有過經驗，可是卻還是全身發麻，慌亂得不知所措。

兩個戰鬥力完全不同的人，結果當然是以羅紫蘇完敗告終。到最後，羅紫蘇都不知道自己是什麼時候睡著的，只知道在閉上眼睛之前，對方的動作都沒停過。

這人到底是憋了多久啊！

第二天早上，原本要早起的羅紫蘇晚起了好多，天都泛光了，她睜開痠澀的眼看了半晌，這才想起自己還要去馮翠兒家幫忙的。

羅紫蘇連忙掙扎起身，穿好了衣服。身上十分清爽，想來是沈湛幫著擦洗過了，羅紫蘇鬆了一口氣，臉紅心跳之餘倒也安下了心。

是啊，既然已經決定好好過日子了，這事也是順理成章的。咳，她不是想要孩子麼？就沈湛這能力，十個、八個估計都沒問題……

快速地洗漱好，羅紫蘇兌好水，準備幫還在睡的大妞兒和小妞兒洗臉、洗小手。大妞兒醒過來了，小妞兒還是半夢半醒的。

「娘？」大妞兒揉著眼睛坐起來。

「乖，大妞兒起來吧！今天娘帶妳們兩個去翠兒嬸嬸家，快穿衣服。」

羅紫蘇的話讓還在迷糊的大妞兒一下子清醒過來。昨晚羅紫蘇就和她說了，要帶著她和妹妹出去玩的，她連忙穿好衣服，又穿上新繡花鞋，整個人開始興奮得不行。

小妞兒也被羅紫蘇穿好小衣服、小褲子，用小被子包上。羅紫蘇又給大妞兒梳上小辮子，這才哄著大妞兒喝了些水，吃了半個糖饅頭。

小妞兒半夢半醒地被羅紫蘇餵了半碗粥，就直接睡著不肯再吃了。羅紫蘇自己隨便吃了點兒，就抱著小妞兒，拎著籃子，讓大妞兒拽著她的衣服，一家三口出門去了。

第十一章

馮翠兒的家離羅紫蘇家並不太遠，往前走一段在岔口處右轉，再走一會兒就到了。

馬家門半掩著，裡面時不時有婦人笑聲傳出來。

「翠兒姊姊，我來啦！」

羅紫蘇站在門外喊了一聲，馮翠兒正在院子裡洗菜，聽到聲音連忙走過來。

「紫蘇妳來啦！」馮翠兒笑盈盈的。「大妞兒來啦！喲，小妞兒睡得這麼香！」

「嬸子。」大妞兒不用羅紫蘇再教，直接喊出來。

「大妞兒真乖。」馮翠兒笑著拉過羅紫蘇，羅紫蘇把手上的籃子遞給她。

「小小心意，今天是小郎的好日子，就添個菜吧！」

馮翠兒也不客套，接過籃子道謝，拉著羅紫蘇去屋裡見她婆婆。

馬嬸子正在炕邊縫著衣裳看著孫子和孫女，羅紫蘇進屋裡後問了好，馬嬸子打量了羅紫蘇幾眼，圓臉上表情倒是放鬆了一些。

「大妞兒，喊婆婆好。」

「婆婆好！」

大妞兒一邊揉著眼睛一邊問好。

「好好好！」馬嬸子笑著點點頭，看著大妞兒笑。「快上炕來，睡會兒吧，天還早呢。妳長個子嘍！」

大妞兒迷迷糊糊地憨笑，馮翠兒早接過羅紫蘇懷裡的小妞兒放到炕上，小妞兒睡得很沈，完全沒醒。

大妞兒看到妹妹被放到一邊連忙跟過去，脫了鞋子上炕，躺到妹妹身邊，張著小手護著妹妹，幾乎立即就睡著了。

「麻煩嬸子幫著看她們了，每天都是晚一些才起的，小孩子戀睡。」

羅紫蘇對著馬嬸子點點頭，隨即轉頭看馮翠兒。「走吧，我幫妳幹活去。」

「就等妳呢，快來幫我看看怎麼弄？我看著菜就有些扎手呢，想做些新鮮的吃食，不知道做什麼？」

馮翠兒拉著羅紫蘇，兩人去了灶房。

灶房外有兩個中年嬤嬤正在幫忙，和馮翠兒打了招呼，好奇的眼神看看羅紫蘇，馮翠兒介紹了下，那兩位一個是馬嬸子的妹子，一個是馬嬸子的嫂子，平常倒也還算是有來往，兩人都住在鄰近的村子裡。

羅紫蘇喊了嬸子後就轉頭跟著馮翠兒進了灶房。灶房裡還有個二十多歲的媳婦兒正在淘米，看到兩人進來，對馮翠兒點點頭。

「紫蘇，這是我娘家嫂子。」

馮翠兒唇角笑容淡了，不過倒也沒有變臉，羅紫蘇點點頭，喊了聲嫂子。

「我知道，這位就是沈家二郎的媳婦吧？看看這長得真俊啊！」

那位嫂子是個自來熟，上前拉著羅紫蘇就一頓誇，讓羅紫蘇聽得都臉紅，深深懷疑對方說的是自己嗎？

這張臉倒是長得比自己上輩子好看得多，可惜之前在林家一年，被折磨得消瘦又憔悴，整個人瘦得像鬼。如今雖然臉色好很多，可是要說多美她也不覺得，還要再好好休養呢。

馮翠兒神色冷淡，看到羅紫蘇被自家嫂子抓著不放，上前平靜地說道：「嫂子，時候不早了，妳幫我把飯先蒸上，多用點精米，摻上些粗米，別太多，今天難得好日子，我婆婆不讓太省著呢。」

「啊？」馮翠兒的娘家嫂子臉色不太好。「多放精米？翠兒，不是嫂子說妳，這女人居家過日子的，可得要算計著來，這今天來的人總是不少的，妳這米……」

「嫂子，我婆婆說的，我怎麼好駁回去？妳還是快著些吧。」

馮翠兒的娘家嫂子臉色不太好，哼了一聲扭身去淘米，馮翠兒嘆了口氣，轉頭看羅紫蘇，有些不好意思地笑了笑。

「紫蘇，妳快來看看這菜和肉。」

青菜、白菜、馬鈴薯、蘿蔔，都是農家常見的菜，只是這青黃不接的，所以青菜也就吃個鮮嫩，量沒多少。想到自己空間裡那翠油油的青菜，羅紫蘇有些汗了。

這，她天天炒青菜，怎麼沈湛沒懷疑啊？

也不知道是從什麼時候開始的，她有事情，居然會開始去看沈湛是什麼態度，時不時地會想著她的作為沈湛是怎麼想的？上輩子的單打獨鬥，似乎離她已經越來越遠了。

「還有這肉，我婆婆特別找了屠戶大叔，買了五花三層的。」

這時的人，自是喜歡吃肥肉的，羅紫蘇看了看，肉很多，足夠用了。

「翠兒姊，一共來多少人啊？咱掂量著做多少菜？」

「妳看到了，女客就這幾位。」馮翠兒嘆口氣。

「我公公本還有個親兄弟的，可是叔公與我公公當初因分家鬧紅了臉，我那叔公夫妻兩個和兒子搬去鎮上住了，不會來的。我相公本有個大姑子，遠嫁多年沒有音信。其他客人我公公就請了里正與沈原兄弟，別人都沒請，里正家的嬸子晚些就過來，槐娘回了娘家還沒回來。」

那還真是少啊！

不過人少也要擺兩桌的，女人一桌，男人一桌，這是村裡的規矩。

羅紫蘇心裡盤算了一下。「那就做上六個菜！」

馮翠兒點點頭。

「哎呀，翠兒姊，我看看這調料！」羅紫蘇忽然想起了最重要的一環，連忙和馮翠兒說。

「啊？」馮翠兒一怔，她們家裡的調料十分簡單。

羅紫蘇看著面前的鹽、醋，還有大醬就呆住了。這也太少了啊？

「怎麼了？紫蘇妹子妳家裡還有別的？」

羅紫蘇在記憶裡想了想，前身的記憶告訴她，似乎一般農家中的調料都是這樣的，那她家那些調料和這相比簡直太齊全啊！

羅紫蘇一下子定了定神，這才對著馮翠兒露出笑容。

「翠兒姊姊，沒事！那我就動手啦，做的味道若是不好妳可別怪我啊！」

「怎麼會！」馮翠兒搖搖頭爽朗地笑著說。

羅紫蘇點頭，先去洗手，用皂莢搓出沫來，這才沖乾淨。

馮翠兒心裡嘀咕妹子還真講究，倒是沒說出來，這吃的東西做得乾淨些也是好的！

羅紫蘇定好了心神，就開始動手了。先切下一塊肥瘦相間的肉，用刀細細剁成了肉泥，又把蔥薑也是剁成茸，混到一處。想到一事，她轉頭喊了馮翠兒。

「翠兒姊，家中是不是有打酒？若是有酒，給我倒一些，一碗底就夠。」

馮翠兒連連點頭。這日子哪裡能不備酒的？她家公公早就打回來的，雖然不是什麼好酒，但也有一壺呢。

倒了一小碗出來送到廚房，馮翠兒乾脆不走了，一邊給羅紫蘇打下手，一邊看著羅紫蘇做。

羅紫蘇把酒少量倒了一點點混在肉餡中，混了麵粉和油，用手細細抓勻了，起鍋放少量油。這邊又把白菜撕成小塊，蔥段爆香，等白菜炒出水，又加了一點點水，這才放些大醬，把肉餡抓出肉丸，一個個丟進鍋裡，很快的，胖胖圓圓的肉丸就浮起來。

肉丸都飄起後，鍋裡的湯汁也就不多了。羅紫蘇又把一旁的馬鈴薯切成薄片，丟到鍋裡，水開後滾一會兒，稍放些鹽，撒了蔥花，這才讓馮翠兒盛到一旁的小盆裡，蓋起來放到一邊的灶眼裡保溫。

馮翠兒看著羅紫蘇俐落的動作，鼻端嗅到的是菜餚的香氣，她心裡倒是很驚訝，羅紫蘇做的菜，大多她都沒看過。農家人做菜，向來都是隨便炒炒燉燉，熟了就是，像羅紫蘇這般換著花樣來炒燉的，倒是少見。

家家媳婦們也都會上那麼一、兩道拿手菜餚，可也只是做得可口罷了，哪裡像羅紫蘇這般，一道一道沒個重樣的？

羅紫蘇很快做出兩素四葷的菜來，等忙完了，天光大亮，已經快到午時。

馮翠兒一邊幫著羅紫蘇打下手，時不時還要去屋裡看看孩子們醒了沒。大妞兒早醒了，跑到廚房這邊想看羅紫蘇做菜，被馮翠兒送去屋裡和小郎玩去了。

兩個粉團子小妞兒和春兒則互看著，妳爬兩步我爬兩步的，都是一歲，誰也別嫌棄誰。

飯菜做好，香氣飄溢，眾婦人也忙得差不多，里正家的嬸子過來時，一屋子女人們正在七嘴八舌地說著羅紫蘇的好廚藝，羅紫蘇則到後院裡和馮翠兒去看桃花去了。

馬家的後院種了三棵桃樹，現在正當花季，一片粉紅十分漂亮。

「娘！」

羅紫蘇和馮翠兒剛站到桃樹下看花，就聽到大妞兒的聲音。

小姑娘一臉急切，小辮子散了一個，另一個也鬆了一半，那表情別提多委屈了，嘟著嘴看到羅紫蘇就衝過去，抱著羅紫蘇的大腿就告狀。

「娘！」

「大妞兒怎麼了？辮子都跑散了？」

羅紫蘇逗著大妞兒說道，她早看到小郎跌跌撞撞地在後邊追過來，看到大妞兒抱著她的腿，一臉著急地跑過來。

「妞！」

大妞兒直接跑到羅紫蘇身後抱著她的腿，把臉埋在羅紫蘇身上不肯露出來。

「小郎！」

馮翠兒氣得伸手拍了小郎一巴掌，把小郎身上紅紅的衣服硬是拍得抖了抖。

「你是不是拽大妞兒的辮子了？告訴你了不許拽頭髮。」

小郎含著手指歪頭看了看自家娘親，對於那一巴掌就像打的不是他似的，不痛、不癢、不吭聲。

馮翠兒登時頭疼不已。這孩子之前就喜歡拉人頭髮，不管是她還是她婆婆都被拽過，她說了幾次，卻被婆婆教訓，婆婆慣著孫子她又不好管。

結果現在的小郎，對他吼、對他打，只要沒打得疼到哭的地步，他都沒感覺。

「對不起啊！」馮翠兒不好意思的對著羅紫蘇笑了笑，低頭去哄大妞兒，大妞兒搖頭，仍是不肯出來。

「好了，沒事兒。」羅紫蘇笑了，擺擺手，伸手把大妞兒抱起來摟到懷裡。

「大妞兒，娘給妳重新梳辮子就好了，怎麼不理人了？」大妞兒看著羅紫蘇，點了點頭，不過還是不肯說話。

羅紫蘇沒法，只好先帶著大妞兒跟著馮翠兒抱著小郎去西屋，進了馮翠兒的房間。

大妞兒頭上的頭繩不知哪裡去了，只剩下一根，馮翠兒找了個頭繩要給大妞兒。

「娘給我買的頭繩！」

大妞兒看到馮翠兒找出來的頭繩不是自己喜歡的粉色，嘟著嘴，眼淚汪汪的，終於開口說了一句話。

「沒事兒，小郎不是故意的，娘以後還給我們大妞兒買，不要氣了啊！」

羅紫蘇哄著，她最不擅長調停小朋友的爭吵了，從前在孤兒院裡是這樣，現在也是，一看孩子們吵鬧，她就愁了。

「阿郎媳婦，洗生姥姥來了！」

馬嬸子一聲呼喊，馮翠兒連忙應了一聲，又說了小郎幾句，抱著小郎和羅紫蘇說了一聲，先出去了。

羅紫蘇也加快速度，把大妞兒的辮子編好，這才帶著大妞兒去了堂屋裡。

「嬸子，小妞兒我來抱吧！」

看馬嬸子的妹妹王氏懷裡抱著她家小妞兒，羅紫蘇連忙上前打聲招呼，把小妞兒抱回來。王氏看了看小妞兒，又看了看羅紫蘇，抿唇一笑。

「這小丫頭倒是不怕生，還愛笑，招人稀罕呢。」

「是啊，她不愛哭鬧，很聽話！」

羅紫蘇贊同地說，抱著小妞兒帶著大妞兒就往堂屋裡走，小妞兒睡醒了後很精神，伸手緊抓著羅紫蘇肩膀上的衣服，歪著小腦袋，看著大妞兒笑嘻嘻的。

洗生姥姥就是當初給馮翠兒接生小郎的接生婆，洗二、三周歲洗生，都是她來做。

只看那位李婆子伸手接過已經穿得一身紅通通的小郎，抱著小郎開始嘴裡念著什麼，一邊念，一邊用一枝楊樹枝逗著小郎。

小郎伸手去拽楊樹枝，拽三次拿到了手裡，李婆子又拿出一根柳樹枝，小郎又拽了三次，這次又拿到了。小郎不太明白地看著手上的兩根樹枝，想了想沒丟掉，全部抱在懷裡。

「楊柳新枝忙，小郎好事忙，今天過三歲，明天過百歲，人人喜登枝，小郎喜登科。」

那李婆子一邊念一邊拿出一束綁在一起的楊柳枝，沾了一旁盆裡灑了五色豆子的水，抖向小郎，水滴估計挺涼的，小郎不高興地抬眼看李婆子，伸手對著李婆子就是一下。

羅紫蘇差點笑場，只能強忍著，李婆子被小郎這一下子打得有些發怔。要知道，給這麼多小郎、小娘子洗三、洗生這麼多年，哪裡遇到過這樣膽大的，大多都是怎麼擺弄怎麼是，要麼哭幾聲，伸手打她這是第一人啊！

「這小子好，膽子大！」

李婆子驚愕之後倒也不生氣，笑吟吟地誇了兩句，這才又接著說起吉祥話，最後把水盆裡的五色豆撿出來，在小郎的頭上左三轉右三轉，讓馮翠兒快拿去丟到路口。

「好了，小郎洗生過，一生無念疾，長了長了，沒誰惦記呢！」

李婆子伸手在小郎的額頭上撫了撫，小郎早不耐煩，扭身去找他奶奶去。馬孀子把小郎接過來，把紅包和一串正三枚、反三枚綁在一起的銅錢給了李婆子。

「大妹子，快坐下，一起吃飯。」

「好好好，馬姊姊放心吧，這銅錢我明天一早就送去廟上。」

馬孀子一聽高興地點了點頭。那綁在一起的銅錢要送去廟裡才行，這是規矩，一般都是當爹的送去的，可是她家阿郎去得早，就只能請洗生姥姥送，李婆子願跑這一趟自是再好不過。

眾人收了收擺放的香火紙燭，馮翠兒與她娘家嫂子去端飯擺菜，這一邊，王氏又走到羅紫蘇的身邊。

「說來啊，我家只得了個小孫子，倒是沒孫女。偏我這人呢，就喜歡這小孫女，我家媳婦生孫子時傷了身子，也不能再生養了，真是愁人啊。」

那王氏湊在羅紫蘇身邊說話，也不管喊她的馬嬸子，只是擺擺手坐到羅紫蘇身邊。

「姊姊我看看這小丫頭，怪招人稀罕的，妳是知道我的，最是喜歡小閨女的。」

馬嬸子點點頭，也不管自家妹子，轉頭去喊娘家嫂子，又讓里正娘子不要客氣。等男客那桌開動之後，這邊洗生姥姥李婆子夾了第一筷，也開始吃上了。

羅紫蘇用小碗讓馮翠兒事前盛了些丸子菜湯，混到粥裡，又夾了小半個丸子，捻碎了餵給小妞兒。

小妞兒吃得極香，不一會兒就吃了一碗粥；一邊的馮翠兒也餵著她家的小春兒，一樣是菜湯泡粥，兩個小姑娘喝得別提多起勁了。

羅紫蘇一邊餵著小妞兒一邊顧著大妞兒，自己沒吃幾口，馮翠兒餵好了小春兒，就把孩子給了她婆婆，想幫著羅紫蘇抱孩子，誰想到一旁的王氏自來熟地接過了小妞兒。

「二郎媳婦妳吃吧，我幫妳抱抱，正好稀罕一會兒呢。」

面對王氏如此熱情，羅紫蘇只好笑納了，點頭道謝，她才低頭吃飯。

飯桌如戰場，晚一步就全軍覆沒，羅紫蘇開吃時肉菜幾乎沒剩什麼了，羅紫蘇夾了幾筷子青菜，快快把碗裡的米飯吃完了事。

馮翠兒看了看，又去廚房單獨給羅紫蘇添了碗菜放到她面前。

「這菜可都是妳做的呢，吃不飽回去可不得說嘴。嫂子，妳說是吧？」

看娘家嫂子瞪自己，馮翠兒一邊和羅紫蘇說，一邊又問自家嫂子。馮翠兒的嫂子撇了撇嘴，哼了一聲，直接把桌上的盤底菜湯都倒到碗裡。

吃飽了飯，眾人沒再停留，羅紫蘇也和馮翠兒、馬嬸子打了招呼，帶著兩個閨女回家去了。

小郎對於大妞兒的離開顯然不開心，喊了好幾聲「妞」，可是大妞兒都不理他後，十分乾脆地哭了。

回到家，羅紫蘇看到沈湛正在院子裡擺放著編好的兔子籠，裡面毛茸茸的好幾團，原本吃了午飯蔫蔫的大妞兒發出一聲興奮的叫聲，跑到沈湛身邊就不肯動了。

羅紫蘇沒管她，先是給小妞兒洗洗小手，擦了小臉。剛剛在馬家吃了飯也沒法擦嘴，她下定決心，要養成隨身帶手帕的好習慣。

小妞兒到炕上與往常躺下就睡不一樣，精力十分充沛地爬來爬去，爬到窗邊先是對著院子裡喊一嗓子，然後爬回羅紫蘇身邊求撫摸，等羅紫蘇撫了撫她的小黃毛，她再轉頭直接爬到炕裡的窗戶邊繼續尖叫。

羅紫蘇把之前剪裁好的大妞兒的衣服拿出來，一邊縫著一邊看著小妞兒，深深覺得這要有個小骨頭讓她丟，小妞兒搞不好真會叼回來……這太像小狗了！

小妞兒來回爬了幾圈終於累了，半趴在炕上歪頭看羅紫蘇，又轉頭看了看院子。終於，已經想睡的她不耐煩了，又噌噌地爬到窗戶邊，對著院子大大地喊了聲。

「姊姊！」

聲音極響亮，讓院裡的沈湛和大妞兒一齊回頭看過來，大妞兒的眼睛一下子亮了，小兔子都不看了，妹控的本能發揮到極致，連蹦帶跑地衝進屋裡。

「妹妹、妹妹！喊姊姊了？娘，妹妹是不是喊我了？」

「是啊！」羅紫蘇也很震驚，小妞兒之前似乎一直不肯開口說話，她教了幾次，可小妞兒連基本音都很少發，這是第一次，清楚地發音呢！

居然是叫姊姊！

小妞兒卻是覺得自己金口已開，是不是該就寢了？她趴在被子邊，拍拍被褥示意，抬眼看大妞兒。

來睡啊？

大妞兒興奮得眼睛都是亮的，脫了鞋就爬上炕，躺到小妞兒身邊，嘴裡不停地說著。

「妹妹，喊姊姊，再喊一聲。」

「咿——」

「喊姊姊啊，妹妹！」

「……」

「妹妹……」

「啪！」

最後大妞兒的興奮終止於小妞兒不耐煩的一巴掌。

已經很睏的小妞兒打完姊姊，揉揉眼睛，往大妞兒身邊湊了湊，伸手抓住姊姊的袖子，美美地睡了。

「娘，妹妹打我。」大妞兒很是委屈地歪過頭，看向笑得眼淚都快出來的羅紫蘇。

「妹妹是嫌妳太吵了。」羅紫蘇強忍下笑，揉了揉疼著的肚子。只覺得也是一陣疲憊，眼皮似乎都快打架了，昨天睡得太晚，今天忙著大半天實在累了。

「快睡吧！」

大妞兒委屈地閉上眼睛睡覺。另一邊，另一個委屈的人從門口走進來，一邊用帕子擦手一邊嘆氣。

「小妞兒第一句話，居然喊姊姊？」

「平常就大妞兒陪著她啊。」

羅紫蘇掩著嘴打了個呵欠，只覺得眼睛睏得有些睜不開了。

「睏就睡吧。」

沈湛搶過羅紫蘇手裡的針，拿過大妞兒的衣服放一旁，直接把羅紫蘇按倒了。

羅紫蘇微微側過頭，看了眼沈湛，又揉揉眼睛。

「嗯。」

太累了，來不及思考，羅紫蘇直直接躺下，沈沈地睡著了。

再次睜眼時，是一陣說話聲把她驚醒的，門外，隱約有聲音傳進屋裡，不過聲音有些低，聽不太清楚。

羅紫蘇半坐起身，炕上的大妞兒沒了影子，只有小妞兒張著小手還睡得正香。

「別說了，不可能。」

沈湛的聲音低沈，接著，就是一陣像是年輕女子的哭聲，漸漸的弱不可聞，羅紫蘇有些疑惑地歪過頭往外看了看。是她聽錯嗎？

「妳醒了？」

沈湛回屋看到羅紫蘇半坐在炕上時嚇一跳，只是他沈靜慣了，遇事很少動色，羅紫蘇看了半晌也沒在對方的眼中看出什麼來。

「誰來了？」羅紫蘇有些迷茫地問。「我怎麼聽著有人哭呢？」

「沒什麼，是個乞丐。」

沈湛沈了沈聲，淡淡地說。

我有那麼白癡？羅紫蘇覺得自己是不是平常表現得太笨了？不過算了，他不想說就不說。

羅紫蘇略過心裡的不舒服，結果沈湛隨手就給了她一樣東西。

「給。」

「這是什麼？」羅紫蘇驚訝地瞪大眼睛看著。

「還能是什麼，銀子啊。」沈湛莫名其妙。這是銀子啊，難不成媳婦兒沒見過？

「我當然知道這是銀子！」羅紫蘇沒好氣地瞪了沈湛一眼，看著面前的一錠銀元寶有些不確定地想了想。「這是五兩？」

「這是十兩。」沈湛嘆氣。

「怎麼這麼多？賣獵物這麼賺錢？」羅紫蘇眼睛都在發光。

「就這次賣得高了些，正好遇到了行路的客商，人家給的價錢高；再來就是這次兔子皮保持得完整，人家願意給高價。」

下次可能就沒有這種好運氣了。羅紫蘇理解，點了點頭。

羅紫蘇覺得現在的日子挺好的。

每天都有萌萌的小閨女逗著她開心，還有個能打獵賺錢、攢錢打算蓋房子的相公，美中不足是晚上勇猛了點，不過那點可以忽略不記。一切都在向著美好的方向發展，也不錯。

第二天，羅紫蘇起來時沈湛已經不在家了，羅紫蘇做好了飯，餵好了兩個小傢伙，馮翠兒在院門喊她。

「紫蘇，走啊！」

「來了！」

羅紫蘇應著，把小妞兒放進背簍裡，另一邊，大妞兒自己也揹了個小背簍，這個小背簍可是昨晚她磨著沈湛編出來的。

沈湛怕竹簍裡放的東西沈了，壓肩，把小背簍的揹帶處用寬布仔細包起，捲成軟軟的布條，這才給了閨女用。

大妞兒十分興奮，揹著小背簍站在門口和馮翠兒打招呼。

「翠兒姊。」羅紫蘇揹著小妞兒，手裡拎著個小筐，跟著馮翠兒往後山走。

「這第一次咱去看看，也是在家待得難受了。」

馮翠兒帶著羅紫蘇往後山走，羅紫蘇跟在她後面，兩人一邊走一邊閒聊著。

「最多一、二十天，就得到梅雨季了，家裡的柴曬得怎麼樣了？哎呀，說來，妳是不是成親快滿一個月了？」

「再有十天滿一個月。」

羅紫蘇一邊算著一邊跟在馮翠兒的身後，馮翠兒嘆著氣直搖頭。

「妳娘家來人了嗎？說沒說讓妳兩口子住多久？」

一般家裡受寵的女兒或是比較親的女兒，都是住十天半個月的，還有誇張的，遠路的住上一個月都是有的，只是很少罷了。

不過這都要提前告訴一聲的，要不家裡的活什麼的也不好安排。

「沒來人呢。」

羅紫蘇搖搖頭，不過算算也應該來人了，因為前身的記憶中，羅丁香的親事快到日子了。前身上輩子唯一一次回娘家的經歷極不愉快，讓她決定放棄家人的日子，似乎就要到了。

馮翠兒又嘆了一口氣。想來，這紫蘇在娘家的日子，和她差不了多少吧——都是不受寵被嫌棄的命。

不再多說，馮翠兒帶著羅紫蘇終於到了後山，大妞兒跟在後面，不停地走著，也不說腳痠腳累，羅紫蘇只好偶爾抱抱她。不過身後揹著個小傢伙，懷裡再抱一個，即使都是瘦骨伶仃的，她身體弱，也有些累了。

到了後山桃林邊時，羅紫蘇都快要氣喘如牛。

「好漂亮！」大妞兒仰著頭看著桃花林，眼睛亮亮的。「娘快看，漂亮。」

羅紫蘇一邊應著大妞兒的話，一邊看著漫山遍野的桃花。這片桃林，嚴格說來，只能說是後山的山腳處。

粉紅錯落的桃花林，風一吹，粉色飛揚，十分漂亮。

「真好看啊！」

羅紫蘇嘆息，一旁的馮翠兒看著羅紫蘇的樣子，忍不住笑開了。

「哎喲，紫蘇妹子，妳看看妳，好像沒見過桃樹似的。這桃樹林啊，也就現在看看了！妳不知道呢，這桃樹林裡花開時還好，等桃子長出來就愁了，又酸、又澀、又硬的果子，真是難吃得要命，又一大堆一大堆的，後院要是種得多了，很難收拾呢。」

馮翠兒邊說邊搖搖頭，羅紫蘇聽了眼中都是深思。

「這邊除了桃林，還有別的水果麼？」

「水果？」馮翠兒有些茫然地回了這兩個字，搖搖頭。

「只有蘋果，還有棗樹，啊，還有一些野葡萄。不過也是酸澀難吃得要命啊！」

羅紫蘇一聽野葡萄眼睛一亮，連忙催著馮翠兒去看。

馮翠兒只好帶著羅紫蘇與大妞兒又往前走，看了野葡萄後，羅紫蘇這才靜下心來，採了一筐子桃花，又時不時讓大妞兒喝些水。

忙得快到午時，兩個人帶著兩個孩子回家。沈家門鎖著，顯然，沈湛還沒回來。

羅紫蘇帶著大妞兒回到家裡，把桃花散放在擦乾淨的木板上。取出木盆，裝了水，又兌上一些空間的水，這才把桃花泡在裡面。

「屋裡有人嗎？」

門外傳來聲音，羅紫蘇一聽這聲音有些耳熟，連忙去開門，見到羅宗平正站在門外，看到羅紫蘇時，眼眶立時有些紅了。

「紫蘇，爹來看看妳！」

「爹，您來啦，快進來！」

羅紫蘇連忙把羅宗平迎了進來，讓大妞兒喊姥爺。

「爹，今天怎麼有時間來啊？」

羅紫蘇是真有些納悶，前身的記憶，這次家中來的人是大房的大伯和大伯娘。大伯娘的大嫂與她那位便宜大嫂周氏是拐著彎的親戚，所以大伯娘與大伯才會來，順勢也想著能巴上沈家。

上一世，大伯夫妻來了之後發現沈二郎是個不受重視的，日子又過得淒慘，水都沒喝就走了。之後前身回到家中幫忙羅丁香的喜事時，就被娘家人說嘴，還告訴她不用回家裡住了，因為羅丁香要住對月，哪裡有房間住。

前身失望又傷心，回到沈家亦是處處遭受白眼，那時的沈湛不若現在，對前身極冷淡。於是，前身就跟著小貨郎私奔了。

這一次，怎麼是羅宗平來？羅紫蘇是真沒鬧明白。

「妳弟弟上次休沐沒回家裡，妳娘擔心，妳奶也問了為什麼沒回去，讓我去看看，我就說了順便過來看看妳。」

羅宗平眼睛不住地在羅紫蘇的身上掃著。雖然閨女身上還是那一身粗布衣，不過臉色倒是好多了，不再黃中透青，整個精氣神都不一樣了。

「紫蘇啊，妳過得可好？」

羅宗平坐在東屋裡，眼睛在房間裡四下掃看，在看到泥草牆壁時臉色暗了暗，也不知想到什麼，臉色有些變。

「這房子，怎麼這樣？」

「房子怎麼了？」羅紫蘇怔了怔，轉頭看了看。

「妳奶不是說沈家新修的房子嗎？還說沈家境況比咱家好，我怎麼看著……」

「哦，沒事，我們分了家了，新修的是公婆住的房子。」

「這樣。」羅宗平艱澀地搓了搓手，整個人的臉色都灰暗下來，愧疚地抬眼看向羅紫蘇，他幾乎不知道怎麼開口。

「都是爹不好，妳奶說、說他家挺好的，沈二郎去戰場上也掙了不少銀子，有些積蓄……爹不知道……」

「沒事兒，這樣挺好的，淨身出戶也沒關係，人過得自在些。」羅紫蘇搖搖頭，對著羅宗平笑了笑。

她是真覺得沒什麼，前身對羅家的感情太矛盾，而她對羅家，其實沒什麼感覺。而且，雖然羅宗平現在一副愧疚的樣子，只是想也知道，即使愧疚到死，羅宗平恐怕也沒有任何能夠改變她生活的行動。

沒辦法，他就是那樣的人——懦弱、愚孝、沒有任何勇氣反抗。不對，是從來沒有反抗的念頭，覺得有那種念頭都是大逆不道吧？

所以羅紫蘇也從來不指望羅宗平。前身在重生之初就放棄生命，未嘗不是因為對這些家人失望到極點？一個把前身逼到極致的家，羅紫蘇也不可能投入什麼感情。

不過，羅宗平一提到了羅春齊，她倒是心底軟了軟。那個弟弟，她很喜歡。

「春齊回家沒？」

「沒有，我一會兒回去時去看看他。」

羅宗平謹慎地擺擺手，又想到了什麼，看了看羅紫蘇。

「妳姊姊的親事已經定了，也收了聘禮，五天後就是好日子，妳和二郎能不能回去？」

「行。」羅紫蘇點點頭。

羅宗平這才想到似乎有些不對。「二郎呢？他不是有傷在身的嗎，怎麼不在家？」

「他傷好了。」羅紫蘇笑了笑。「去打獵啦。」

「那敢情好啊！」

羅宗平終於鬆了一口氣，眼睛落到一直抱著羅紫蘇大腿的大妞兒身上。

「這孩子就是二郎的吧？倒是個俊丫頭。」

「爹，您中午在這兒吃飯麼？我去做飯！」

「不了、不了！」羅宗平連忙擺手，站起來拘謹地用手搓了搓衣角。

「孩子，妳別怪妳奶，她也是沒法子。」

走到門口，羅宗平要走時，突然轉頭說了這麼一句，接著深深地嘆了一口氣，扭頭走了。

羅紫蘇並沒有相送的意思。

自從羅家嫁出來那一刻，她就再也沒想過要當那裡的人是家人。每個人都有自己的小算盤，每個人都有自己的自私自利，這些她都能理解。可是，並沒到山窮水盡的程度，卻費盡心思榨乾前身最後一絲利用價值，她始終不懂羅家、不懂羅家的人。

因為不是親生的孩子，所以即便養了這麼多年，也沒有任何的感情嗎？所以怎麼都不能讓這麼多年的糧食浪費嗎？

她不理解，她只覺得心寒。

所以，羅宗平遠道而來，她沒有一絲讓對方留飯的念頭。在羅家那些日子，味同嚼蠟，她不想現在也是如此。

「我回來了！」沈湛的聲音在門口響起來，羅紫蘇露出一抹笑，扭頭迎過去。

「爹、爹，今天姥爺來啦！」大妞兒一邊快嘴兒地報信，一邊飛快地奔過去，抱著沈湛的大腿笑。

沈湛疑惑的目光投過來，羅紫蘇的笑意幾乎繃不住。

這守不住秘密的熊孩子！

「啊？爹過來了？怎麼沒留他吃飯？」沈湛下意識地回了一句，不過他馬上反應過來。看他們成親那時就知道，羅紫蘇在家裡的地位恐怕和他一樣，尷尬又被輕忽。

「他急著去看春齊。」羅紫蘇輕描淡寫。「五天後是姊姊的好日子，爹讓我回去看看，我想回去看看也成。」

「我陪妳。」沈湛幾乎是馬上接口。

羅紫蘇點點頭。那個家裡的人，她只有和羅春齊熟一些，回去了只怕也是尷尬，有沈湛陪著她，估計能好一些。

「媳婦兒，給。」進了屋裡，沈湛顧不上先洗臉洗手，直接把袖中的碎銀給了羅紫蘇。

這兩天沈湛得了不少碎銀，全交給羅紫蘇，她拿到手裡心情很是愉快。這銀子和紙鈔拿在手裡就是不一樣，感覺好有成就感。

把碎銀子拿去和之前的放在一起，她認真地數了數，加上今天的，還有之前賣桃膠的錢，一共將近四十五兩。

「再多存段日子，咱先再多買些地。」

沈湛說著，去院子裡洗臉洗手了，回來的路上他又收拾了隻野兔，打算讓家裡人好好補補。

媳婦兒身體太瘦弱，摸著沒什麼肉啊！沈湛想到這個心火直冒，連忙一頭扎進水盆裡。

「娘，爹好奇怪啊，把頭放進盆裡去了，爹要在盆裡洗澡嗎？」

大妞兒好奇地跟著沈湛出去，看沈湛的行為，連忙轉身回來跟羅紫蘇打小報告。

「別理他！」羅紫蘇看了眼那個臉紅脖子粗的男人。哼，看眼神就知道，一定想什麼邪門歪道呢！

色鬼！

第十二章

第二天沈湛依舊一大清早就沒了影子，羅紫蘇也起得很早，趁著兩個小傢伙還沒睡醒，她一邊做飯一邊準備釀米酒。

說到米酒，她就想到酒麴。本以為要自己從頭做起，原來是她想太多了，村裡賣醋的李老伯家裡就有酒麴，用來釀醋的，昨晚她特別拜託沈湛去買了些回來，今天剛好用上。

先挑了一些顆粒大又圓的糯米，洗淨蒸熟，糯米飯拌得不再燙手，這才把酒麴均勻地拌在裡面。接著把晾乾的桃花瓣放到準備好的小罈子裡，這次她打算先做個實驗，因此只準備了五個小罈子。

一層桃花，一層拌好的糯米飯，鋪上大約半罈左右，封好放在一邊，把五個小罈子弄好，糯米飯和桃花瓣都用光了。

羅紫蘇把小罈子放在灶房的角落，這才開始燒水做飯。

小包子們吃了飯，羅紫蘇收拾一下，打算接著去洗衣服，照舊把小妞兒裝進背簍裡，鎖了門牽著大妞兒往河邊走。

大妞兒一隻手被羅紫蘇牽著，另一隻手抱著小娃娃，整個人和之前都不一樣了，笑咪咪地哼歌。這時，林嫂子帶著大女兒俏枝兒，抱著兒子小華迎面走過來。

「林嫂子！」羅紫蘇打著招呼，又讓大妞兒喊嬸子問好。
「嬸子好！」俏枝兒被林嫂子掐一把，連忙喊了一聲。
「俏枝兒乖！」羅紫蘇撫了撫俏枝兒的頭髮，抬頭看林嫂子。
「嫂子這是去哪兒？」
「我娘找了人來送口信，讓我回娘家一趟，這不，我帶著這姊弟兩個回娘家去。」
林嫂子一邊說一邊看紫蘇，頗有幾分欲言又止的架式。
「嫂子妳有啥話就說，老看我幹什麼？」羅紫蘇有些奇怪。
「這……」
林嫂子眼睛忍不住掃看了四周一眼，一把拉著羅紫蘇往路邊一站。
「紫蘇妹子，咱家二郎兄弟腿好了這本是喜事，按理我不該摻和。可是，咱都是女人，妳可不能太傻了，家裡的錢財，妳可得看住了。」
「嫂子這是什麼意思？」羅紫蘇立即敏感地嗅到不一樣的氣味。上輩子，渣男出軌時，就有好友這麼和她說來著，可惜她傻乎乎地相信那個渣男，結果……
不用說都知道了。
「就是二郎兄弟在受傷之前，在村裡即便是個鰥夫，也頗有幾分人緣，這柳夫子家的閨女就是和他……」
林嫂子遞過來一個「妳懂的」的眼神，羅紫蘇的表情微微扭曲了一下下，不過馬上恢復正常。

「嫂子，妳的意思是？」

「哎呀，妳怎麼這麼笨！」

林嫂子恨鐵不成鋼地用手指狠狠點了點羅紫蘇的額頭，羅紫蘇有些明白了。

「妳是說，相……二郎他對柳夫子的閨女還有想法？人家不是都訂親了麼？」

「才不是二郎！妳家二郎那麼憨厚，妳可不能不相信他！」

嫂子妳是要鬧哪樣？羅紫蘇無語。含含糊糊影射的是她，說沈湛好的也是她，真是的，她到底要表達什麼？

「妹子，是那柳娘子啦！這幾天二郎兄弟不是和原子他們上山打獵麼？結果這柳娘子可能是看二郎兄弟腿好了，這幾日天天守在村口，等著二郎兄弟和他搭話呢。」

「什麼？」羅紫蘇頗有些難以置信。

這朝代雖說比她所知道的一些朝代要開放，可是一個娘子跑到路上和郎君偶遇？這不會太大膽嗎？

「是真的，妳可別不信！總之妳要小心些，別一不小心二郎兄弟讓人占了便宜，到時候她個沒成過親的黃花大閨女跑你們家裡當二房，可是夠糟心的。妳不知道，那和柳娘子定親的郎君，聽說不是個好的，天天花街柳巷的呢！」

林嫂子看了看天色，也不和羅紫蘇多說，抱著兒子，牽著女兒，匆匆去村口坐牛車去了。

羅紫蘇看著林嫂子匆匆走了，低頭看了眼正無聊而用手捏著娃娃玩兒的大妞兒，長長地嘆了一口氣。

不能吧？這沈湛傷剛養好就能招蜂引蝶了？這可不是好現象！

心裡犯著嘀咕，羅紫蘇去河邊洗衣服時也有些心不在焉的，洗好衣服回家，看天色，沈湛平日早就回來了，可現在卻還是沒影子。

這人呢？

羅紫蘇等兩個小的吃完午飯睡了，心頭煩燥，只縫了幾針衣服，就把衣服收起來，起身往院門處走。

剛到門邊，就聽到門外傳來說話聲。

「沈二哥，這次真是謝謝你！」

柔柔弱弱的聲音，帶著幾分羞怯的小心翼翼，讓羅紫蘇莫名的開始心情不好。

「沒什麼。」

「怎麼會呢？這次要不是沈二哥你，我家裡的屋子還不知道怎麼弄呢！話說就要到雨季了，我爹很擔心呢，總說自己不小心，怎麼就扭了腰呢！」

「嗯。」

「沈二哥，嫂嫂……」

話停在引人遐思的地方，院子裡的羅紫蘇挑起眉頭，頗覺得好玩。
「嗯？」
「沒事沒事，沈二哥我先走了。謝謝你，這籃子裡的東西是給你補身子的，你別和嫂嫂說是我給的，省得她多想。」
隨著話語聲遠去的是一陣腳步聲，院門外的沈湛停頓了一下，半晌，硬是沒動。
這是在回味呢？
羅紫蘇心裡突然生起氣來，她橫眉看著院門，雙手叉腰，等著看這根死木頭啥時候進來！難不成他要站在外面回味一天？
呵呵，還真是最難消受美人恩！
「媳婦兒，妳出不出來？不出來就走遠些，省得推門撞著妳！」
羅紫蘇一個踉蹌差點摔倒，門外的沈湛連忙推開左邊的門，及時摟住正往右邊倒的羅紫蘇。
「妳看，倒了吧？」
沈湛的聲音，一如既往的沈穩，可是羅紫蘇的內心卻是崩潰的。
「你早就知道我站在這裡？」羅紫蘇磨牙。
「是啊。」沈湛點頭。「妳站在這裡時我就知道，妳腳步聲那麼沈，一聽就知道。」
羅紫蘇又羞又窘，氣得不行，一把抓起沈湛的手臂，對著手腕就是一口。

「哎，別咬。」

沈湛連忙制止，羅紫蘇才不聽，一口咬下去，還用牙齒狠狠地磨了磨。

「等我洗乾淨，我剛剛去給柳夫子鋪屋頂的瓦，都還沒洗手呢！」沈湛擔憂地說。

羅紫蘇整個人僵在那裡，臉色左變右變，氣得不行，抬頭狠盯著沈湛。

「你是故意的，對不對！」

「沒啊。」沈湛搖頭，一眼看過去，雙眼都是無辜。

羅紫蘇鬆開嘴，狠狠地瞪了一眼沈湛，又掃了眼他手上的竹籃子，扭身進屋去了。

沈湛用手抓抓後腦，眼睛裡有抹笑意閃過。他把籃子拿進來，卻沒放到灶房裡，只是放在院子門後，關上院門，這才走進灶房裡。

木盆裡有水，他兌了些熱水，開始洗臉洗手。

羅紫蘇坐在炕邊，把手上的小衣丟進針線笸裡，她心不靜，怎麼都縫不好，乾脆把手上的針線笸收好。她躺下來，用手支著腮背對著炕邊，看著兩個小的睡得香甜的小臉。

這段日子，大妞兒和小妞兒被吃食補養得不錯，小臉上有些肉肉了，皮膚也不再蠟黃，變得白白嫩嫩的。尤其是小妞兒，小孩子本就容易長膘，這孩子現在臉頰、手掌都明顯地開始發胖了，小手窩看著就喜人。

羅紫蘇看著看著，忍不住半趴過去，抓起小妞兒的小手，狠狠地親了一口。

小孩子肉嫩嫩的觸感，讓羅紫蘇的心情終於好起來了。

「媳婦兒，妳幹啥呢？」

沈湛一進屋就看到羅紫蘇伸出狼嘴啃自己閨女的手呢，臉色滿是無奈。這裡哪家的娘子會沒事兒對孩子親來親去的，一點兒都不端莊啊！

羅紫蘇一扭頭，不想理他，又回到自己的枕頭上趴躺好裝死。

晚飯時，帶著幾分恨恨的怒意，羅紫蘇幫著大妞兒往盛好飯的碗裡夾了幾筷子肉。

「乖，好好吃，大妞兒慢慢吃，不要把飯粒掉到桌上，知道嗎？」

羅紫蘇一邊說一邊吃飯，另一邊，無恥郎君沈湛正在餵自家小閨女吃蒸蛋。

「媳婦兒，小妞兒長牙了？」沈湛驚喜不已。

「早就長了！」羅紫蘇懶懶地回道。

「不是，妳看，長了八顆牙了呢！」

沈湛給羅紫蘇看，羅紫蘇一聽也驚喜，看看小妞兒的小米牙，羅紫蘇忙把添了桃膠的粥給小妞兒盛了一碗送過來。

「別光給小妞兒吃蒸蛋，喝些粥，裡面放了桃膠的，吃了對孩子好。」

「那就多餵點桃膠。」沈湛接口。

「那怎麼行，小妞兒太小，要溫補，吃一點點就行，吃多對孩子也不好。」

沈湛點頭，又看了看羅紫蘇的碗。「媳婦兒，妳多吃些，妳氣色好多了，皮膚更嫩了。」

「滾！」

羅紫蘇恨恨地繼續磨牙，沈湛裝沒看見地低頭，接著餵閨女。

「娘，您皮膚變嫩了？」大妞兒在一旁不安分了，聽到沈湛的話，她懵懵懂懂地伸手摸了摸羅紫蘇的手背。

羅紫蘇無語。這動作，真像無賴混混調戲良家女子啊……

一邊在心裡嘆口氣，一邊伸手摸摸大妞兒的頭髮，讓她好好吃飯。

吃了飯後，領著兩個小的在院子裡走動消食，羅紫蘇一邊抱著小妞兒一邊研究著。村裡的集市恐怕還要段日子才能有，可是小妞兒這腿腳已經有了力氣，這幾天已經開始在炕上蹣跚學步了。

她是不是應該去鋪子上給小妞兒買雙鞋或是自己納鞋底了？可是她力氣不大，納的鞋底可未必結實。

一邊想著，羅紫蘇的眼睛落到端著木盆，從灶房出來倒水的沈湛手上，眼睛一亮。

她手勁兒不行，可有人手勁兒不錯啊！

羅紫蘇抱著小妞兒，讓大妞兒在院裡繼續走，她轉頭回了房，去翻衣箱。

一連找出不少的碎布頭，羅紫蘇腦海中想著要怎麼納鞋底，轉頭去了灶房，燒水熬漿糊。

先是把碎布料都洗乾淨，等漿糊熬好，她開始一層碎布塗上一層漿糊，只是，一隻手好不方便。

「相公，過來抱小妞兒！」

沈湛剛刷完了鍋灶、擦洗完灶臺，看到羅紫蘇的動作，早自覺地去洗了手，抱過小女兒，跟在羅紫蘇的身後看著她弄鞋底。

小妞兒的腳丫很小，羅紫蘇也沒弄太大，有一小塊就夠用的。糊好後她放到炕頭處，用東西壓上，等明天都乾透就能開始納了。

第二天，沈湛打獵回來，就多了一樣活——納鞋底。

沈湛用了不到半個時辰就搞定了，羅紫蘇很開心，把已經剪好形狀的鞋底和她縫了一天的鞋幫對好，沈湛動手，縫合到一起。

有羅紫蘇在，沈湛雖然手腳笨了些，好在總算是弄出了個鞋的樣子。羅紫蘇挺高興的，連忙給小妞兒試穿。

這邊的大妞兒看到不太高興了，抓著羅紫蘇的手搖了搖。

「娘，我也要鞋，妳和爹親手做的鞋！」

「乖閨女，妳好好看看。」羅紫蘇認真地抓著大妞兒的手，指著那針腳歪七扭八的鞋子。

「這樣的鞋妳真的要麼？不怕穿出去別人笑妳麼？小妞兒小，不懂，娘就是給她隨便弄雙鞋練著走路的，妳確定妳要這樣的？」

大妞兒一開始還真沒太注意鞋是什麼樣子，聽羅紫蘇這一說，再仔細看鞋的樣子。

「娘，算了，我還是穿著我的繡花鞋吧，挺好看的呢！」大妞兒的小辮搖得快散了。

「這就對了，妳要是連這樣的鞋都要，以後妳的衣服可得我做主，這是什麼審美啊！」

沈湛無話可說。

這個月的二十七日，是個黃道吉日，宜嫁娶、動土、祭祀、出行。

羅紫蘇領著大妞兒，沈湛抱著小妞兒，一家人往著羅家出發了。

清早，沈富貴的牛車就等在門前，羅紫蘇帶著個小籃子，和沈湛揹著背簍一起上了車。

「富貴叔早啊，大妞兒和小妞兒就麻煩您家嬸子了。」

「欸！什麼麻煩不麻煩的，都是一家人，把孩子放下，妳就放心吧！」

沈富貴一邊說一邊往村口走，到自家門口時停了下來。

沈湛與羅紫蘇一同下車，富貴嬸子臉上帶著笑意，一看就慈祥可親。

「嬸子！」

「這是二郎家的吧！還是頭回見呢，過些日子你們認親，我可是要去的！」

富貴嬸子笑得極爽利，羅紫蘇也放鬆下來，對著富貴嬸子直點頭，又把籃子送過去。

「嬸子，給。這裡有小妞兒的衣服，還有一些吃食是給妹子的，等我們回來再進去看妹子，今天太早，就不進去吵她了。」

羅紫蘇一邊說一邊把籃子塞過去。富貴嬸子先是不收吃的，不過羅紫蘇立即說要是不收，可不敢把孩子留這兒了，這只是一點心意，不值幾個錢呢。

富貴嬸子點頭，接了過來，等羅紫蘇兩口子走了，她抱著小妞兒拿著籃子回房，把小妞兒的衣服拿開才發現，下面的小罐子裡，放著一隻收拾好的野雞還有野兔。

「這可怎麼好，這也太多了！」

富貴嬸子一邊嘀咕著一邊托抱著小妞兒，轉頭看看大妞兒還抓著她衣襬，手裡抱著小布娃娃，正在揉著眼睛。

「大妞兒也睏吧，來，奶奶抱妳去睡覺。」

一手又托抱起大妞兒，富貴嬸子帶著兩個孩子補眠去了。

另一邊，羅紫蘇和沈湛搭著晃悠悠的牛車，終於走到雙槐村。

「富貴叔，您辛苦了！」羅紫蘇邊說邊下牛車，另一邊像塊木頭一樣的沈湛也點了點頭。

沈富貴笑得憨厚，揮揮手牽著牛車走了。

羅紫蘇與沈湛一起從村口往羅家走，現在天剛放亮，不少人往地裡去幹活，看到羅紫蘇兩口子往村子裡走，紛紛停下來指指點點，也不知在說什麼？

不管是善意還是惡意，羅紫蘇一律當惡意看待了。

走到羅家門口，就能看到院子裡忙碌的人群，羅紫蘇往裡走，孫氏一看到羅紫蘇，眼淚立刻充滿眼眶，上前一把拉住了羅紫蘇。

「娘，我回來了！」

「紫蘇，妳回來了？怎麼樣？妳過得好不好？」

孫氏一邊問著一邊上下打量著羅紫蘇，看女兒似乎比在家時漂亮了一些，臉頰上也有了肉，臉色好多了，這才放下心，再轉首看到沈湛，立即有些不好意思。

「娘，這是相公；相公，這是娘。」

「娘。」沈湛點頭。

「好好好。」孫氏一邊點頭一邊想起了什麼，連忙讓羅紫蘇去羅奶奶那邊。「妳奶奶在堂屋裡呢，親戚來了不少，快帶著女婿去認認親。」

「誒。」羅紫蘇點了點頭，連忙帶著沈湛去了堂屋。

這一圈親戚認下來，羅紫蘇的頭都暈了，更不要說是沈湛。

沈湛被羅爺爺留在堂屋裡說話，羅紫蘇便去房裡看羅丁香。

羅丁香今天特別漂亮。

紅色的嫁衣，精緻的繡工，在這雙槐村裡算是相當出眾的了，更別說她頭上戴著包銀的簪子與一對小小的銀耳墜子，雖然不值多少錢，卻也是難得了。

羅丁香正襟危坐在凳子上，全福嬤嬤已經把她那頭黑髮梳盤成漂亮的髮髻，現在，正在幫著她上妝。後面幾位羅家的女兒，都看著她梳妝，羅甘草坐在一角，看到羅紫蘇進來，眼睛一亮，立即走過去拉住她的手。

「姊姊，妳回來了，快看大姊，好漂亮啊。」

不過沒有妳成親時好看呢！剩下的半句話，羅甘草咽回去，只是笑咪咪地拉著羅紫蘇的手。

羅紫蘇有些愣怔的看著羅甘草圓圓的可愛臉蛋。這個妹妹三歲之前都是前身抱著的，那種感情發自內心，是怎麼都無法抹去的。

現在，兩人雙手相牽，血脈相連的感情，讓羅紫蘇忍不住對對方露出最平和、最親切的笑。

「妳總算回來了，我還當我出嫁妳都不回來呢！」

羅丁香看羅紫蘇完全不瞅她的臉，立即不樂意了，自鏡中斜睨著羅紫蘇，一張嘴自是沒什麼好話。

「怎麼會，妳的大日子呢。」羅紫蘇輕笑，走上前看著羅丁香，眼睛裡全是笑意。「今天可真是漂亮。」

羅丁香得意地哼了一聲。「那還用說！」

羅家姊妹都笑了起來，就是一直擺著臉色的羅百合，也忍不住地彎起唇角。

羅半夏臉頰微紅地看著羅丁香妝扮，想的卻是入了冬，自己也要身披紅衣出嫁了，一時耳朵都羞紅了。

化好了妝，羅丁香一邊等著吉時，一邊與姊妹們鬥嘴聊天，時不時地，會有閨中玩得好的姊妹過來看看新娘子。

就在這當口，一個與羅丁香玩得還不錯，但是其實私下看她不太順眼的姑娘榆花，過來後就摀嘴先笑。

「哎喲，說起來丁香妳和紫蘇是雙胞胎呢，這成親落後好幾步就算了，新郎長相也比輸了。」

榆花是出了名的碎嘴，成親後嘴上更是沒個把門的，羅紫蘇聽了對方的話直鎖眉。這不是成心挑撥麼？不過很不湊巧的，羅丁香永遠都會中計。

一聽榆花這話，羅丁香立即不樂意了。

她訂親的蔣順在這雙槐村裡，出了名的儀表堂堂，人又能幹肯吃苦，脾氣軟和，她與順子哥訂親後誰不羨慕她？當初羅紫蘇第一次出嫁時可是哭著上花轎呢。

現在，榆花居然說她嫁的順子哥不如羅紫蘇那個殘廢相公？她可不信！

榆花倒也直爽，一看羅丁香一臉不服氣，眼珠微微一轉，給另一個玩得要好的姊妹使了個眼色。

那姊妹把全福嬤嬤哄了出去，她立即拉著羅丁香往窗邊一站。

「妳看看，那個就是紫蘇的相公，紫蘇妳過來看看是不是？」

躺著也中槍的羅紫蘇狠瞪了沒事找事的榆花一眼，直接轉頭出房門。而羅丁香卻看著院子裡幫著拾掇地上雜物的男子，徹底地呆住了。

那張臉俊朗漂亮，劍眉星目，身材也是強壯有力，結實但不粗壯，讓人一看就心生愛慕。

這個人，就是那個粗鄙的鰥夫獵戶？

怎麼可能！

羅丁香帶著幾分不甘，想和羅紫蘇大吵一架，更想著要不毀婚算了，可是這一切事情她都只是想想，但卻不敢去做的。

來接親的新郎長得濃眉大眼，倒也是一副好相貌，只是，有了沈湛的珠玉在前，羅丁香原本的得意似乎也變了味道。

於是，帶著敗給羅紫蘇的怨恨與恥辱，羅丁香嫁了出去。

這邊喜宴的規矩是娘家招待娘家的客人，婆家只準備兩桌的席面，給娘家來送親的人吃酒，吃完新娘子娘家人自走就是了。

羅家本已經安排好了人，可是羅爺爺自看到沈湛，和他聊上幾句後，就改了主意要讓沈湛去。

沈湛婉言拒絕了。開什麼玩笑，他一個人拋下媳婦兒自己去大姨子喜宴上喝酒去？他敢這麼做的話，用膝蓋猜也知道一定沒好果子吃啊！

一場熱鬧的親事，終在晚些時告一段落，羅爺爺對著沈湛直笑，吩咐羅紫蘇新婚滿月回家來時，一定要多住一些日子。

這前後的反差太明顯，讓羅紫蘇也不得不佩服羅爺爺的機智百變，能屈能伸。

回家時，羅奶奶一反常態，讓孫氏把剩下的果子、點心給羅紫蘇帶著回去。

羅紫蘇心裡不太想收，可是，這時若是不收又顯得不近人情。

「紫蘇，過幾天妳回來住些日子，我給妳把房間收拾好！」

「就是啊，二姊。」一旁的羅甘草眼睛亮亮的。「二姊妳回來多住幾天，我這些天不回姥爺家，一直陪著妳。」

「這……娘、甘草，不是我不想長住，可是家裡還有兩個小的，在這邊不太方便。」

羅紫蘇有些猶豫，她被孫氏拉回房間後，心裡一直有種說不出的尷尬感覺。這個家待她也沒什麼好的，所以她真的無法放出太多感情來。

可是……

羅紫蘇轉頭看向窗外，半開的窗扇下，能看到羅春齊正和沈湛在院子裡不知道說著什麼，眼神熠熠，神采飛揚。

「別想那麼多了，兩個孩子怕什麼，娘幫妳看著。還有甘草呢，對不對？」

「嗯，二姊，放心吧，我喜歡小外甥女，我也當小姨了呢！」

羅甘草笑得雙眼彎彎，羅紫蘇盛情難卻，只好點頭。

「好了，天色也不早了，你們就回去吧，晚了回村的路可不好走。」

「知道呢，娘，那我回了。」

羅紫蘇喊了沈湛，先去長輩那裡一一告別，羅爺爺看著沈湛帶著幾分笑，邀著他多來往才是。

羅紫蘇和沈湛終於離開羅家。

路上，沈湛明顯感覺到羅紫蘇低落的情緒，沈默地隨著她走到村口。出了村，一片風光明媚，走在路上，路邊已經鬱鬱蔥蔥，一片綠意，羅紫蘇沈重的心情似乎好了一些。

「媳婦兒，妳不高興？」

「不太高興。」羅紫蘇低頭。「如果你的腿沒治好，我估計這次回來，一定沒人理會，說不定還沒有什麼住對月的事。」

沈湛沈默了一會兒。他沒想到羅紫蘇會為此而糾結，他在心裡思慮著要怎麼說才能讓羅紫蘇明白他的心意。可是，半天卻只吐出了一句。「那些事又沒發生。」

他到底要怎麼安撫呢？

「是沒發生。」羅紫蘇承認自己還是被前世的記憶影響了，可是，她也沒辦法。那是她記憶中難以觸碰的傷痕，雖然發生在前身的身上，可是她卻感同身受。

「媳婦兒，別不高興。」沈湛忍不住伸手拉住了羅紫蘇的手，臉上，滿是安慰的神情。

「有我。」

羅紫蘇一呆，轉頭看過去。

暮色夕陽，火紅的晚霞映在沈湛臉上，俊逸的五官透出一種說不出的深邃、沈著、安穩，讓她只想依靠。

多年後羅紫蘇依然記得，那時沈湛的承諾。

大妞兒坐在門口，雙手托著腮，懷裡的布娃娃她已經不在意了，只是眼睛緊盯著村口的大路。

「大妞兒怎麼不進屋？」

沈安娘走到門口，抬眼看向大妞兒望去的方向，有些無奈地搖搖頭，低下頭對大妞兒嘆了口氣。

「妳爹和妳娘回來時就會來接妳了。妳乖，風這麼冷，進屋裡去吧。」

「姑姑，妳別吹風，會生病。」

大妞兒嘟著小嘴，站起來把剛剛坐的小凳子拿起來擺回院子，沈安娘跟在大妞兒的身後，卻被風吹得顫抖了一下。

屋裡小妞兒嗚嗚的哭聲斷斷續續的，大妞兒的小眉頭蹙得更緊了，快步跑進房。果然，小妞兒的臉頰上，大大的淚滴正不斷地落下來，伴著的還有小妞兒委屈的抽噎聲。

「奶奶，妹妹還哭？」

「是啊，小妞兒這是怎麼了？」

「不知道啊，在家時妹妹可乖呢，很少哭。」大妞兒搖搖頭，不解地看著小妞兒抽抽噎噎地哭。

「二嬸子！」

門口的喊聲，讓大妞兒眼睛一亮，衝出屋去。果然，娘親回來啦！

「娘！」大妞兒雙手一張，直接來了個乳燕投懷，撲到羅紫蘇的身前，緊緊抱住她的腿。

「大妞兒。」羅紫蘇一把托抱起大妞兒，卻被大妞兒用力抱住脖子不肯放。

「娘，我好想您。」

大妞兒難得被羅紫蘇抱，加上又一天沒怎麼見，緊緊摟著羅紫蘇的脖子再不肯放開。

「二哥、二嫂回來了？」

沈安娘迎出來，羅紫蘇連忙迎上去，喊了妹妹，又把手裡的點心、果子送過去。

「這是我娘家招待客人的點心，妹妹嘗個新鮮吧。」

「不不不！」沈安娘連連擺手，不肯接受這包點心。

羅紫蘇聽到小妞兒哭聲，有些著急，連忙把手上的點心塞到了沈安娘的手裡，人進了屋。

「這……」

沈安娘猶豫，沈湛只勸說了安娘收下，別的不肯再說。

房裡小妞兒哭得臉頰泛紅，聽到羅紫蘇的聲音，眼神發亮地轉過來，哭聲也停了。

「小妞兒怎麼回事？這麼鬧人！」

羅紫蘇一看富貴嬸子臉上急得汗珠都在滴，就知道一定是小妞兒在鬧騰。真奇怪，這孩子平時可是很乖巧，很少鬧人的。

「中午睡覺時還好好的，可是醒來後不知怎的，哭到現在。」

富貴嬸子是真著急了，這小妞兒一看就是先天弱，比一般的一歲孩子小上許多，真要是在她這裡出了事情，可怎麼好？

「嬸子別急。」羅紫蘇連忙放下大妞兒，大妞兒雖然不樂意，可是想想妹妹，還是擔心地下了地。

「小妞兒，怎麼了？」

羅紫蘇接過富貴嬸子懷裡的小妞兒，一抱到懷裡，小妞兒的哭聲就停了，懨懨地抬眼看了她，軟軟地把臉頰靠在羅紫蘇的臉上。

小包子的臉上還有淚珠，羅紫蘇連忙拿出帕子，小心地給小妞兒擦乾淨。

小小的孩子，臉上帶著幾分說不出的痛苦，小小的眉頭居然是皺的。

「嗚嗚。」小妞兒哽咽了兩聲，無力地動了動小腦袋。

「這孩子，是不是在發燒？」

羅紫蘇在小妞兒扭動臉頰時明顯感覺到不對，伸出手來一探，果然，小妞兒臉頰熱熱的，不過額頭卻是涼涼的。

「摸了她額頭，額頭不熱。」富貴嬸子也搞不懂這小孩子是怎麼了？

「相公，我抱孩子回去，你去找大夫吧！」

羅紫蘇伸手把小妞兒放到炕上，先是重新用小被子包好後，托在懷裡和富貴嬸子道別。

「嬸子，我們先回去了，本想和您還有妹子好好聊會兒，現在不成了，改天再來叨擾。」

「不用。誒，二郎，你等等，你去後面的地喊你叔過來趕牛車，送你去請大夫。」

沈湛也不客氣，答應了一聲連忙去了。

羅紫蘇抱著小妞兒，牽著大妞兒，快步回家。到了家，先把小妞兒抱到鋪了厚被子的炕上，這炕一天沒燒，她還要先生火才行。

大妞兒看著炕上的妹妹，羅紫蘇去灶房生火燒水，順便做了幾碗蒸蛋。這時也顧不上做飯了，晚上隨便吃些就是了。

這邊，沈湛匆忙地請來了鄰村的大夫，那大夫一摸小妞兒的小手臂，臉上先是不滿，有些厲色地瞪了這兩口子，不過隨後他的眉頭就皺起來。

「這孩子，不好治了，要治，怎麼都得花上十兩銀子才行。」

「什麼？這一個賠錢貨，就要十兩銀子？大夫，我們不治了！」

還沒等沈湛與羅紫蘇說話，一個聲音已經在門口如殺雞一般地響起。聲音尖銳刺耳，周氏好似被誰掐住了脖子，臉色紫紅，如同看到了殺父仇人般，走進來直奔炕邊，伸手就要去搶小妞兒。

「這十兩銀子就為了這個小丫頭麼？也不看看這丫頭有沒有這種造化，你這大夫更是無德，難不成是專來搶錢的！」

「妳這話是什麼意思？」那大夫立即冷了臉。

「妳們這些無知村婦哪裡知道人命可貴，這小姑娘再怎麼也是一條命，怎麼就還要看造化了？」

「哈，可貴？那大夫你看看這個破房子，也知道十兩銀子是沒有的，你怎不賒欠些藥來先給這死丫頭用上？」

那大夫語塞，只好在鼻子裡哼了一聲。「這小姑娘是得了風疾，現在看著沒什麼，要知道，有內熱而發不出，是為邪風；若不用猛藥讓她把熱發出來，恐怕再過一天半天的，想治也難了。」

這小孩子一看就先天不足，偏又吹到邪風，內熱侵襲，若是再不把熱度排出來，恐怕真會夭折。偏他前天剛把僅有的積蓄幫著林老爹墊付了藥資，這想救都沒力了。

「大夫您開藥吧。」羅紫蘇冷冷地瞪了周氏一眼。「大嫂，妳還是好好顧妳自己的心肝寶貝去，我們小妞兒不勞妳費心。」

「好啊羅氏，上次我們阿福受了那麼重的傷，你們見死不救，現在這賠錢貨生病，倒是有閒錢來敗了？我和你們說，這事兒沒完！」

「沒完妳又能怎麼樣？」羅紫蘇現在是半分的耐心都欠奉。「想讓我把藥資給妳？哼，真是會作夢，想來大嫂昨天晚上的夢還沒醒吧！」

「羅氏妳這個心腸惡毒的，我和妳沒完！」周氏大怒，卻又說不過羅紫蘇，她向來只會背後說小話、傳傳無中生有的事，這樣當面鑼，對面鼓，她戰鬥力真心不行。

周氏詞窮，羞惱地轉身回院子搬救兵去了。

這邊大夫已經開好藥方，讓沈湛快去鎮上抓藥，方子裡的藥大部分他都有，唯有一份沙蔘和一份珠母是比較貴重的，銀子大部分都用在了這兩種藥上。

「這沙蔘是藥引，可助藥效發揮得更快，不過也因此會凶險一些，最好買些蔘片回來給孩子含住。不過，要注意不要讓孩子嚥下，免得嗆到。」

那大夫又仔細解說珠母的用途。羅紫蘇大致上明白這些藥材大多都是為了散熱，珠母能驅邪定神，讓小妞兒不再被風邪所擾。

羅紫蘇想了想，又問了大夫最近給孩子和大人補了些桃膠，是否有影響？

大夫點點頭，詳細地說了一些用藥用補該注意的事。

雖然孩子先天不足，不過這粗心的娘還挺疼惜孩子的，居然知道用桃膠溫補，否則以這小姑娘的瘦弱，能撐到現在他還覺得奇怪呢！

沈湛很快地回來了，他沒坐牛車，而是去了里正家借了大青騾，騎著去了鎮上，又飛奔而歸。羅紫蘇不敢耽擱，馬上去煎藥，讓沈湛付了藥費給大夫。

大夫走後，沈湛去了灶房接手煎藥，讓羅紫蘇回房去看顧小妞兒。羅紫蘇擔憂地摸著小妞兒冰冷的額頭，和滾燙的面頰，心裡別提多難受了。

她真是個粗心的娘親，當娘當得這樣不合格。今天早上那麼折騰，小妞兒還是一副沒睡醒的模樣她就應該有警覺的，結果她卻沒發現小妞兒不舒服。

想到這裡眼淚就忍不住落下來。大妞兒有些慌張地看著娘親掉淚，連忙扒著羅紫蘇的腿往她身上爬。

「娘，不哭。」

大妞兒幫著羅紫蘇擦眼淚，她明白娘是為了妹妹生病在哭，她很害怕地低頭看著小妞兒呼吸急促的樣子，忍不住也跟著哭起來。

大妞兒的哭聲驚醒了羅紫蘇，她深悔自己怎麼能當著大妞兒的面表現出不安。大妞兒這孩子很敏感，無論什麼時候都能很輕易地感覺到大人的情緒而開始不安。

「大妞兒不哭了，妹妹病好了知道姊姊這麼大了還哭鼻子，一定會笑妳呢！」

羅紫蘇輕拍著大妞兒的背，哄著嗚嗚跟著哭的大妞兒。大妞兒揉揉眼睛，趴在羅紫蘇柔軟溫暖還帶著幽幽香氣的懷抱中，一天緊繃的神經終於有了片刻的放鬆。

其實大妞兒這一整天都很害怕。

她還記得，那是很小很小的時候，曾有一次，她原本的娘牽著她，帶著她到了一個地方，有好多水，好像就是大家洗衣服的河邊。娘就在那裡對著河水哭，然後告訴她在那裡等著，接著，娘就不見了。

過了好久好久，娘都沒過來接她，她傻傻地等著，等得腳痠了，就坐在地上等，可是娘卻一直沒回來。

後來她怎麼回家的她已經不記得了，只是那次之後，她對娘親的印象更模糊了。

今天她也怕，爹和娘會不會不回來接她和妹妹呢？

一整天，她都在擔心著這件事。

現在，她回家了，被爹娘接回來了，她終於可以安心睡了。

——未完，待續，請看文創風772《桃花小農女》下

為流浪貓狗加油 和貓寶貝 狗寶貝 廝守終生(一定要終生喔！)的幸福機會

對人來說，貓寶貝狗寶貝只是生活的一部分，但妳（你）對牠們來說，卻是生活的全部，領養前請一定要考慮清楚——

▲ 頭好壯壯的聰明寶寶　漂漂

性　　別：女生
品　　種：米克斯
年　　紀：7個月
個　　性：活潑、不會亂叫、習慣外出上廁所
健康狀況：(1) 已完成三劑幼犬疫苗、狂犬病疫苗；
　　　　　(2) 已做體內、外驅蟲；
　　　　　(3) 犬瘟、腸炎皆為陰性
目前住所：新北市中和區

『漂漂』的故事：

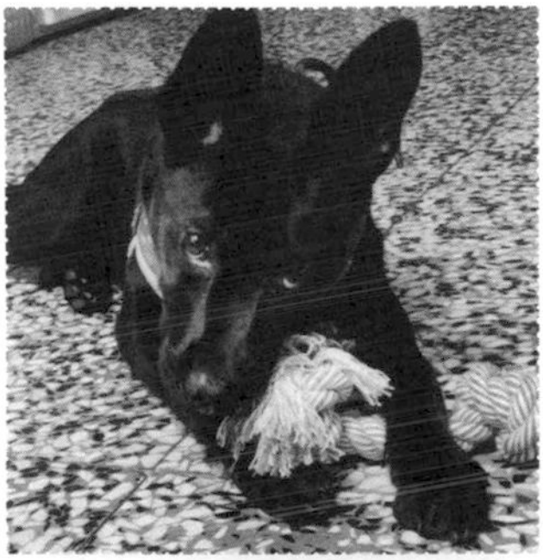

漂漂原是被一位中途從內湖動物之家帶出來照料長大，後來原飼主看到中途發文幫漂漂找主人，便認養回來。然而，如今原飼主因個人因素而想對漂漂放手；委託人實在不希望看到漂漂如此，也不忍心牠由於空間不足，經常被關在陽台，所以想刊登認養資訊幫牠找新主人。

委託人說，漂漂十分活潑、機伶，也喜歡玩耍，所以就利用「吃東西」這件事情來訓練牠的技能，像是坐下、等待這一類。委託人進一步提到，漂漂其實是隻很聰明的毛小孩，一件事情多半只要教2、3次，基本上就學會、記住了，不過有時候還是會不小心忘記一下（笑）。

談到令人印象深刻的事，委託人表示，漂漂健康狀況良好，不但有好好接種疫苗，檢查也都過關，最特別的是，漂漂去做結紮手術後，沒有像其他狗兒一樣沒精神、需要恢復期，居然當天就能立刻活蹦亂跳，好像沒事一樣，讓人除了大吃一驚外，也不免替牠捏一把冷汗。

漂漂是如此的聰穎，又是隻超健康的狗兒，委託人希望能為牠找到有緣、有愛心的主人，帶牠一起回家！請來信peijun0227@gmail.com（來信請簡單自我介紹）。

認養資格及注意事項：

1. 認養者須年滿20歲，且須獲得全家人的同意（租屋者須徵得房東同意）。
2. 須同意送養人日後之追蹤，絕不可以任何原因及理由而隨意棄養！
3. 認養者須具備足夠的耐心和愛心，去教導、訓練漂漂學習任何事情及規矩。
4. 漂漂屬於一般中型犬體型大小之犬隻，且目前成長階段需花費時間細心照顧，請認養者於領養前審慎考量自身的環境及狀況。
5. 漂漂極少被關在籠子，若被關籠可能會吠叫；另目前因處於換牙期，可能會咬家中物品，能接受上述兩點者才可提出認養。
6. 認養者須付擔晶片轉移費100元。

來信請說明：

a. 個人基本資料：姓名、性別、年齡、家庭狀況、職業與經濟來源等。
b. 想認養漂漂的理由。
c. 過去養寵物的經驗，及簡介一下您的飼養環境。
d. 若未來有結婚、懷孕、出國或搬家等計劃，將如何安置漂漂？

文創風
771

桃花小農女 上

國家圖書館出版品預行編目資料

桃花小農女 / 韓芳歌著. --
初版. -- 臺北市 : 狗屋, 2019.08
冊 ; 公分. --（文創風）
ISBN 978-986-509-028-9（上冊：平裝）. --

857.7　　108010824

著作者　韓芳歌
編輯　黃暄尹
校對　林慧琪　簡郁珊
發行所　狗屋出版社有限公司
地址　台北市104中山區龍江路71巷15號1樓
電話　02-2776-5889～0
發行字號　局版台業字845號
法律顧問　蕭雄淋律師
總經銷　知遠文化事業有限公司
電話　02-2664-8800
初版　2019年8月
國際書碼　ISBN-13　978-986-509-028-9

本著作物由北京晉江原創網絡科技有限公司授權出版

定價250元
狗屋劃撥帳號：19001626
網址：love.doghouse.com.tw　E-mail：love@doghouse.com.tw